Soltwedel 1488: Zwölf Jahre nachdem Kristof Soltmann während eines Gewitters starb, wird sein Sohn Niklas von einem Unbekannten beschuldigt, den Vater umgebracht zu haben. Kurfürst Johann von Brandenburg und Bischof Berthold von Verden – denen Soltwedeler Bier lieb und teuer ist – entsenden zwei Ermittler in die Doppelstadt an der Jeetze. Generalvikar Vullo und Bernd von Waldenfels gehen wohl oder übel gemeinsam daran, den mysteriösen Fall aufzuklären. Dass der Kurfürst gerade in diesen Tagen die Erhebung einer neuen Biersteuer verkünden lässt, trägt keineswegs zur Erleichterung ihrer Arbeit bei ... In der Altmark bricht ein Aufstand los.

Tom Wolf, geboren 1964 in Bad Homburg, promovierter Literaturwissenschaftler und Schriftsteller, schreibt regelmäßig für die Wahrheit-Seite der taz. Er studierte u. a. Philologie, Ur- und Frühgeschichte. Für seine erfolgreichen Preußenkrimis wurde er 2005 mit dem Berliner Krimi-Preis ausgezeichnet. 2006 war er der 23. »Stadtschreiber zu Rheinsberg«. In der Reihe Hansekrimis erschien bisher von Tom Wolf: »Die Bestie im Turm« (Goslar).

in memoriam

Michael Rudolf

Pier ist halb Speis
Mittelalterliche Redensart

Erstes Kapitel

Der Wanderer, die Mittagsfrau,
das Geblök und die Augustiner

Dienstag, 13. August 1476

Die Ähren wiegten sich, sie wisperten, lebten und sprachen zu ihm. Sie rippelten, kleinen Wellen gleich, sie zitterten, walkten, flohen und rauchten gar, wenn es heiß und windstill war, wie an diesem Mittag in der Altmark unweit der Doppelstadt Soltwedel.

Lange war der einsame Landstörzer in der flimmernden Hitze gewandert. Schon seit Stunden hatte sich kein Halm mehr gerührt. In seinem Kopf sah er eine Karawane ziehen mit seltsamen, hohen Reittieren, die bei den Arabern in einem fernen Land voller Sand *ğamal* hießen. Ein alter Spielmann, ein Troubadour, zog im Sandsturm sein Tier an der Spitze des Zuges – ihn schickte man voran, denn er fand seinen Weg durch die Wüste stets mit schlafwandlerischer Sicherheit …

Zumindest den Sonnenbrand gab es auch hier, und die Felder, die Halme, zur Ernte reif, glommen gelb bis sandbraun. Darüber flirrte eine Fata Morgana wie eine Fahne aus dünnstem Tuch. Er blinzelte, bis er die Türme einer orientalischen Stadt vor sich sah. Der Vagant in seinem Kopf sang, und er sang leise mit:

Das ist der Preis, den Liebe will:
Gebrochne Treue nur und Lügen,
So süß das Kosen sei und Küssen.
Bei Frauen, Männern, Vögeln, Hunden –
Das Sprichwort sollte jeder wissen –
Für ein Vergnügen tausend Wunden.

Er dachte an die Letzte der vielen. Seine Wunden bluteten noch immer, doch was hatte er erwartet? Eine schöne Bürgerstochter und ein leicht wirr redender Poet... Das hatte nur ein loderndes Strohfeuer werden können, zu löschen mit ein paar Tränen und einer halben Tonne Bier. Fallsüchtig war er, ohne Schuhe und Reittier, gut gebaut und kräftig, unstet in seinen Gelüsten, beständig nur in der Weigerung, zur Ruhe zu kommen.

Gespenstisch still und gelb lag das Korn ringsum, dehnte sich, hie und da von schmalen Zeilen Feldgehölz unterbrochen, bis an den Horizont. Doch, obwohl alles ruhig schien und kein Lufthauch ging, stoben auf einmal die Ähren herum. Etwas begann zu kreiseln, zu kreisen...

Eine Gestalt aus Halmen, aus losgerissenen Spelzen, Strohfetzen, so kam es ihm vor, wuchs geisterhaft und bedrohlich empor, drehte sich immer schneller um die eigene Achse und lief zugleich hinter ihm drein. Er rannte, um dem Wesen zu entgehen – wenn nur der Pfeffersack nicht barst! Hastig schob er den Gurt so, dass der Beutel an der Seite war, so konnte er schneller... Doch ganz vergebens die Hast, schon lag er und sah, wie es über ihn kam.

»Nein, nicht!«

Verzweifelt rappelte er sich auf, stolperte über die eigenen nackten Füße, es nutzte nichts, half nichts. Er war zu langsam, konnte dem Wirbel-Gespenst nicht entrinnen, lag schon wieder, rollte herum. Alles drehte sich ihm, die Tränen liefen ihm über die Wangen, und er schloss die Augen, um zu verharren, gelähmt vor Angst, bis sie ihn umfangen hatte, ihn gepackt hielt im engen Kreisel, die *weschepenz* – die Roggenmuhme! Zu ersticken glaubte er und vermeinte zu fühlen, was man von der Mittägin, der Mittagsfrau, erzählte: dass ihre Brust teerig sei und ihr Atem der Anhauch des Todes...

Zugleich aber spürte er, wie das Andere ihn wieder packte, jenes, das mit dem Wirbel der Spelzen nichts zu tun hatte. Es fand immer einen Anlass, sich seiner zu bemächtigen. Oh – er verstand es wohl, dieses Andere, begriff seine Niedertracht, wusste um die ihm eigene Gemeinheit, die garstige Unberechenbarkeit seines Auftretens. Um seinen Verstand zirkelte es bereits herum, wie der Wolf ums unsichere Haus. Er wollte dieses Anschleichen gar nicht leiden, aber es geschah so zwangsläufig, immer dann, wenn er es fast vergessen hatte und schon glaubte, der Himmel habe ihn gnädig davon befreit. Doch der Herrgott ließ ihn die Gabe seiner Gesichte teuer entgelten.

Das Unausweichliche, was ihn dem Vater so verrückt hatte erscheinen lassen, so wahnsinnig und des Verstoßens wert, geschah aufs Neue. Auch wenn der Alte hinausposaunt hatte, er könnte kein Brauer und Händler werden, wenn er sich der brotlosen Kunst der Poesie ergäbe – war es natürlich die Fallsucht des missratenen Ältesten gewesen, die dem alten, angesehenen Bürger und Ratsmann wie eine nicht zu tragende Schande vorgekommen war. Da er die Missgeburt nicht hatte umbringen können, hatte er sie eben verstoßen.

Es arbeitete in seinem Kopf, selbst jetzt noch, wo ihn der Allmächtige schon beinahe zum Ohnmächtigen hatte werden lassen: Das eine – das Fallen – war ja doch vom anderen – dem Dichten – gar nicht zu trennen! Hätte er's dem Vater, dem Barbaren, doch nur erklären können... War das Fallen doch ein *morbus sacer*, eine heilige Krankheit, war doch das Gefalle und Geschäume göttlichen Ursprungs, was schon der Grieche Aretaios wusste, und wirkte sich auf die Gesichte, die Träume aus, und die waren doch auch eine Gottesgabe...

Gehörte doch alles zusammen, ging doch nicht anders. Wie hätte er seinen *Rotmann* erfinden und aufschreiben können? Hatte schließlich nicht der heilige Valentin selbst aus dem Leiden seine Weisheit gezogen? Der Vater hatte ihm bloß die Tür gewiesen, mit ein paar Hohlpfennigen hatte er den Sohn, den Irren, abgefunden... vor bald zwanzig Jahren. Die halbe Welt hatte er umrundet, und jetzt war er plötzlich wieder hier...

Der Schaum stand ihm vorm Mund, während er dalag, zuckend am Boden zwischen den plattgetretenen Halmen, ohne dass er es wehren konnte, für ein paar Augenblicke wild um sich schlagend, unartikulierte Laute ausstoßend – das Geblök. Er hörte es nur kurz, dann versagten die Ohren den Dienst. Wehrlos musste er es ertragen, das Gerüttel, das teuflische Geschüttel, das wilde Rumoren, es hinnehmen, erdulden. Nichts mehr sah und fühlte er und lag, bis es vorüber war, bis der Zappelwurm ihn freigab, bis er sich erschöpft hatte, ihn genug gemartert hatte und verpuffte. Schwebte am Ende davon, leise, lautlos, ganz still. Und er schlief, traumlos, bewusstlos. Wachte auf wie auf dem Grunde der tiefsten Höhle. Blieb nur ein schales Grauen, eine gräuliche Wunde im Kopf …

Lange lag er noch starr. An die Roggenmuhme hatte er zuletzt gar nicht mehr gedacht, die kreiselte sicher längst in ferneren Feldern und würde ihn bestimmt nicht noch ein zweites Mal belästigen. Hatte vielleicht selbst vor ihm Angst bekommen, die *poludnica* … Meistens half es ihm, wenn er rannte, schnell und immer schneller lief, bis der Kopf wieder erwachte. Wohin sich wenden? Über den Schwarzen Berg, den Upn-Berg, den Fuchsberg, in den Wiedstruck? Gen Tylsen zu, in den Tylsener Wald? Er lief wohl unentschlossen eine Stunde im weiten Kreis durch die Felder, bis er nurmehr ermattet durch die Halme schlich, geduckt, noch halb irre blickend, aber nicht mehr verwundet wie zuvor.

In seinem Kopf tauchten wieder die Bilder auf, schwirrten nicht länger und flohen, sondern blieben. So im Inneren wieder beschäftigt, gereinigt und unbetroffen von allen Anfeindungen, kam er auf den Weg, unmittelbar vor die beiden Kutten. Erst dachte er, es seien Franziskaner, doch dann sah er, dass sie um ihr schwarzes Habit noch eine lederne Schnur trugen, also waren es Augustiner-Chorherren. Die gehörten wohl zum Stift im Perver. Sie schwitzten sich zu Tode in ihren nassen Matten, man roch sie meilenweit. Da hinten lag im Hitzedunst die Stadt. Von dort tönten sanft drei Glockenschläge herüber.

»Wohin des Wegs, mein Bruder?«, fragte der eine.

Die Frage ärgerte ihn. Weshalb sollte er *dem* über seinen Weg Auskunft geben? Waren doch selbst die Wege des Herrn unergründlich? Wie sollte er da Bescheid wissen, welches sein Weg sei und wohin er ihn führte? Diesmal wusste er es zufällig, aber es ging sonst keinen was an. Für gewöhnlich ließ er jedoch die Natur über den Verlauf seines Wegs entscheiden.

»Habt ihr sie gesehen?«

»Wen sollen wir denn gesehen haben, Bruder?«

»Ich bin nicht dein Bruder!«

»Aber gewiss bist du's – wir alle sind Brüder und Schwestern, und der Herr ist unser Vater. Wir sind alle Schafe des Herrn, unseres Hirten!«

Er lächelte zu den bornierten Worten und sagte weiter nichts. Die Gesichter der Augustiner glänzten wie Brotlaibe in der eigenen glasierten Zufriedenheit.

»Die Roggenmuhme, meine ich. Habt ihr sie gesehen?«

Der Kleine hielt sich den schweren Ranzen vor lautlosem Lachen.

»Wendisch-heidnischer Unfug! Du solltest dich von derlei nicht kirre machen lassen, mein Bruder. Grad heut, zwei Tage vor der Wurzenweihe … Eine Windhose ist's, nichts weiter, was die Euren *pschipenza* heißen. Willst wohl nach Soltwedel rein? Willst dir morgen, vor der Heiligen Auffahrt das Bier in den Wanst laufen lassen? Lass uns ein Stück gemeinsam ziehen! Ist's doch immer belehrend, mit Weitgereisten zu sprechen, und weit gereist bist du – deine Schuhsohlen könnten was erzählen, wenn du noch welche hättest!«

Der erste Kanoniker lachte wieder tonlos und meinte es doch gar nicht böse. Der andere war verhaltener, hielt Abstand. War vielleicht was Besseres, in jedem Fall klüger. Das Lachen verging dem kleinen Chorherrn schnell, als die Klinge ihm am Hals saß. Wagte nicht, den Kopf zu bewegen, fühlte sicher schon das eigene warme Blut über Brust und Arme laufen. Der Kleine trippelte auf der Stelle, die Bohnenstange suchte Reißaus zu nehmen, schwankte und fiel in den Graben. Zu viel Bier?

»Ich lass dir dein schweres, kleines Leben, dafür gibst du mir alles Geld und alles Futter – und das deines Freundes da auch!«

Der Griff lockerte sich, und der förmlich Wiedergeborene nestelte umständlich an seinem Wams. Er war ihm mit dem Messer behilflich. Münzen über Münzen klimperten in den Beuteln, die er ihnen von den Gürteln abschnitt. Auch Wegzehrung übergenug fand er und bepackte sich mit ihren kleinen süßen Kuchen, nachdem er die eigene Geldkatze prall gefüllt hatte. Aber halt, da war noch was: Der sich so fein dünkende, schlanke Chorherr, der doch genauso Blut und Wasser schwitzte wie jeder normale Mensch, trug etwas an seiner Brust. Musste verdammt wichtig sein ...

»Das nicht! Es ist nur Papier – das nutzt dir doch nichts ...«

»Lass das nur meine Sorge sein, mein lieber August. Was mir frommt und was nicht, geht dich im Augenblick nur so viel an.«

Er wedelte mit der Messerklinge. Der Zitternde heulte, als er es ihm gab. Es war ein Manuskript! Eine Liebesepistel? Etwas aus der Bibel, eine Predigt? Er war gespannt, freute sich fast mehr darüber als über die Münzen und die Küchlein.

Der Landstörzer war froh. Er hatte viel mehr Glück gehabt als gestern Nacht: Das Täuferhaupt des Johannes in Werben hatte er nicht bekommen, das hätte er gut verkaufen können. Gelben Pfeffer nur ... Doch jetzt hatte er vorerst ausgesorgt.

So lief er durchs Korn, bis er ans Jeetze-Ufer kam, wo er sich flussabwärts wandte, Soltwedel vor Augen. Nur vorsichtig, keinen Fuß hinein, jetzt noch nicht, schön drum herum – bis zum nächsten Tag wollte er warten. So hatte er es sich damals geschworen, vor all den Jahren, als der Vater ihn hinausgeworfen: Wenn er im Land wäre, so würde er jedes Jahr zur Würzweihe in Soltwedel nach dem Rechten sehen. Jetzt, nach der Begegnung mit den Kanonikern, ließe er es vielleicht ganz bleiben ... Gehörig Wind machen würden die. Wer konnte es voraussehen? Und schon wandte er sich seitwärts – niemand zwang ihn doch hinein. Er kam an ein Gebück, die verwucherte erste Landwehr, dahinter führte ein Krautpfad entlang, in weitem Bogen um die Stadt. Links begannen schon die Marschen.

Soltwedel verschwand, tauchte nur noch hie und da kurz durchs Buschwerk auf. Weit hinter allen menschlichen Ansiedlungen kam er erneut an den Fluss. Auf Höhe der Wolfsbergkuppe war's, er kannte die Stelle. Nahebei wuchs der gelbgrüne Hopfen. *Er* war hier zu spüren. Das war sein Hopfen, die Würze seines Bieres. Wär fast kurios, ihm über den Weg zu laufen, und ihn gehörig anzuführen. Und wenn er's genau bedachte, müsste *er* morgen hier auftauchen. Pünktlich wie ein Chronometer. Würde den Cleji beim Schneiden der Hopfendolden überwachen, haha! Es wäre zu kurios... Einen Spaß wollt' er sich machen, wollte den Alten bei den Stöcken herumführen. Wollte sehen, wie ihm das Blut in den Adern gefror. Er lauschte dem Wind in den Weiden. Die Störche kreisten weit oben. Einige stakten auf dem Wiesengürtel vorbei, und er rührte mit den Füßen im Jeetze-Wasser. In den Händen hielt er das beschriebene Papier, das ihm der nach Angst duftende Augustiner-Chorherr nur so widerwillig überlassen hatte.

»Der Bierkrieg«, entzifferte er, und schmunzelte. Das klang nach dem normalen Wettstreit aller Konventionalen – nach vielen Bierkrügen, die knallend aufeinanderprasselten. Wer zuerst unterm Tisch lag, hatte verloren.

Zweites Kapitel

Fliegende Teufel – Frühstück im Wäldchen

Mittwoch, 14. August 1476

Willem van Eyb erwachte am frühen Morgen, über sich eine schwere Steinplatte und unterm Kopf ein dickes Mooskissen. Er lag in einem Streifen Grasland zwischen zwei winzigen Gehölzzeilen aus Gallapfelbäumchen und Schlehdorn, auf einer kleinen Erhebung inmitten von Brachland, Marschwiesen, erntereifen Feldern mit Emmer und Gerste. Er hatte das Hünengrab in der Nacht für ein gemauertes Wingerthaus gehalten. Jetzt sah er, wie gewaltig der Kasten aus groben Granitplatten war, jede so groß wie ein Riese und obendrauf eine zur Abdeckung … sicher ein Dutzend Landsknechte könnte hier samt Piken Aufstellung beziehen. Und der Wein, der weiter unten wuchs, wo eine zweite, noch flachere Kuppe vorstieß, auf der wirklich eine Art Häuschen stand, und den ganzen unteren Abhang bis an die Feuchtwiesen bedeckte … war Hopfen, wie sich jetzt zeigte.

Still und feierlich war es, selbst die Vögel hielten sich noch zurück. Rote Lichter zitterten an den Spitzen der Grashalme, die ihm vor dem blinzelnden Auge wippten. Was ihm gestern zur Nacht gar nicht aufgefallen war: In den Feuchtwiesen zog ein Flüsschen vorüber, auf dem ab und an Kähne segelten. Und – rechts davon lag ja die Stadt …

Plötzlich hörte Willem ein Fauchen, ein Rauschen, ein Röhren, so laut, dass er sich, statt vollends aufzustehen, wie er es vorgehabt, unwillkürlich wieder an den Boden drückte. Nach dem ersten Schreck drehte er sich auf den Rücken und blickte nach oben. Der Himmel verdunkelte sich, und unwillkürlich standen ihm die geflügelten Teufel des Hieronymus van Aken aus s'Hertogenbosch leibhaftig vor Augen: Ein Lachter breit waren die Schwingen und die Wesen im Ganzen so gewaltig wie fliegende Karren – laut keuchend und ächzend, unter allergrößter Anstrengung, zerrten sie ihre Leiber durch die Luft: Ooch – oooch … Das hörte gar nicht auf. Da flogen zehn, zwanzig, fünfzig, hundert über ihn hin und rochen wie ein fliegender Hühnerstall. Endlich kehrte Ruhe ein, und die wilde Jagd entfernte sich.

Auch schlugen die Wachteln wieder, die sich vor Furcht stumm gestellt hatten, als die Schatten über den Himmel fuhren. Er strich ein wenig am Hang entlang. An der Böschung im brusthohen Ried rollten ihm Spinnenkokons in den Kragen, gelb und fett wie die Eierpflaumen … Die großen Dinger waren so butterweich, dass er sie recht mit Vorsicht aus dem Hemd herausangeln musste …

»Da soll mich doch der Teufel … Was hast *du* hier zu schaffen in der Früh? Bist vielleicht einer, der den Trapp-Gänsen nachstellt? Müssen dich ja förmlich mit ihren Erzengel-Schwingen gepeitscht haben, hab sie drüben aufgescheucht, haha, einen solchen Haufen hab ich noch nie in Bewegung gesetzt.«

Eine grobe Gestalt hatte sich vor dem schmächtigen, feingliedrigen Willem aufgebaut. Ein Hund hetzte durchs Gras heran, knurrte, schnupperte, knurrte: »Grrr!«

»Du bist ja ein Feiner!«

Weiß war er, mit großen schwarzen Flecken im kurzen Fell, hatte einen vornehmen schmalen Kopf und hübsche, flach anliegende, breite Schlappohren, die er bei Gefahr auch anheben konnte, wie er gerade bewies.

Willem gähnte, trotz all der Aufregung am frühen Morgen, mitten auf dem flachen Land. Der andere sah gefährlich aus. Er war sicher schon über dreißig, hatte sich aber gut gehalten. Jetzt lächelte er verschmitzt, und der Hund beruhigte sich, weil er sah, dass der Fremdling keine Furcht zeigte, sondern mit seinem Herrn sprach: »Ist ein britischer, ein Jagdhund – mein Vater hat einmal einen wie den gemalt, für einen Lord.«

»Mein Brax – ein Engländer? Drum hört er so selten auf mich. Hast geschlafen, unterm Dolmen. War zu spät gestern Abend, noch in die Stadt zu kommen, was? Wie heißt du?«

»Willem, Willem van Eyb.«

»Na, dann – Zeit zum Frühstück! Ich heiße übrigens Cleji, Cleji Schneider.«

»Cleji, ist das dänisch?«

»Nein, ist wendisch, heißt Klaus auf gut Deutsch. Du bist Holländer.«

»Ja. Und was tust *du* hier draußen? Wenn die Frage verstattet ist.«

Sie gingen zum Hünengrab und hockten sich auf die Deckplatte.

»... Ich muss Hopfendolden schneiden für die Krone und die Würz-Weih vor der Mönchskirche. Der Hopfen hier gehört meinem Herrn. Die Franziskaner, die Augustiner, die ganzen Bürger und Brauer – alle werden sie sich morgen ein Quäntchen geweihte Würze abzupfen, um ihr Bier heilig zu machen. Und nachdem ich heut früh meine Bierfuhre im Hafen abgeladen hab, war mein erstes Geschäft, drunten am Ende des Hopfenangers hinterm steinernen Wächter ein Loch auszuheben. Mein Herr hat so seine Schrullen, glaubt, da liegt wieder ein Wendenschatz, wie er hier mal einen gefunden ... müssten sozusagen meine Urahnen vergraben haben. Überhaupt scheint er sich mächtig dafür zu interessieren, was *Xas* und *Abra*, die großen Götter, so alles getrieben haben, nachdem *Triglaw* sie geschaffen, indem er *Perun* entzweigebissen ...«

»Krone?«, fragte Willem.

»Für Mariens Fest, heute und morgen Abend – so als Schmuck im Wirtsgarten. Hängt in der Mitte überm Tanzboden.«

Willem packte aus, was er im Ranzen hatte, und stellte es neben sich auf den flachen Steintisch. Harter Käse aus Edam, ein großer Brotfladen, ein Taler Butter in einer Holzbüchse, ein paar Äpfel, Zwetschgen. Sogar noch ein Stück Dörrfisch. Er hatte in Lüchow gut eingekauft – alles für ein in Windeseile gemaltes Ladenschild.

»Komm setz dich«, forderte er den anderen auf, »und verrat mich nicht bei deinem Herrn, sonst knöpft er mir noch was für die Übernachtung ab!«

Cleji Schneider lachte: »Würd ich ihm zutrauen, dem Alten ... Na gut, dann treib ich den Zins ein!«

Er hob indes auch sein Bündel auf und gab hinzu: geräucherte Wurst, kleine Fladen, einen Napf mit Schmalz, eine tönerne braune Bauchflasche mit Stöpsel. Willem machte große Augen.

»Von wegen erst heute Abend ... Das Fest fängt schon an!«

»Das ist noch nicht geheiligt, aber trotzdem das Beste. Mein Herr braut es«, sprach Cleji genüsslich und tippte an das braune Biergefäß. »Ist schon ein gut gehütetes Geheimnis, wie er es macht. Weiß freilich jeder, der bei ihm arbeitet, dass er eine Springwurzel hat und glaubt, alles hänge davon ab, dass er sie täglich mit seinem eigenen Bier auffrischt. Ist schon ein seltsamer Vogel.«

Sie speisten und schwatzten ein bisschen. Der Hund erhaschte seine Brocken. Willem erzählte von seinem Herkommen, Cleji von seiner harten Arbeit – ein Fuhrknecht war er, bei einem Brauer, dessen Name wie *Soultma* klang.

»Eine Alraune, hast du gesagt, hat er, die das Bier so gut werden lässt, dein Herr?«

Cleji wischte sich den Schaum vom Mund.

»Nein, Alraunen wachsen doch unterm Galgen, aus dem abgehenden Seim der Gehenkten! ... *Mandelgohra* sagen, glaub ich, die Chinesen ...«

»Du bist gelehrt, alle Achtung, haha! Also eine Springwurzel – was ist das?«

»Ach, bloß so'n tillens-tellens ... Weibergedahle: alles Kraut, wo die Samenschoten von selbst aufspringen.«

»Und auf so was vertraut dein Brauer?«

»Ist so'n Spleen von ihm, hängt ihm als Talisman um den Hals, in einem schönen kleinen Schmuckstück. Ich hab durch die Lücke zwischen zwei Fässern mal gesehen, wie er's auffrischt, dieser unglaublich dicke Mann also, der immer mit seinen beiden Stöcken durch die Gegend fegt. Die braucht er wohl, sonst würde ihn sein Wanst zu Boden ziehen – diese Handstelzen sehen gewalttätig aus. Er hat das Amulett vom Hals genommen, in einen Krug mit Bier gedrückt und wieder umgehängt. Komischer Kauz, der Alte, und seinem Jungen ein Alpdruck, ein Stein am Hals ... So groß wie der Hünenbrocken hier!«

»Was war das eigentlich mal?«

»Die, die uns Heiden schimpfen – uns Wenden –, behaupten, es seien unsere Altäre gewesen, wo wir christliche Jungfrauen geschlachtet und unsere Amulette den Wendengöttern *Xas* und *Abra* geweiht haben ... Aber ich sage dir, das ist bloß ein germanischer Geräteschuppen – 's gibt sie überall bis Brennanburg runter, sicher tausend. Und die Bauern stellen noch heute ihr Zeug rein, damit es nicht nass wird, oder sich selbst, wenn's hagelt und blitzt. Mein Brauer ist schon oft trotz seiner Stöcke hier herumgeklettert. Sein Ältester hatte die Fallsucht, der Arme Kornel, aber hier«, er deutete auf den Kopf, »war er schwer auf Zack. Der hatte mehr Grütze im Hirn als die Jeetze Wasser im Bett. Hat immer gelesen und auch geschrieben. Hat Erzählungen gestrickt im Kopf.«

Willem hatte sein Skizzenbüchlein herausgeholt und kritzelte darin, so dass sein Gegenüber nichts sehen konnte, auch wenn er große Augen machte und den Hals reckte wie nur je ein Vogel Otis oder Acker-Trapp ...

»Der Kornel war immer gut Freund mit dem Papierfabrikanten Kuden, der auch einen Verlag hat. Der hätte sicher was von ihm gedruckt, glaube ich. Irgendwann. Aber der Vater hat seinen Ältesten vor die Tür gesetzt. Kornel ist von zu Hause fortgegangen – zehn Jahre wird es her sein – und war auch ganz froh, als ich ihn zuletzt sah. Daheim hätte er nichts gelernt, bei dem alten Knopf. Wer weiß, wo er jetzt ist, wo er herumstreunt ... Wenn ich könnte, würde ich's ihm gleichtun ... aber«, er rieb Daumen und Zeigefinger rechts demonstrativ gegeneinander, »*Wo du nicht bist, Herr Jesu Christ ...*«

Willem van Eyb stimmte gestisch zu.

»Für uns Maler kann ein Meister gar nicht alt genug sein. Nimm den Mann, dem ich zustrebe: den großen Wolgemut in Nürnberg. Was sollt' mir ein junger Mann als Meister? Der müsste selbst noch in die Lehre gehen. Beim Malen ist es anders als beim Brauen. Mit zwanzig kannst du da schon ein Meister sein. Denn deine Werke sind vertrunken, bevor das neue Jahr beginnt.«

»Das ist was anderes – alt und weise, die Jungen was lehren, das ist gut! Einen Handwerker, der bestrebt ist, sein Wissen weiterzugeben, den achte ich hoch, aber einen Geheimniskrämer, der nicht weichen will, wenn seine Zeit gekommen ist... Werde abhauen, sobald ich kann! Es wird eine andere Zeit kommen, ich spür's. Wird Krieg geben...«

Willem gab Cleji die Porträtskizze, die er von ihm gemacht hatte.

»Jetzt musst du mir sagen, wie ich von hier aus am schnellsten hineinkomme in die Stadt!«

Der verdutzte Fuhrknecht hielt sein getreues Konterfei in der Hand.

»Ich... das ist... das bin ich, verdammt... da soll mich doch... Was willst du dafür...?«

Er zeigte es dem Hund, der laut kläffte. Sein Herrchen hatte sich verdoppelt, das sollte einer verstehen.

»Nix, soll dich bloß an unser schönes Frühstück erinnern. Und für meine unbedarften Finger war's eine willkommene Übung.«

»Du kannst gar nicht fehlgehen – rechts kommst du übern Bockhorn durchs Bockhorner Tor, links triffst du aufs Lüchower.«

»Wir werden uns sicher unter der Krone wiederfinden!«, sagte Willem und winkte.

»Und uns vielleicht auch wieder aneinander entsinnen, wenn wir schon einen in der Krone haben...«, sagte der Fuhrknecht grinsend, während er sich den letzten Rest aus der braunen Flasche in den Mund strahlte.

Ein warmer Wind wehte, als Willem der Stadt zustrebte. Er prägte sich den markanten Hügel jetzt noch einmal genau ein: oval, eigentlich zweigeteilt. Tausend Schritt vom Fluss eine erste Kuppe mit einer Hütte, dann noch einmal tausend Schritt bis zum Hügelgrab ganz oben auf der Kappe, wo er genächtigt hatte. Oben Galläpfel bis zur Hütte auf der Vorkuppe in der Mitte, von dort am flachen Abfall Hopfen bis zum Fluss.

Der Wächterstein, der auf das Grab verwies, stand vielleicht 700 Schritt vom Fluss, gerade da, wo der Wiesengrund fester wurde und die Hopfenpflanzungen begannen sich den Hang hinaufzuziehen.

Willem sah sich kopfschüttelnd die Grube an, die der Knecht dort ausgehoben hatte: Der übermannsgroße Steinzeiger, ein Granitblock, groß wie eine Jungpappel, war mit ein paar Holzgabeln abgestützt, denn das Loch reichte bis an sein unteres Ende und untergrub seine Standfestigkeit gefährlich.

Drittes Kapitel

Landschaftsmalerei – Störche über Soltwedel –
Willem van Eybs Einzug

Die Störche auf den Dachfirsten hoben sich malerisch vom Azurit des Himmels ab. Sie klapperten, als wollten sie die Stadtbewohner auslachen, die in den Straßen herumliefen.

Sommerlich angetan mit Strohhut und aufgeknöpftem, hellem Wams, fühlte sich Willem van Eyb im Näherkommen lebhaft an seine Heimatprovinz Limbourg erinnert. Er stammte aus Maastricht, wo schon Vater und Großvater gebürtig waren, und bereiste nun Deutschland, um sich zu bilden. Es lockte ihn, ganz weit in den Süden zu wandern, am liebsten bis nach Italien. Die Alpen wollte er sehen und überqueren – richtige Berge! Darauf war er als Holländer besonders erpicht.

Ach und jetzt ... wie beschwerlich war es doch in Wirklichkeit, zu reisen ... Eigentlich hatte er dem Rhein nach Süden folgen wollen, doch widrige Umstände, zu deren Schilderung ein halber Tag schwerlich ausgereicht hätte, hatten ihn weit in den Nordosten verschlagen. Er blickte hinauf zu den großen Vögeln, die bald fortfliegen würden. Wie leicht war es für sie, dahin zu gelangen, wo immer sie hin wollten. Welche Gegenden sie wohl sahen? Solche, in die er nie kommen würde.

Die Störche schwangen sich empor und kreisten bald hoch über den Häusern. Eine Schar Bussarde leistete ihnen Gesellschaft, sich Scheingefechte mit Rabenkrähen liefernd. Unten in der Tiefe gaukelten die Rauch- und Mehlschwalben schwätzend, palavernd, schnarrend, knatternd in den Schluchten zwischen den Gebäuden. Auch Mauersegler sichelten schrill schreiend hindurch.

Im Umriss glich die Stadt von oben einer Bohne, und nur das scharfe Storchen- oder Bussardauge vermochte die steinerne Linie auszumachen, die quer hindurchging, eine uralte Grenze zwischen Alt- und Neustadt markierend, die vom Sieltor am Schulwall entlang bis übers Zingeltor hinausführte. Eine Mauer mit zahlreichen Türmen sowie zwei Flutgräben führte um beide Stadtteile herum. Zwischen den Wassern erhob sich ein Wall.

An einer Stelle bildete die Burg einen Fremdkörper, der wie ein Auge aussah. Im Knick der Bohne lag es und starrte in den Himmel. Straßen und Wege liefen strahlenförmig aus der Weite der Umgebung auf die Stadttore zu, von denen zangenartige Mauerauswüchse, Zingel oder Zwinger genannt, nach außen zeigten: am Neuen Tor, am Altperver Tor, Neuperver Tor, Lüchower Tor, am Steintor und Bockhorner Tor. Darin stauten sich bei Wochen- oder Jahrmarkt die Menschen wie in großen Fallen, wenn sie hineinwollten ins wilde Gewusel der Stadt. Auch an diesem Tag herrschte an den Toren Hochbetrieb, denn die »Würzweihe« stand bevor.

Zwei markantere Türme ragten aus dem Stadtbild heraus – der Bergfried der Burg und der Karlsturm, einem Zwinger locker vorangestellt. Außerdem gab es sieben größere, reich zerklüftete Bauwerke: das Altstädter Rathaus, das Rathaus der Neuen Stadt und die Kirchen – Marienkirche, Sankt Nicolai, Sankt Lorenz, Sankt Katharinen sowie die Mönchskirche des Franziskanerklosters. An zwei Stellen waren kleine Orte der äußeren Mauer vorgelagert, der Perver mit dem Augustiner-Chorherren-Stift zum Heiligen Geist und der Bockhorn.

Ein Flüsschen führte mitten durch die menschlichen Quartiere, zuerst rein und mit vielen Fischen, Fröschen und Insekten. Doch die Sauberkeit des Wassers nahm mit jedem Meter ab. Die großen Waldrappen, die überall stakten und mit ihren gebogenen Schnäbeln stocherten, selbst an der stinkenden Faulen Jeetze, störte das nicht bei der Suche nach Aas. Die Menschen verkoteten das Flüsschen fast so arg wie die Reiher das kurfürstliche Holz in Cheine, an der Straße, die nach Nordwesten führte, in Richtung Verden, wo der Bischof saß, der für die hiesigen Kirchen zuständig war.

Mit den schmutziggrauen Reihern und den schwarzen Waldrappen wollten die eitlen Störche nicht im selben Atemzug genannt werden, obwohl ihre Horste auch nicht die saubersten waren. Flugs wechselten sie hinüber in ihre sauberen Jagdgründe, wo Gras- und Laubfrösche sprangen und die Molche sich im Wasser tummelten. Den Bullenwiesen strebten sie zu, den Teichen, den Stauwiesen, Bleichwiesen, Altstädter Jeetze-Wiesen und den Gänsemarschen. Oder sie flogen noch weiter hinaus in die Ebene, etwa nach Norden, bis hinter die flache, vom Turm der Marienkirche kaum wahrnehmbare Kuppe des Wolfsberges.

Willem dagegen steuerte, von ebenda kommend, das Lüchower Tor der Neuen Stadt Soltwedel an. Die Wachen begegneten dem Fremden nicht unfreundlich, denn mit seinem breiten Strohhut und dem aufgeknöpften weißen Wams sah er aus wie ein sehr lustiger Vogel. Sein Niederdeutsch war gut, man verstand ihn. Die Zunge der Hiesigen dagegen kam ihm schwer und dunkel vor. Er wies sich mit seinen Zeichnungen als ein reisender Student der Künste aus. Ziel? Italien. Sie lachten und sahen sich in ihrem ersten Eindruck bestätigt – ein lustiger Vogel. Das kam Willem sehr zupass – nein, zu verzollen hatte er nichts. Ob er ihn zeichnen würde, wollte der eine Wachmann wissen. Willem bejahte dies fröhlich und setzte sich gleich, wiewohl er sich sehr nach einem Trunk und nach einer Mahlzeit sehnte. Mit Erstem konnten sie ihm sofort dienen.

»Herrje, das Bier ist gut! Wer braut das?«

Rot- und goldbraun stand es im Glas, wie dunkelster Bernstein.

»Der Soltmann braut es, der Ratsherr Kristof Soltmann. Und im Soltwisch kannst du es trinken, da schenkt er es aus, so heißt seine Schänke. Falls du Quartier suchst, geh dahin.«

»Soltwisch? Was soll das heißen?«

»Du bist gut – *Salzbesen* heißt das!«

Die Wärter lachten sich schief über den eigenen Witz. Willem stimmte ein und goss sich noch einen Krug hinter die gelöste

Halsbinde. Zur Gegenleistung dafür – und dafür, dass sie ihn so hübsch passieren ließen – porträtierte Willem den einen Wärter mit schnellem Strich, und doch schien die Skizze so getreu, dass sich der andere bekreuzigte.

»Der ist mit dem Düwel im Bund!«

»Nee, mit dem Lukas…«, scherzte Willem, aber das verstanden sie erst nicht. »Der hat die Jungfrau Maria gemalt und ist der Schutzherr meines Gewerbes…«

»Hast Gott im Bund, 's ist 'ne Gottesgabe!«, sagte der Beschenkte lachend. »Geh zum Soltwisch. Jeder kann dir den Weg weisen.«

Viertes Kapitel

Kristof Soltmann nebst Familie – Unverhoffte Begegnung

Weil man das Brauwasser mit einer Schachtpumpe tief aus dem Boden holte, war Soltmanns Bier über jeden Zweifel erhaben. Die kräftige Gerste des Landstrichs ergab ein würziges Malz. Tiefbraun geröstet verlieh es dem Gebräu seine starke rote Farbe. Den Hopfen setzte Kristof Soltmanns Braumeister Kurt Slaberndorp mit viel Bedacht ein, so dass Soltmann aus Alt-Soltwedel viel milder und malziger schmeckte als das bittere Gros der übrigen Biere am Ort und weithin den besten Leumund genoss. *De Soltwischer hebben dat god* war im Türbalken eingeschnitzt und golden ausgemalt. Zwangsläufig fühlte sich jeder Vorbeikommende verlockt, die Wahrheit des Spruches zu überprüfen.

Neben dem Brau- und Wirtshaus, auf das man durch den Stabensteg an den Badstuben vorbei zulief, stand links die Münze, von einem schmalen Zwischengebäude und einem Schlupf auf kurzem Abstand gehalten, auf der anderen Seite dagegen, durch eine breite Durchfahrt abgetrennt, ein Kornspeicher. Der riesige, lange Baukörper reichte fast bis an die Stadtmauer. Mühle, Münze und auch das Soltmann'sche Haus nebst dem Kornspeicher hatten bereits gestanden, bevor die Stadtmauer um die alte Stadt gebaut worden war. Soltmann, der sich mit einer krankhaften Wut auf alte Karten stürzte, weil er an allen Hünengräbern nach darin verborgenen Schätzen suchte, glaubte kürzlich entdeckt zu haben, dass die Hofeinfahrt seines Nachbarn Kuden eigentlich noch zu seinem Grundstück gehörte. Er hatte dafür rückwirkend Wiedergutmachung und Wegezoll verlangt, worüber man im Rat laut lachte. Dem Kaufmann Kuden war ein Gewohnheitsrecht am Weg, dem Brauer aber der Besitz des Grundes zugesprochen worden. Welch salomonisches Urteil, das nun ein wohl lebenslang anhaltendes Zerwürfnis zur Folge hatte. Gegenüber, in den beiden Eckhäusern am Steg, wohnten Ludger Holtorf, der Bader, und der Münzwardein Hans Grotian. Links vom Holtorf hatte Hans Rodensee, der Brau- und Mühlenaufseher, sein Haus, direkt neben dem großen Hof der Handlung des Papierfabrikanten und Fernhändlers Heiko Kuden. Einen Steinwurf hinter dessen Anwesen klapperte die Lipold'sche oder Neutormühle, wo das Hauptwasser der Jeetze durch die Mauer kam und ein Fallgitter das Eindringen wehrte. Rechts vom Grotian wohnte Soltmanns Braumeister Kurt Slaberndorp nebst Familie, den Brauknechten und dem Fuhrknecht, fast schon vis-à-vis der Münze.

Soltmanns Brauhaus war Soltwedels größtes, gefolgt vom Merin'schen in der Neuen Stadt. Zweimal vier Feuer erhitzten die beiden riesigen eisernen Sudpfannen, die zusammen so viel wie zehn Pferde gekostet hatten. Im Kühlraum standen Gärbottiche und ausgehöhlte Baumstämme – die Kühlschiffe. Im Abfüll- und Vorratsraum lagen Fässer und Hopfensäcke. Von dort führte eine Tür in die große Wirtsstube zur Straße hin, die abends immer gerammelt voll war. Jetzt im Sommer standen auch Tische und Bänke unter der Linde im lichten Hof hinter dem Kornhaus. Am heutigen Vorabend der Würzweihe an Mariä Himmelfahrt würde wieder die halbe Stadt im Soltwisch versammelt sein. Die Zurüstungen für das Fest waren in vollem Gange. Mägde und Knechte schleppten schon eifrig Tische und Bänke, andere zimmerten am Hopfengalgen, wo – zur Feier des folgenden Tages passend – eine Krone aus frischen Hopfenzweigen mit hellgelben Dolden aufgehängt werden würde.

Im zweiten Obergeschoss keimte unterm Schindeldach die Gerste, im ersten wurde das Grünmalz gequetscht und in Rauchöfen und Kastendarren zu braunrotem Malz gedarrt. Gerste, Malz und Wasser ergaben die Maische, die in Kübeln mit der Seilwinde ganz nach unten herabgelassen wurde, wo man sie presste, den Saft mit Hopfen versetzte, ihn vorsichtig einkochte und kühlte. Schließlich gärte und reifte das Bier über

Tage und Wochen, bevor die vollen Fässer fortgerollt und angezapft werden konnten.

Kristof Soltmann füllte die halbe Braustube aus, ein fleischgewordener Hopfensack. Kurzgeschnittene, weiße Haare standen dem 54-jährigen über dem feisten Gesicht. Ein leuchtendes gelbgrünes Wams trug er, hopfenfarben wie die Dolden, denen er seinen Reichtum verdankte. Rostrot waren die hohe Kappe und auch die engen Hosen, schwarz die vorne stumpf zulaufenden Schuhe. Seine Backen zeigten sich hamsterartig ausgebeult, die Augen saßen tief und waren mit deutlichen Faltenringen umgeben, aber wenn er lachte, sah man, dass er sich trotz seiner unmäßigen Leibesfülle und dreier fehlender Fingerglieder an der rechten Hand bester Gesundheit erfreute. Die beiden Stöcke, mit denen er sich fortbewegte, schien er bloß zur Untermalung seiner Leibesfülle zu benutzen, aber er brauchte sie, um damit auf komplizierteste Weise sein Gewicht abzustützen. Als Knüppel gegen die Brauknechte und die Ladehelfer taten sie ihm ebenfalls gute Dienste.

»Komm, Nickel – jetzt sehen wir uns Körbers Kahn an! Und holen die Hopfendolden für die Krone! Der Cleji säbelt schon den ganzen Vormittag daran herum, so langsam wird mir's mulmig bei dem Gedanken. Hat doch kein Gespür für die Sache, wird alles verderben.«

Niklas Soltmann war bedeutend größer als sein Vater, aber sehr viel dünner. Fast wirkte er neben dem Trumm von Mann wie ein Strich in der Landschaft. Lustlos folgte er seinem Erzeuger nach draußen. Der Vater erdrückte ihn, ließ ihn nicht aufkommen, gab keinen Raum. Eine grundlegende Wandlung musste kommen. Aber er hatte nicht den leisesten Schimmer, wie das geschehen sollte.

»Herr Soltmann?«, ließ Slaberndorp, der Braumeister, seine Stimme vernehmen. »Der Brauwart war vorhin da und hat den morgigen Feiertag angemahnt. Er hat seine Strafe verhängt. Hier ist der Zettel …«

Kristof Soltmann nahm das Papier entgegen und fluchte.

»Dieser Schurke, der Rodensee! Dem tät ich gerne mal im Dunklen begegnen! Wenn alles nach ihm ginge, könnten wir nie in Reihe brauen. Der weiß schon, warum er sich mir gegenüber eingekauft hat, denn so kann er mir direkt in die Schornsteine gucken und sieht es immer sofort, wenn hier was auf den Pfannen sitzt. Braucht bloß eine Rauchfahne zur Unzeit zu sehen und schon ist er da.« Er rollte gefährlich mit den Augen. »Was hab ich diesen Pfannen-Wallrapp, den Malzstocherer und Würzfrosch schon mit Silber gestopft – und den halben Rat dazu? Mögen sie alle irgendwann daran ersticken! Wollen wohl noch mehr Geld, damit sie sich ab und zu mal blind stellen.«

Er spuckte geräuschvoll aus. Die Luft im ganzen Raum schmeckte plötzlich schal und sauer, stand kurz vorm Umkippen. Slaberndorp und der junge Soltmann tauschten wissende Blicke. In solchen Momenten war mit dem Alten nicht gut Kirschen essen. Jetzt nur nichts sagen, das konnte verheerend sein. Man wüsste nicht, in welchen Hals er's kriegte. Am besten also warten und ihn im eigenen Saft schmoren lassen, dann würde er ganz von selbst wieder herunterkommen. Und siehe, nach einem Moment des Innehaltens nahm das Gesicht wieder die normale, schwachrote Biernasenfarbe an. Er trank einen tiefen Schluck aus einer Bierkanne.

»Schon in der Ordnung, Kurt, was bleibt zu tun, was zu machen? Bezahle lieber. Auf jeden Feiertag achten? Bräuchten wir gar nicht anzufangen.«

Sie traten hinaus in die Sonne, die Niklas sofort merklich auf die knappe, hellbraune Filzkappe knallte. Unterm Kappenrand quoll blondes, lockiges Haar hervor und fiel bis auf die Schultern herab. Er trug ein kurzes Wams in der Farbe der Kappe, vorne tief ausgeschnitten und mit einer Schnürung überm weißen Hemd zusammengehalten, die Ärmel an den Seiten gleichfalls offen geschnürt und oben nur angenestelt. Rote, hautenge Hosen und schwarze Schnabelschuhe nach der burgundischen Mode gaben seiner Erscheinung etwas Geckenhaftes.

Niklas sah die Störche vom Kuden'schen Haus schwungvoll auffliegen und dachte sehnsüchtig an Kerstin, die Tochter des Kaufmanns, Verlegers und Papierfabrikanten Kuden. Warum hatte er sich ausgerechnet in sie verlieben müssen? Ganz klar, dass der Vater ihm seine Zustimmung verweigerte. Kristof Soltmann war mit Heiko Kuden über Kreuz, wegen allem Möglichen. Niklas und Kerstin konnten sich nur heimlich treffen.

»Wohin geht ihr?«, fragte Marie Soltmann, die aus einem der unverglasten Wirtsstubenfenster schaute. Da ihr Mann wieder mal nicht mit ihr sprach, oblag es dem Sohn zu antworten. Sie war, trotz ihrer 50 Jahre, noch eine bedeutende Schönheit. Wenn sie neben Soltmann stand, nahmen sich die beiden recht grotesk aus. Nur das Geld schien hier zusammenzuhalten, was äußerlich so ohne Segen und gegenseitige Anziehung erschien. Auch sprach die Art, wie sich Mutter und Sohn nun über die Pläne des Vaters austauschten, Bände:

»Zum Hafen. *Er* will Körbers Kahn in Augenschein nehmen, bevor er ihm inskünftig Ladung anvertraut.«

Die Mutter schüttelte nur den Kopf, halb vor Angst, halb vor Ärger. Sie betonte das Wörtchen ebenso, schalkhafte Einstimmigkeit mit dem Sohn herstellend: »Wenn *er* sich nur nicht überhebt. Das Biergeschäft wird doch allenthalben kleiner. Ein zweites Standbein sollten wir uns schaffen. – Hier habt ihr was für unterwegs.«

Sie gab dem Sohn einen Leinenbeutel, dessen Inhalt für eine ganze Lateinklasse gereicht hätte.

»Das sag ich ja die ganze Zeit: In den Getreidehandel sollten wir einsteigen oder wenigstens Hopfen verkaufen, aber du weißt ja, wie gering *er* es achtet, was ich denke …«

Die Mutter nickte. Sie nahm ihn ernst und verstand, was ihn bedrückte. Der Vater war unterdessen schon vor das Gebäude der Münze gelangt. Niklas schlurfte ihm hinterdrein. Hans Grotian, der Münzwardein, hob den Krug leicht an, als er den Nachbarn kommen sah.

»Prosit, Bier-Kurfürst! Soltmann der Einzige! Man sollte dein Antlitz auf die Hohlpfennige setzen statt des tumben Kreuzes und der Halbmonde ...«

Sein Lästermaul lachte meckernd. Kristof Soltmann entgegnete: »Ach, du Münzfälscher! Zu viel der Ehre – und gefährlich! Hüte dich! Wer weiß, ob unser geliebter Landesherr nicht einen Storch dressiert hat, um zu hören, was du hier von dir gibst. Anderswo sind sie ja Menschen, wie man weiß, die Störche – das könnten sie auch in Magdeburg schon sein und Johann oder seinem Vater von deinen Umsturzplänen flüstern. Guck mal, wie scheel der da droben schon guckt!«

Soltmann deutete auf einen Storch, der vom Domizil der Brauknechte und des Braumeisters misstrauisch auf sie herunterblickte und dabei seinen langen Hals hin und her bewegte.

»Das wär was, wenn sich die Hanotter in Maideburg als Spitzel entpuppten ...«, sagte Grotian amüsiert und kippte den nächsten Schluck seines Biers hinunter.

»Heut Abend ist dein Hof voll – ich und meine Knechte sind es jetzt schon fast.«

Er lachte. Kristof Soltmann nickte jovial. Schön, wenn das Bier lief. Denn wenn das Bier lief, dann liefen auch seine Geschäfte. Niklas dagegen murrte still vor sich hin. Seine Lust, quer durch die beiden Städte Soltwedel zu pilgern, bloß um den Vater umständlich ein paar schwimmende, schlecht verzimmerte Bohlen in Augenschein nehmen zu sehen, die ein fünftrangiger Schiffer Kahn schimpfte, war äußerst begrenzt.

»Wir fahren mit Körber ein Stück weit die Jeetze runter. Dass der Kahn taugt, weiß ich schon ... Unser Cleji hat mit dem Fuhrwerk das Halbdutzend Viertelstücke heut Nacht schon zum Hafen gefahren, sind schon verladen. Die Hamburger haben zwar jetzt ihr weißes Bier, doch das rote von uns schmeckt ihnen trotzdem – das ist ein Markt, der groß bleiben und noch größer werden wird. Wir brauchen künftig mehr Leute. Ich habe die Bürgermeister und Räte noch mal zu einem Umtrunk eingeladen … Gib Gott, dass ich sie herumkriege, die steifen Pelze! Sie müssen mir mindestens drei Gebräue in der Woche bewilligen, ein jedes zu zwei Doppelstücken. Das wird aber erst der Anfang sein, ich habe große Pläne. Lass uns den kleinen Gang tun, damit ich dir in Ruhe erläutern kann, wie ich mir die Sache denke. Du wirst es schließlich weiterführen …«

Das konnte ja ein schöner Weg werden, dachte Niklas. Bis wohin würden sie da mitfahren müssen, wenn er ihm das alles in seiner wortreichen Art erläutern wollte? Bis zur Elbe? Und das würde nicht reichen, dann müssten sie auch noch zurücklaufen. Wut stieg in ihm auf. Was er sich für die kommenden Jahre wünschte, welche Vorstellungen und Pläne er hatte, das galt dem Vaters nichts.

Und dabei fing das Biergeschäft doch an, unrentabel zu werden. Der Zenit war weit überschritten, da waren sich alle einig, die etwas davon verstanden. Da musste er selbst Karel Merin zustimmen, der ihr größter Konkurrent war. Wieder stach es ihm im Herzen: Karel, Jennsens Bruder, war nur drei Jahre älter als er und leitete schon seit sieben Jahren den eigenen Laden, nachdem seine Eltern bei einem Brand ums Leben gekommen waren … Wie hart hatte Karel gekämpft, und mit welcher Zähigkeit hatte er das Merin'sche Handelshaus nach oben gebracht. Warum hielt Gott ihn davon ab, es seinen Altersgenossen gleichzutun? Warum drückte er das Joch nur immer stärker auf seinen Nacken? Er schüttelte den Ärger notdürftig ab, wie einen Schwarm Pferdebremsen.

Alles redete vom großen Stil im Geschäft, doch wie groß musste der Stil sein, wenn es sich noch irgendwie rechnen sollte? Die Stadt und der Fürst wollten profitierten, die Arbeiter in der Brauerei und die Transporteure mussten bezahlt werden, die Kosten für den Hopfenbau, für die Gerste, für das Holz, für die Fässer kamen hinzu. Die Hamburger kauften das Soltwedeler Bier ja sowieso nur, weil es sich gut machte, fremdes Bier anbieten zu können, denn das war ein Ausweis von Geld. Der Bierfernhandel war ein Zuzahlgeschäft, das der Alte bloß betrieb, um den Großkunden in Verden, den Bischof, bei der Stange zu halten und von der Solidität der Handlung zu überzeugen.

»Wo bleibt er denn, mein lieber Herr Sohn? Solltest dich mehr bewegen, Nickel... Sieh mich an – das Leben selbst! Hehe!«

Die breite Gestalt tänzelte über die Katzenköpfe des Pflasters wie ein Braunbär in Strumpfhosen, seine beiden Stöcke wie Ruder bewegend, wie Stangen zum Ausloten von Untiefen im Straßenkot. Dieser fette Mann machte sich über ihn lustig. Niklas knirschte mit den Zähnen und kickte Steine – keine leichte Übung mit burgundischen Schnabelschuhen. Warum konnte der Vater es nicht machen wie jeder anständige Mann, und einfach sterben, wenn seine Zeit gekommen war? Sie schlenderten die Schornsteinfegerstraße entlang, wo eine schwarze Katze nach rechts über den Weg huschte. Der Alte bekreuzigte sich mechanisch. Niklas griente über so viel Aberglauben.

Vorm Franziskanerkloster bogen sie ab und gingen links über die Mönchebrücke. Endlos erschienen Niklas der Weg und die Worte des Vaters. Entgegenkommende grüßten ergeben. Verdammt, dachte er, sie sehen ja doch nur den Alten.

Am Sieltor wechselten sie nach Neu-Soltwedel hinein. Die Tordurchlässe zwischen den Stadthälften standen schon seit unvordenklichen Zeiten ungesichert und unbewacht offen. Nachdem sie die lange Krämerstraße hinuntergelaufen waren, die im Volksmund wegen ihrer gut betuchten Bewohner auch die *Reiche Straße* hieß, kamen sie über die hohe Brücke endlich an den Hansehof. Der Vater blickte zur Seite und stutzte.

»Ei guck mal, wer da kommt... Lass uns den Menschen mal besehen!«

Niklas wandte kaum den Kopf. Er hasste es, wenn der Vater mit Wildfremden seine Späße trieb. Doch da näherte sich ihnen ein Wanderer vom Lüchower Tor her, der mit seinem breiten Strohhut wahrhaftig ulkig aussah.

Der andere nutzte die Gelegenheit, sie zu fragen: »Verzeiht, die Herren – zur Soltmann'schen Schänke?«

Niklas lachte. Der Wanderer gefiel ihm und so nahm er dem väterlichen Spott gleich den Wind aus den Segeln und antwortete: »Hier vor dir steht der Eigentümer, Kristof Soltmann, und ich bin Niklas, sein Sohn. Darf dir sagen, es ist noch ein ganz hübsches Stück! Das Wirtshaus liegt am anderen Ende der Stadt.«

Willem van Eyb stöhnte, doch dann wurde ihm plötzlich klar: Das war der Fette mit den Armstelzen, der verrückte Geheimnis-Brauer! Der Mann war eine wandelnde Groteske, er musste ihn zeichnen ... Vor allem dieses Gesicht, in dem sich Perfidie und Jovialität zur Fratze amalgamiert hatten.

Er verwand seine Überraschung und sagte: »Noch weit? O je, mein mürbes Gebein muss ruhen. Ich möchte am liebsten Teil eines Stilllebens sein.«

Kristof Soltmann fand den Strohhütigen kurios, so dass er entschied, seine gutmütige Seite zu zeigen.

»Komm mit uns, wir machen eine kleine Kahnpartie, später fahren wir mit dem Fuhrwerk zurück. Du kannst viel hocken, Bier trinken«, er deutete auf den Beutel in Niklas' Händen, »etwas essen, in der Luft herumgucken und ... uns zeichnen! Denn du bist Maler, hab ich Recht?«

»Wie habt Ihr mein Metier erkannt?«, fragte Willem verblüfft. »Am Strohhut?«

»Nein, deine Hände verraten dich!«

Willem van Eyb besah sie sich und erst jetzt fiel ihm auf, dass sie von der Rötelkreide gut eingefärbt waren.

Sie traten durch die Toreinfahrt und erblickten in einem breiten Durchgang linkerhand den Hafen. Willem überlegte kurz, ob er vom Zusammentreffen mit ihrem Fuhrknecht erzählen sollte, unterließ es aber. Das könnte er immer noch. Lustig gar wäre es, wenn Cleji ihn später wie einen alten Bekannten begrüßen würde. Der Tag gestaltete sich ganz nach Willems Geschmack.

Fünftes Kapitel

Hansehof und Neuer Hafen

Mit wenigen Schritten waren sie auf dem Gelände des Hansehofs, einer Art Packhof am sogenannten Neuen Hafen, wo zwei Flüsschen zusammenliefen: Dumme und Jeetze. Im Hafenbecken hatten sicher an die zwei Dutzend große Kähne Raum. Dort wurden sie be- und entladen, wohingegen der Packhof dazu da war, die einkommenden und auszuführenden Güter niederzulegen und auszubreiten, damit sie mit Akribie taxiert und verzollt werden konnten. Zöllner und Akzise-Schreiber, die eben noch neben Tuchballen und Fässern gestanden hatten, liefen im nächsten Moment gestikulierend und schreiend herum, verfolgten einen Kärrner, nahmen eilends Maß und notierten das Ergebnis, bevor sie das Kontor der Akzise-Schreiber ansteuerten, das sich im Erdgeschoss des Hansehofs befand. Ein Treppenturm, von einem weit größeren Vorgängerbau übrig geblieben, überragte das recht kleine Gebäude. Die oberste Tür war zugemauert, denn von dort wäre man in die Luft hinausgetreten, die über den Schindeln flimmerte. Die fremden Kaufleute bezogen in diesem Haus ihre kärglichen Kammern, die zugleich als Verkaufsräume dienten. Auch erholten sie sich von den Strapazen der Kahnpartie, woher auch immer sie gerade gekommen sein mochten.

Sie brauchten gar nicht in die Stadt zu gehen, wenn sie nicht wollten – obwohl die beiden Badstuben mit den schönen Baderinnen lockten. Mehr noch lockten die beiden weithin gerühmten Freudenhäuser – das *prostibulum* der *Äbtissin* bei der Mönchskirche etwa war das größte Bordell der Altmark – und die zahllosen Schänken. Drei Tage lang, so war es Vorschrift, durften die fremden Kaufleute ausschließlich an Einheimische verkaufen, erst danach konnten sie untereinander handeln.

Ein tief im Wasser liegender Kahn fuhr in den Hafen. Rasch zogen die Schiffsleute das große Segel ein. Seile wurden geworfen. Männer fingen sie auf, liefen am Kai entlang, zogen, bremsten, legten sich ins Zeug, bis das schwimmende Gefährt sanft andockte und vertäut werden konnte. Die Ankömmlinge waren Holländer, das sah und hörte Willem van Eyb sofort. Gewachste Schutzplanen wurden fortgezogen, und teure flandrische Tuche kamen über den Schwenkkran an Land. Die Akzise-Schreiber flogen hektisch um die Ballen wie Fledermäuse. Sowohl Kristof als auch Niklas folgten dem Schauspiel gebannt. Willem rief seinen einfahrenden Landsleuten Grüße zu, die fröhlich erwidert wurden.

»Da hinten liegt das Prachtstück! Wenn ich Euch bitten dürfte, Herr Soltmann«, sagte plötzlich und mit einer hellen, wie schepperndes Blech klingenden Stimme ein kleiner, stämmiger Mann im erdbraunen Gewand. Gelbe Strumpfhosen trug er und schob seine abgeschmackte, hellblaue Kappe in den Nacken, sich die Platte kratzend.

»Da bist du ja endlich!«, kollerte Kristof Soltmann. »Lass uns die Sache in Augenschein nehmen. Mir steht sehr der Sinn nach den Fluten.«

»Da kann Euch geholfen werden«, meinte Körber. »Die Fässer sind verstaut, die Taxe ist beglichen. Wir können sofort ablegen! Ihr wolltet doch ein Stück mitfahren, nicht?«

»So hatten wir nicht gewettet, mein Bester – erst schau ich mir dein Floß an. Und wenn ich es nicht für gut befinde, werden die Fässer mit meinem kostbaren Gerstensaft wieder gelöscht!«

Lachend und feixend gingen sie an Bord von Körbers Jeetze-Kahn. Er sah viel besser aus, als Niklas erwartet hatte. Kristof Soltmann war es zufrieden, und er riss mit Körber den Vertrag durch. Soltmann nahm die eine Hälfte an sich, Körber die andere. Durch das Aneinanderlegen war eindeutig nachzuweisen, dass zwischen ihnen eine Abmachung bestand.

Die Kornfelder schimmerten gelb, als sie durchs Wassertor hinausfuhren, ungehindert von den Wachen, die hier aufpassten. Alle kannten Soltmann den Älteren und grüßten.

»Unterm Wolfsberg steigen wir aus, laufen die paar Schritte hinauf und treffen unsern Schnitter, der uns samt Hopfen heimfahren wird! Auch die Grube muss ich mir ansehen, die er am Heidenkasten hinterm Hünenstein zu graben angefangen hat. Wirst staunen, wie die Geschäfte blühen werden, wenn wir erst den Wenden-Schatz gehoben haben!«, sagte der ältere zum jüngeren Soltmann und tastete mit der Hand nach seinem Talisman unterm Wams.

Sechstes Kapitel

Heiko Kuden und Karel Merin – Wendische Namen

Heiko Kuden stand bei Karel Merin im Kontor und sah durch die kleine Fensteröffnung kopfschüttelnd auf das rege Treiben hinunter, das bei den Kalandsbrüdern auf der anderen Straßenseite herrschte: Auch dort wurde gebraut, mit dem Unterschied, dass die Kalander fürs eigene Bier die besten Kunden waren.

»Schau dir nur an, wie sie kalandern!«, sagte Kuden. »Da sitzen sie, zechen und würfeln und prassen den ganzen Tag, streiten und schreien im Bierrausch, lästern Gott den Herrn und alle Heiligen und kommen gar noch aus den Armen der Dirnen, vom *prostibulum* der *Äbtissin* direkt zum Altar Gottes.«

Karel Merin nickte schwach. Das Grölen von gegenüber störte ihn manchmal. Die lauten Brüder in ihren beiden Gildehäusern – dem Großen und Kleinen Kaland – torkelten in ihrem heilig-unheiligen Wahn mitunter durch die Straße. In den ersten Jahren nach der Ordensgründung hatten sie nur am ersten Montag im Monat gefeiert, daher ihr Name: Brüder, die sich beim Zechen nach dem Kalender richten. An diesem Tag störten sie ihn besonders. Karel wäre am liebsten die Wände hochgegangen …

Er hatte nach dem Tode des Vaters das Handels- und Brauhaus in der Salzstraße übernommen. Wo sein Bruder Jenns ungestüm vorpreschte, agierte er mit Bedacht. Die Wohnung der Eltern etwa behielt er bei, statt ins neue große Haus nebenan zu ziehen, so konnte er bei Bedarf eine gewisse Distanz zum Geschäft wahren. Eine Tür in der Wand zwischen Elternhaus und Neuem Haus ermöglichte es ihm, die private Welt mit der des Handels zu vertauschen, wann immer er wollte. Wenn das Kalandern ihn zu hart ankam und die Flucht ins Private keine Besserung brachte, ritt er hinaus in die Feldmark, wo er am Wolfsberg ein Hopfenstück hatte. Da gab es zum Unterstellen von Werkzeug und zum Schutz vor Unwettern eine kleine Kate, vor der es sich bei schönem Wetter trefflich sitzen und ausruhen ließ. Hin und wieder genoss es Karel, sich für kurze Zeit aus dem hektischen Stadtleben auszuschließen. Wie ein Eremit konnte er dort draußen sitzen, auf den Zug der Wolken oder das Kreiseln der Greife am Himmel starren und sich vom monotonen Gezirpe der Grillen betören lassen.

War Karel in einer Sache unsicher, ließ er die Finger davon. Sein wuseliger Bruder Jenns dagegen spielte gerne va banque. Immer aufs Ganze, wenn es auch schiefging – das war seiner Meinung nach besser, als gezaudert zu haben. Mit Kerstin Kuden würde er schon noch einig werden, wollte er Karel glauben machen. Karel war um einiges erfahrener, was Frauen betraf, und wiegte angesichts von Jennsens Zuversicht bloß den Kopf. Die liebte Niklas Soltmann, das wusste doch jeder …

Jenns hatte mit Heiko Kuden schon ausgiebig das Für und Wider einer künftigen Verbindung ihrer Betriebe erörtert. Für Jenns war alles klar. Er stand vor dem Abschluss seiner Lehre. Doch Karel hatte sehr starke Bedenken, ob Jenns schon ins große Geschäft einsteigen konnte. Sollte er nicht erst einige Jahre im Dienst seines Handelsherrn bleiben? Gottschalch war Innungsmeister der Alt-Soltwedeler Wandschneider. Karels Handlung umfasste zwar vielerlei Dinge, wie bei Fernhändlern üblich. Aber mit dem Wandschnitt war er nicht vertraut. Und nun gar mit Kuden zusammenzugehen, der dick im Papiergeschäft war – mochte die Tochter nun mitspielen oder nicht –, würde in jedem Fall bedeuten, ein weiteres unwägbares Terrain zu betreten.

Kuden schätzte Bedachtsamkeit, aber die Karel'sche ging ihm doch etwas zu weit. Er hatte immer gegen die Art der Alten gewettert, die Heiraten der Kinder im Voraus zu bestimmen. In diesem Fall aber, ohne dass er den Grund hätte offen zugeben können, fühlte er eine natürliche Berechtigung, ja Verpflichtung dazu in sich. Doch ungeachtet der prinzipiellen Unmöglichkeit einer Verbindung zwischen Niklas und Kerstin machte Soltmann senior, das Untier, alles Nachdenken darüber ohnehin zunichte. Er würde in diesem Fall sogar für ihn arbeiten und seinen Niklas an der kurzen Leine halten.

Was nun aber die Merins betraf, so schien Kerstin – wenn überhaupt mit einem von beiden – eher mit Jenns, dem Bruder Gewandschneider, zu liebäugeln. Es fuchste Kuden, dass andere Männer Intrigen fabrizieren konnten, die ganze Ländereien in Atem hielten, während er nicht einmal die eigene Tochter so zu lenken verstand, dass für sein eigenes Haus der beste Weg herauskam. Vielleicht hätte er sich, wenn seine Frau noch wäre, um solche Dinge gar keine Sorgen machen müssen ... nein, nicht vielleicht: Ziemlich sicher sogar hätte ihn das gar nicht umgetrieben. Seine Frau war gestorben, als Kerstin auf die Welt gekommen war. Er schluckte etwas hinunter, das ihm schief im Hals saß. Unergründlich war der Brunnen der Vergangenheit. Ach, seine Frau, die sich mit Soltmanns Brauknecht Cleji eingelassen, nachdem er und Marie Soltmann ... Heiko Kuden schluckte ein zweites Mal. Da war alles anders geworden, da hatten in gewisser Hinsicht Glück und Unglück ihren Anfang genommen ...

Nun, es war noch nicht entschieden, ob Kuden mit seinen Plänen fallieren würde. Eine Verbindung seiner mit der Merin'schen Handlung schien ratsam und vernünftig, auch wenn Kerstin keinem der Brüder die Hand zum Bund fürs Leben reichen würde.

»Warum hat Gott *ihn* uns bloß aufgehalst?«, sagte Kuden, den Gedanken in eine ganz andere Richtung fortspinnend, und seufzte. Marie stand ihm lockend vor Augen. Karel wusste zumindest, wen er mit *ihn* meinte – Soltmann den Älteren.

»Trotz allem trifft man sich heut bei ihm: Der Soltwisch ist und bleibt das rotbraune, dunkelgoldene Herz Alt-Soltwedels«, sagte Karel. »Man kommt nicht dagegen an.«

»Wer weiß, vielleicht doch ... Man muss es nur beherzt und richtig anpacken. Gemeinsam könnten wir es schaffen. Wir sollten auswärtiges Bier *en gros* anbieten. Oder besser noch zum Verkauf in Viertelstücken in unseren Handlungen – bei mir auf dem Hof, bei dir im Haus. Das wäre hier ganz was Neues. Damit wäre Soltmann zu schrecken und zu besiegen. Wir würden zudem Hopfen und Gerste nach Hamburg liefern und brächten Hamburger Biere mit zurück.«

»Das klingt gut«, sagte Karel Merin. »Obwohl ich fürchte, Soltmann würde sich dann im Rat dafür stark machen, den Einfuhrzoll zu erhöhen, bis keiner unser fremdes Bier mehr trinken wollte. Oder, am schlimmsten: Er käme auf die Idee und würde uns aus unserm Namen einen Strick drehen ... Ich warte schon darauf, dass sie auch hier die Echtzeugnisse fordern.«

Der Rat war in den zurückliegenden Jahren immer wieder auf den Gedanken verfallen, den Zuzug neuer Meister und Gesellen durch die Forderung nach Bescheinigungen rein deutscher Geburt zu erschweren, um die Wenden aus der Stadt zu drängen. Dabei lagen die wendischen Wurzeln vieler Soltwedeler schon so tief, dass sich keiner mehr daran stören konnte, ohne die halbe Einwohnerschaft zum Auszug zu zwingen. Auch waren die letzten Worte im Rat hierzu noch nicht gesprochen. Möglicherweise würden im Zweifelsfall, wo keinerlei schriftliche Geburtsbriefe vorhanden waren, auch Zeugeneide akzeptiert – so hatte man es bei den Wandschneidern geregelt.

»Das lass uns lieber nicht beschreien!«, sagte Kuden, rasch die eigenen Verhältnisse durchdenkend. »Aber es wäre eine lustige Sache: Die meisten müssten sich Zeugeneide ausstellen lassen von Leuten, die sich alle Zeugeneide ausstellen lassen müssten und so weiter *ad infinitum*. Eigentlich eine schöne Sache, die mir Papierfabrikant viel Umsatz brächte: 100 Pauscht Papier wären für all die Urkunden wohl nötig. Kann aber auch sein, dass es mit der Beeidung durch ein paar Zeugen erledigt ist. Dass ihr, du und dein Bruder, Schwierigkeiten bekommen werdet, glaube ich nicht. Eine Frage der Urgroßeltern wird es nicht werden. Eure Eltern leben nicht mehr, das heißt, es wird gar schwierig mit dem familiären Zeugeneid.«

Karel hatte ihn kaum gehört.

»Soltmann hat es meinem Bruder jetzt schon zweimal ganz deutlich angedroht. *Jenns Merin*, hat er zu ihm gesagt, *Euch wird die drawähn'sche Verwandtschaft noch zum Halsstein! Noch immer sind ja Meringe bei den Bartenslebens als Schäfer, bei den Dannenbergs als Melker, den Gladigaus als Müllersknechte. Ein Wort genügte doch, Euch zu überführen, so wie Ihr sprecht. Wo sind Eure Echtzeugnisse? Wo Eure Geburtsbriefe? Wer will für Euch den Zeugeneid leisten? Wartet's nur ab, bald ist's aus!* Das hat er gesagt, der feiste Stelzer, bei meiner Treu! Der Schuft, ich würd ihm am liebsten einen schönen Halsstein verpassen und ihn in die Jeetze senken!«

In Merins Augen flackerte es trüb. Wenn er nur so viel Entschlossenheit auch in der Handlung zeigte, seufzte Kuden innerlich. Das war bald mehr Soltmann'sche Bosheit als zu ertragen war. Die Soltwedeler Merins hatten so wenig oder so viel wendische Wurzeln wie jeder hier. Wie denn auch nicht? Sie lebten in einem Land, das seit langer Zeit wendische Siedler hatte …

»Es würden sich Zeugen genug finden, aber unsere Mutter …, du weißt, wie es Vater Gottlieb mit der Treue gehalten …«

»Oh ja …«

Kuden wollte, aus sehr naheliegendem Grund, dieses Thema nicht vertiefen. Er konzentrierte seinen Hass auf Soltmann, ihr einigendes Hauptübel, der Nachrede so übervoll – und doch wurde er allenthalben mit Vergünstigungen fetiert. Dass sie einem solchen Schandmaul seit Monaten immer größere Braukontingente zugestanden, war kaum zu fassen. Auch hatte er offensichtlich den Brauaufseher Rodensee fürs Augenzudrücken und Maulhalten bestochen.

»Nur gemach!«, suchte Kuden den anderen trotz seiner eigenen Wut etwas zu beschwichtigen. »Was will er schon groß von echtdeutschen Namen wissen, was von Namen überhaupt? Merin und Mering sind zwei Paar Stiefel. Ihr habt euch sicher schon Märin und Merhin und Möring und Märing geschrieben. Beim Heinrich Moichel hat auch jeder gedacht, er käme aus dem Drawähn, und doch ist er ein Chüd … schreibt sich mal Meuchl und mal Maischl, mal Meeschel und mal Mösche.«

»Wusste gar nicht, dass der auch schreiben kann!«

»Der würde freilich auch mich Kuden gern zum Chuden, zum Chüden machen«, sagte Kuden. »Er ist ein wandelndes Übel. Unberechenbar. Dabei schwätzt er selbst lang und breit wie ein Wende. *Bier kochen* heißt beim zweistöckigen Dicken *Piiijeeere kaaaoooken*!«, imitierte er Kristof Soltmanns unverkennbaren Tonfall.

Sie grienten einig und wussten doch keine Abhilfe.

»Meine Tochter wird jedenfalls keine Soltmann werden«, sagte Heiko Kuden. »Aber eine Merin!«

»Der Jenns wollt sie schon, glaub ich …«, sagte Karel vage und etwas verschämt.

»Und wie sieht's mit dir aus? Würdest du sie auch nehmen?«

Karel fühlte sich übertölpelt, wusste nicht, was er sagen sollte, und wurde bis in die Ohrenspitzen rot, wenn er an die schöne Kerstin dachte. Irgendwie kam ihm das alles nicht recht vor, und doch …

Kuden erriet, dass Karel in der Stadt an diesem Tag von den Nerven überwältigt zu werden drohte, und sagte daher: »Lass uns in die Feldmark zu deiner Hütte reiten – die Hopfenbüsche sind stumme Zeugen bei wichtigen Unterredungen. Hier scheint der dicke Soltmann hinter jedem Stein zu hocken. Draußen am Wolfsberg wird es sich freier reden lassen. Dort wirst du dich entscheiden können.«

Siebentes Kapitel

Kerstin Kuden – Zu weit gefahren – Das Gewitter – Tatortskizze – Ein Toter und ein Lebender, die beide verschwinden

Die Nachricht von Jenns ernüchterte Kerstin Kuden. Was sollte das nur alles werden? Sie war so durcheinander ... Sie ging zu dem bewehrten Altan an der Stadtmauer, die Kudens Hof an einer Seite begrenzte. Die Stelle war gut dazu geeignet, sich das Haar von der Sonne bleichen zu lassen. Blond sollte es sein, nicht braun und wendisch. Kerstin saß auf der Mauer, befeuchtete ihre Haare mit einem Schwamm und breitete sie auf der Krempe eines nassen Strohhutes aus. Ihre Kleidung war bequem und schlicht. Grünes Leinen, kurz die Ärmel, die Taille von natürlicher Weite, ein bis auf den Boden reichender Faltenrock.

Kerstins Mutter, Grete Kuden, hatte sich angeblich früher mit Marie Soltmann, der Mutter von Niklas, gut verstanden. Aber die Väter hatten nun einmal beschlossen, einander zu hassen, dagegen half kein Kraut.

Diese Gedanken brachten Kerstin erst in die Nähe der entscheidenden Frage. War es nicht besser, sie schlüge sich Niklas ganz aus dem Kopf? Sie liebte ihn ja mehr als Jenns, doch er hatte so etwas Drückendes, Schweres ... Jenns Merin war ein viel unkomplizierterer Kandidat fürs Heiraten und Familiegründen. Er machte ihr Geschenke, er beteuerte ihr unentwegt seine Liebe. Und ... ihr Herz klopfte wieder, denn sie war mit Jenns verabredet ... am Hünengrab auf dem Wolfsberg. Als Gewandschneider wäre Jenns gar viel angesehener als Niklas, bei dem es zudem fraglich war, ob er überhaupt je aus dem Schatten des Vaters treten könnte. Der Alte schien nicht totzukriegen, und Niklas war schon so alt ...

Sie schaute über die Flutgräben, über die Felder in die Marschen des Vorlandes hinaus. Droben kreisten die Störche. Auch ihre Gedanken drehten sich im Kreis. Sie gelangte zu keiner Entscheidung. Was nun wollte ihr Vater an diesem Nachmittag bei Karel Merin, dem Brauer und Fernhändler, Jennsens Bruder? Heiko Kuden, der Papierfabrikant, Fernhändler und Verleger, trug sich wohl schon lange mit dem Gedanken, ins Export-Braugeschäft einzusteigen oder mit Getreide und Hopfen zu handeln, und suchte nach einem Kompagnon, der bereit war, das Risiko zu teilen.

Rechnete ihr Vater insgeheim damit, dass sie sich für Karel Merin entschiede? Der Gedanke kam ihr an diesem Nachmittag zum ersten Mal. Ihr Herz kam aus dem Tritt – aus Furcht. Wenn sie die Dunkelheit bei Niklas anziehend fand, so kam ihr Karel regelrecht gespenstisch vor. Ein Mann, den die Vorsicht förmlich zum eigenen Schatten werden ließ …

Gab es nicht schon deutliche Vorzeichen? Zum Glück gehörte ihr Vater nicht zu den Patriarchen, die ganz ohne Worte über das Schicksal der Kinder entschieden, versuchte sie sich zu beruhigen. Denn daran, Karel zu ehelichen, dachte Kerstin, die doch alle haben konnte, nun nicht im Mindesten. Freilich würden so Familienbund und Ökonomie in eins fallen – es sei denn, die väterlichen Handelspläne scheiterten bereits im Vorhinein … Soltmann aber würde nie erlauben, dass Niklas und sie …

Kerstin machte sich auf den Weg hinaus zum Wolfsberg, zu Jenns …

Niklas rührte mit einem Stock in der Jeetze und zog den Schlick nach oben, verträumt. Willem van Eyb war neben ihm auf den Bohlen eingenickt, den Kopf aufs Felleisen gebettet. Nun weckten ihn Stimmen wieder auf.

Der Alte sagte zum Schiffer: »Der Kahn taugt. Das Segel wird man erneuern müssen bei nächster Gelegenheit. Schade, Körber, dass du uns heute Abend bei unserer Nachtfahrt keine Gesellschaft leisten kannst. Aber du und die Deinen – ihr habt ja ein Fass zur Verpflegung«, sagte Kristof Soltmann und schaute sinnierend in den Himmel, auf ein kleines Fass klopfend, das er seinem Fährmann zur Wegzehrung und als Bonus für ihren Transportvertrag überlassen hatte.

Sie stießen tönern an – Kristof und Niklas Soltmann, Hannes Körber, Willem van Eyb und die drei Mann Besatzung. Die Landschaft zog vorbei, und sie dösten, bis Soltmann plötzlich hochschreckte.

»Anlegen! Wir hätten ja doch längst aussteigen müssen«, sagte Kristof Soltmann und lachte.

Sein Lachen erstarb in Husten und Gekeuche. Das frische Bier, das er in der Braustube getrunken hatte, schien ihm zuzusetzen. Niklas stöhnte. Er hatte es ja gleich gewusst, es würde eine schöne Fahrt werden.

»Hier aussteigen?«, maulte er. »Inmitten von Kraut und Rüben?« Er blickte am Ufer entlang und präzisierte: »Inmitten von Unkraut und keinen Rüben.«

Willem van Eyb wollte beim familiären Disput nicht stören. Er verstand nur die Hälfte. Vielleicht war das hier so Sitte, weit hinaus vor die Stadt zu schippern, sich in freier Natur anzuschreien und anschließend wieder nach Hause zu laufen, bis die Nacht hereinbrach? Wer konnte schon sicher sein, in einem fremden Land alle Sitten und Gebräuche zu kennen?

Niklas' ganze Aufmerksamkeit galt erst einmal seinem burgundischen Schuhwerk. Er zog die Schuhe aus und hielt sie in der Hand, während er sich wutschnaubend ins Wasser gleiten ließ. Bis zur Hüfte reichte es ihm; Willem van Eyb und dem Vater noch ein Stück weiter, bis zum Nabel. Deren Hauptsorge waren Felleisen und Geldkatze, die sie hoch in Händen hielten, während sie Land zu gewinnen suchten. Sie wateten ans verkrautete Ufer. Körber schickte ihnen Segenswünsche hinterher.

Langsam, aber unaufhaltsam entfernte sich der Kahn und war schon bald in der nächsten Flussbiegung verschwunden. Schwül war es geworden, und die ersten Schritte wurden ihnen schwer vom Bier im Kopf.

»Weshalb habt ihr Holländer eigentlich noch immer kein eigenes vernünftiges Bier?«, fragte Kristof Soltmann den Maler.

»Es versteht eben keiner, wie es gemacht wird – und wir wollen uns neben euch keine Blöße geben«, sagte Willem van Eyb. »Das zu erreichen, was Ihr aus den Ähren und Dolden herausholt, brauchen wir noch etliche Jahre. Da ist es besser, wir importieren Euer Bier, um trinkend zu lernen!«

Während die beiden im Wandern weiter daherschwätzten, hing Niklas seinen Gedanken nach, sah im Geiste Kerstin Kuden mit Jenns Merin scharwenzeln …

Der Himmel hatte sich verdunkelt. Erst wetterleuchtete und grollte es nur fern. Dann näherte sich das Ungewitter langsam. Sie waren endlich unterm sogenannten *Wolfsberg*. Willem van Eyb suchte den »Berg« und grinste verständnislos.

»Berg … nun ja, aber schön ist er. Ich war heute Morgen schon droben – hab mit einem gewissen Cleji Schneider gefrühstückt!«

»Ja, dann hast du unsern Brauknecht schon kennen gelernt! Sauber, das gefällt mir. Schön zu hören, dass er brav ist und sich schon in aller Herrgottsfrüh da aufhält, wo er sein soll. Da hinten steht ja das Fuhrwerk!«, sagte der alte Soltmann.

Aber bis dahin kamen sie nicht mehr. Als die Ringe der ersten einschlagenden Tropfen auf dem Wasser einander berührten, ließen sie sich unter einer alten vielstämmigen Weide am Jeetze-Ufer nieder. Das schüttere Laubwerk schützte sie keinen Augenblick vor dem heftigen Guss.

Sie schwiegen und starrten auf die Regenvorhänge, die ohnehin schon nassen Beine von sich gestreckt. Sei es, dass die Menge des Bieres sich bemerkbar machte, sei es, dass der Regen sich ermunternd auswirkte – Kristof Soltmann war gezwungen, seine Blase zu erleichtern, und stand auf, um dies unbeobachtet hinter einem Baum zu tun. Nun wollte er nicht direkt den Baum benutzen, an dem die anderen saßen, und so musste er eine kleine Strecke Wegs zurücklegen, um das nächste Weidendickicht zu erreichen. Er verschwand im immer stärkeren Regen.

Willem van Eyb starrte ins Gewirbel der Tropfeneinschläge auf dem Wasser. Ein Donner ertönte, gefolgt von einem seltsamen Laut. War es das Rufen eines Menschen oder das Wiehern eines Pferdes, oder war es beides? Es könnte Cleji mit den Rössern gewesen sein, von denen eins erschrocken ist, dachte des Brauers Sohn. Oder aber der alte Soltmann … Niklas wurde unruhig.

»Ich werde jetzt doch einmal nachschauen müssen, wo mein Vater bleibt«, sagte er und erhob sich. »Wer weiß, ob er nicht Weg und Fluss verwechselt hat.«

»Für meine Ohren klang es eher so, als sei ihm beim Verrichten seines Geschäftes ein Geist erschienen«, sagte Willem, nicht sonderlich an der Frage interessiert, wo dieser alte störrische Mann abgeblieben sein könnte.

Er lauschte ins Rauschen des Regens, während der junge Soltmann sich entfernte. Ein weiterer gewaltiger Donner erschütterte die Gegend. Das klang nach einem Einschlag. Bei jedem Blitzen flackerten die Regenfahnen. Der nächste Donner klang wie das schier endlose Rollen einer schweren Eisenkugel auf einem hohlen Holzbohlenboden. Eine ganze Weile noch konnte Willem sehen, wie sich Niklas' Gestalt entfernte. Bei jedem der jetzt rasch aufeinanderfolgenden Blitze sah er ihn um ein Stück weiter fortgerückt. Der Maler stand auf, damit er bei der nächsten Erleuchtung einen besseren Blick hätte, denn das war doch zu kurios. Plötzlich war es so hell, dass er die Augen schließen musste, um nicht geblendet zu werden. Mehrfach, kurz hintereinander, rasselte Petrus persönlich mit einer riesigen Kette. Als Willem die Augen wieder öffnete, brannte lodernd eine Pappel und beleuchtete die Szenerie.

Zunächst sah es so aus, als kniete Niklas Soltmann allein bei einem am Boden Liegenden, die Hände auf ihn gelegt. Kurz darauf jedoch nahm Willem deutlich vier andere Gestalten in großer Entfernung wahr – Geistern keineswegs unähnlich. Und wie Geister aussahen, das wusste er aus eigener Erfahrung. In seiner Familie gab es viele, die schon welche gesehen hatten.

Zwei Gestalten standen näher beisammen, seitlich am flachen Hügel. Zwei weitere in deutlichem Abstand zu ihnen in der Ebene entfernten sich. Die haushohe Pappelfackel erlosch im Regen und fing an zu qualmen. Der Beobachter versuchte, die Gestalten weiter im Blick zu behalten, doch sie wurden schon im nächsten Moment von einer Rauchfahne verdeckt. Mit ihr wehten auch sie dahin. Jetzt sah Willem nur noch das Fuhrwerk sowie eine Gestalt, die sich näherte. Nach einigen bangen Momenten erkannte er, dass es Niklas Soltmann war. Der Sohn des Brauers hatte wild abstehendes Haar und einen schwer deutbaren Gesichtsausdruck. Auch seine Stimme schien eigentümlich verändert.

»Komm bitte mit, es ist … ein Glück, dass er allein war, es hätte uns ebenso betreffen können … ein Unglück, wollte ich sagen. Ein Unglück ist geschehen. Mein Vater …«

»Fass dich, was ist denn los? Du redest irr. Ich sah eine ganze Menge Volks bei dem brennenden Baum.«

Niklas fuhr sich mit beiden Händen durchs nasse Haar.

»Wer redet hier irr? Von welchem Volk sprichst du? Meinen toten Vater und mich – mehr kannst du schwerlich gesehen haben. Cleji muss oben am Hügel sein, ich habe ihn nicht gesehen.«

»Was soll das heißen, *toter Vater*? Hat ihn der helle Strahl …«

»Ja, der muss ihn getroffen haben …«, sagte Niklas Soltmann, und ein seltsames Leuchten stand in seinem Blick.

Lachte er? Weinte er? Oder tat er beides zugleich?

»Sieh selbst …«, fügte er hinzu, als er Willems ungläubige Miene sah, und zog ihn mit sich. Der Regen wurde schwächer. Als sie zu der Stelle unter der qualmenden Pappel kamen, wo Kristof Soltmann lag, genauso leblos wie sein Sohn es gesagt hatte, hörte der Regen ganz auf. Willem setzte sich neben den Korpus auf einen abgefallenen Ast. Er hatte noch nie einen vom Blitz getroffenen Mann gesehen. Trotz des traurigen und tragischen Ereignisses war er kühl und neugierig. Ob der Sohn es gestatten würde oder ob es unpassend wäre, wenn er ihn zeichnete?

»Das Ereignis ist höchst ungewöhnlich. Ich möchte es festhalten, wenn du nichts dagegen hast. Stört es dich, wenn ich deinen toten Vater zeichne?«, fragte er.

Niklas Soltmann gab ihm mit einer Handbewegung zu verstehen, dass er nichts dagegen hätte, und setzte sich auf den Stamm eines Baumes. Er wirkte völlig geistesabwesend. Was mochte in seinem Kopf vorgehen? Willem zwang sich zur Ruhe und konzentrierte sich, schätzte ab, wie viel Platz auf dem Papier er der Gestalt einräumen wollte und welchen Raum dem Drumherum. Er entschied sich dafür, den Kopf und den Oberkörper darzustellen und ein Stück der unmittelbaren Umgebung. Mit vorsichtigen Strichen der Rötelkreide umriss er die Kontur. Immer flinker und sicherer und fester wurden die Striche.

Der Ausdruck im Antlitz des Liegenden war bemerkenswert: Augen und Mund standen offen, als sei der alte Soltmann kurz vor dem Tod seinem Schöpfer begegnet. Was aber waren das für kleine gelbe Kugeln, die auf seinem Wams verstreut lagen, welchen Baumes oder Strauches Früchte? Auch am Boden befanden sich etliche. Willem widmete ihrer Darstellung ganz besondere Aufmerksamkeit, stellten sie doch eine hübsche Bereicherung des Bildes dar: klein wie Apfelkerne, aber zylindrisch.

»Hilf mir jetzt lieber, den Fuhrknecht zu suchen!«, sagte Niklas Soltmann unvermittelt, als sei er aus einer bis dahin währenden Umnachtung erwacht.

Willem hatte die Zeichnung des Brauers beendet und skizzierte noch rasch das verkohlte Geäst des Baumes, ehe er sich erhob. Soltmanns Sohn hatte zuvor dagesessen, den Kopf in die Hände gelegt, als müsse er darauf bedacht sein, ihn daran zu hindern herunterzufallen. Er beugte sich hinab und tastete das Wams des Liegenden ab.

»Die Börse ist weg! Er trug sie nicht am Gürtel, sondern an einem Band, das innen am Wams angenäht war. Der Dieb war findig, oder er wusste es. Viel Zeit blieb ihm nicht, denn ich kam bei meinem Vater an, als der helle Schein des brennenden Baumes erlosch.«

»Ein Blitz, der stiehlt, ist mir gleichfalls noch nie begegnet«, sagte Willem. »Glaubst du, der Fuhrknecht …«

»… nutzte die Situation aus? Kann sein, kann auch nicht sein. Ich weiß es nicht. Ist ein schwer zu durchschauender Mann.«

Rasch schritten sie aus, durchs regennasse Gras, und erreichten schon kurze Zeit später die Hopfenfelder am Wolfsberg. Sanft schwangen sich die Gestelle mit den gezackt-großblättrigen Ranken über die schwache Erhebung. Goldammern klagten und Dompfaffen, Grillen zirpten schon wieder. Das Gewitter war vorbei. Sie tauchten schnell in die Gänge zwischen den überwucherten Stangen ein. Von Cleji, dem Fuhrknecht, der den Wagen mit den Pferden unten zurückgelassen hatte, fehlte jede Spur. Sie riefen nach ihm, aber ihr Bemühen war vergeblich.

Endlich sagte Niklas Soltmann: »Lass uns umdrehen, meinen armen Vater auf den Wagen laden und heimfahren. Auf dem Weg werden wir Cleji sicher finden. Mich wundert nur, dass sein Klöthöbel nirgends zu hören war.«

»Sein Klö… ?«

»Sein Hund.«

Sie kehrten zu den Pferden an den Fluss zurück. Der Baum rauchte noch immer stark, die Sonne schien wieder, und Strahlenbahnen stachen durch den Qualm. Sie kamen an die Stelle, an der sie Kristof Soltmanns Körper zuletzt liegen gesehen hatten.

»Kneif mich!«, sagte Niklas und machte große Augen.

Doch Willem hatte selbst ein Problem mit der Wahrnehmung, oder besser gesagt, mit dem, was er gerade nicht sah: Kristof Soltmann, Niklas' toter Vater war verschwunden, wie vom Erdboden verschluckt, als habe sich der Höllenschlund geöffnet – ganz kurz und wie nebenbei nur – und der Teufel den Leib des Alten eingezogen. Die Seele mochte er ja bereits gehabt haben.

Achtes Kapitel

Soltmann/Kuden/Merin – Wendische Probleme im Rat – Jesus im Perver

Ein Jahrzehnt später, Montag, 14. August 1486

Im Storchennest auf dem Dach des Kuden'schen Wohnhauses standen vier Junge. Niklas Soltmann blickte auf seinem Weg ins Kontor hinauf. Kerstin hatte inzwischen vier Kinder, sie war mit Jenns Merin verheiratet. Niklas dagegen lebte allein mit seiner Mutter Marie.

Woran es liegen mochte, dass er nie daran gedacht hatte zu heiraten, wiewohl es an Bewerberinnen nicht gefehlt hatte, war eines der ungelösten Soltwedeler Rätsel. Einige vermuteten, dass die Schrecken jener fernen Gewitternacht ihn dauerhaft gefühlskalt hatten werden lassen. Andere gaben der Theorie den Vorzug, dass die selbst im Alter noch schöne und putzsüchtige Marie kein junges Weibsbild neben sich duldete.

Kerstin schien mit Jenns Merin die richtige Wahl getroffen zu haben. Sie trug an den Festtagen mehr Geschmeide als manche Adlige, denn ihr Mann hatte als Wandschneider und Tuchfernhändler zwei glückliche Hände und eine goldene Tuchschere. Karel Merins Frau Irmela sah es neidlos. Hässlich von Natur, machte sie den Makel des Äußerlichen durch ein lebendiges und forsches Wesen mehr als wett. Karels Geschäfte gingen so, wie der Schmuck seines Eheweibes es nach außen hin vorführte: solide, nicht glänzend.

Niklas Soltmann dagegen hatte die Brauerei ausgebaut und eine Handelsgesellschaft gegründet, die Getreide, Hopfen, eigenes Bier, Salz, und Papier bis nach Wisby verschiffte. Heringe, Gewürze, Bernstein und fremdes Bier kamen dafür in die Stadt. Die Soltmann'sche Brauerei war längst nur noch ein Rad am Wagen, der auch ohne sie fortrollen würde. Niklas hatte in

Kuden einen Handelspartner gefunden, der solider und erfahrener nicht hätte sein können. So gerne Jenns auch mit seinem Schwäher Kuden zusammengearbeitet hätte – mit Niklas in einer gemeinsamen Handelsgesellschaft zu sitzen, das wäre ihm niemals in den Sinn gekommen.

Dass Kudens Pläne mit den Merins nur zum Teil aufgegangen waren, hatte an Karel, dem Übervorsichtigen, gelegen, dem das Papiergeschäft zu unsicher, Jenns zu unerfahren und überhaupt alles zu unwägbar vorgekommen war, was er nicht selbst und allein in die Hand nahm. Jenns hatte infolgedessen schon bald in der geschäftlichen Verbindung mit dem zaudernden Bruder klare Verhältnisse geschaffen. Sie arbeiteten in der *Merin'schen Gesellschaft* zusammen, hielten aber ihre Tätigkeitsbereiche sorgsam voneinander getrennt. Es war kein Segen dabei, mit Karel in allen Dingen gemeinsam zu entscheiden. Während der somit alleine den Merin'schen *Wallrapp* braute und keinen aufregenderen Handel als den Getreide-, Bier- und Hopfenhandel betreute, hatte sich Jenns als Gewandschneider in kürzester Frist so weit konsolidiert, dass er ein stattliches Kaufhaus unmittelbar an das Merin'sche Stammhaus mit der Brauerei in der Schmiedestraße, Ecke Salzstraße, errichten und reiche Einnahmen aus dem Tuchgeschäft einbringen konnte.

Ihre Überschüsse teilten die brüderlichen Gesellschafter, um das Geld in beiden Teilen ihrer *selschup* wieder gewinnbringend einzusetzen. Karel saß im Rat, und Jenns würde, wenn alles so kam, wie er glaubte, bald auch hineinkommen. Sein alter Gewandschneider-Innungsmeister Gottschalch hatte schon früh Anstrengungen finanzieller Art unternommen, seinem besten Gesellen den Weg nach oben zu erleichtern.

Beide Merins respektierten Heiko Kuden, indessen waren sie dem jungen Soltmann nicht eben grün. Der Bierbrauer Karel hegte einen natürlichen Abscheu vor dem erfolgreicheren Konkurrenten, während Jenns, der Tuchhändler, … ja, woher dessen Groll kam, wusste man eigentlich gar nicht so recht. Die Zeiten, da Niklas und er um Kerstin gestritten hatten, waren schließlich lange vorbei, wenn zehn Jahre eine lange Zeit genannt zu werden verdienen, und Jenns hatte den Sieg in diesem Zweikampf davongetragen.

Niklas und Kuden hatten nach Kristof Soltmanns Tod schnell zueinandergefunden. Kuden, inzwischen bereits über fünfzig, ohne männlichen Nachfolger und seit beinahe einem Vierteljahrhundert verwitwet, war froh, einen fähigen jungen Geschäftspartner gefunden zu haben, dem einmal alles zufallen würde, was er erwirtschaftet hatte.

Heiko Kuden trat in der gemeinsamen Handlung mit Niklas Soltmann immer kürzer, konzentrierte sich mehr und mehr auf die Herstellung feiner Papiere in einem Seitentrakt der gepachteten Neutormühle, wo ein Hadernschneider und ein Stampfwerk standen, Trockengestelle für die nassen Bögen und eine schwere Apparatur, mit der je ein Pauscht zu 181 Stück zu tadelloser Flach- und Glattheit gepresst werden konnte. Gleichsam eher eine Leidenschaft als ein gewinnorientiertes Unternehmen war die kleine Druck-Offizin im Obergeschoss des Speichergebäudes mit ihrem gemeinsamen Kontor, in dem er täglich neben Niklas am Stehpult stand.

Der Sohn des Mühlenaufsehers Rodensee hatte seine Buchdruckerlehre erfolgreich beendet und angefangen, in Kudens Auftrag zu drucken. Sein langjähriger Meister Arne Holtorf, einer der Brüder des Baders, musste aus Altersgründen kürzertreten, aber er lebte noch, und Kuden schätzte sein untrügliches Gespür für Typographie und sein immenses Wissen. Er konnte mit geringsten Mitteln aus Papier, Blei und Druckerschwärze wahre Kunstwerke entstehen lassen. Die von Rodensee dem Jüngeren unter den wachsamen Augen Arne Holtorfs für Heiko Kuden gedruckten *libelli* waren als Beigaben für ferne Kaufleute sehr beliebt, und es gab nicht selten den Ausschlag bei einem von Kudens und Soltmanns Geschäften, wenn in der Verhandlung ein Schock *Damenspiegel* oder *Rotmann* oder auch eine Heiligenlegende als kostenlose Dreingabe auf der Warenliste stand, gedruckt auf Lippertmühle-Bütten.

Niklas verstand sich gut mit Kuden. Allerdings fand er es bedenklich, dass Kuden seit einiger Zeit eine schmerzhaft anmutende Sehnsucht nach Gott kultivierte – es sah so aus, als gäbe es etwas in seinem Leben, das heftig nach göttlicher Vergebung schrie. Dabei war er körperlich und geistig sonst noch in keiner Weise hinfällig …

In der Handlung herrschte schon am frühen Morgen Hochbetrieb. Alles in allem – die je fünf Mann in Papiermühle und Druckerei nicht mitgezählt – waren etwa zwanzig Personen auf dem Gelände mit dem Kommissionieren, Aus- und Einpacken, Beladen und Abladen und dem An- und Abtransport befasst. Niklas bearbeitete die eingehenden Bestellungen, setzte sie in Handlungsanweisungen für die Mitarbeiter um, führte das Hauptbuch und verhandelte mit den Kunden, die persönlich kamen, um nach Ansicht zu kaufen. Dazu waren besondere Räume vorhanden, wo Gelegenheit bestand, die eigenen oder fremden Waren auszubreiten und in Ruhe zu besehen.

»Guten Morgen, siehst müde aus«, sagte Kuden.

Niklas erwiderte mit einer Stimme, die aus einem Keller oder einer Gruft zu kommen schien: »Liegt daran, dass ich kein Auge zugetan habe. Der Nachtalp hat mich wieder geplagt, unser Herrgott meint es gar nicht gut mit mir«, fügte er mit so feiner Ironie hinzu, dass Kuden sie nicht spürte. »Heute wird im Rat aufs Neue über die Statuten debattiert. Ich weiß nicht, was ich noch vorbringen soll, ohne mich gänzlich unmöglich zu machen. Herrgott – die sind allesamt so verbiestert! Der alte Wittkop und der noch ältere Munter haben sich nicht entblödet, zu sagen, die Wenden würden noch immer bei Vollmond zu den Hünensteinen ziehen und in der Sprache ihrer Ahnen zu den Heidengötzen beten. Hast du je einen Wenden bei Vollmond aus der Stadt ziehen sehen? Zum Dolmen am Wolfsberg?«

Kuden druckste herum: »Nun ja, ich denke wie du, dass das alles Unfug ist. Aber es ist nun einmal nicht Gottes Wille, dass heidnisches Gebräu von Christen getrunken wird.«

»Ach, du liebe Güte! Ich bin sehr froh, dass du nicht im Rat sitzt, denn so ein Argument würde gerade noch fehlen. Ach, ich bin fast sicher, es kommt heute. Wittkop wird es vorbringen, ich ahne es bereits.«

»Vielleicht hast du Recht, und es ist nichts daran. Indes, wenn ich denke, dass im *Hexenhammer* das Anbeten heidnischer Götzen als Ausweis des Teufelsbundes...«

Niklas schüttelte den Kopf. Es war nicht zu fassen: Jetzt fand auch die Malefiziade ihren Durchschlupf ins Hirn seines Kompagnons. Er wollte nicht auch noch auf dem leidigen Blocksberg-Thema herumreiten. Er würde im Rathaus ohnehin noch dagegen anzukämpfen haben, wie zu befürchten stand.

»Herrgott, Gevatter, guter Mann! Wir wollen die Hexenbulle des Heiligen Vaters in allen Ehren halten, aber man sollte doch alle Dinge schön an ihrem Platz lassen. Sicher wäre es einträglich, wenn du den *malleus maleficarum* dieser Dominikaner in deiner Offizin gedruckt und verlegt hättest – wir könnten das Geld zu Heiden-Pyramiden türmen! Was für ein glücklicher Straßburger Verleger-Kollege von dir schöpft jetzt den silbernen Rahm von all den brodelnden Hexenkesseln ab... Kein Mensch aber ist Hexe oder Hexer von Geburt an. Du wirst doch nicht behaupten wollen, dass Gott in den Heiden lauter vom Teufel Besessene geschaffen hat? Abtrünnige von Geburt, das geht zu weit! Abtrünnig kann man schließlich erst werden, vom Glauben erst abfallen, wenn man ihn einmal gehabt hat. Den Glauben zu erlangen oder zu verweigern – das nun aber steht dem geborenen Wenden ebenso offen wie jedem denkenden Wesen. Erst danach werden wir ihn Heiden schelten dürfen, wenn er den Glauben abgelehnt.«

Jetzt kam Kuden zur Besinnung, wie es schien. Es wurde auch langsam Zeit.

»Nun ja, ich denke, da hast du Recht. Heiden mögen sie sein von Geburt. Aber man darf ihnen nicht verwehren, zu Gott zu finden. Erst danach sind sie zu richten. Trotzdem wirst du diese Statuten nicht verhindern können. Du verlierst nur an

Ansehen. Man wird dich, wenn die Wenden-Gesetze erlassen sind, als den Anführer der Opposition brandmarken. Dann stehst du als *advocatus diaboli* da. Denn, wie du zweifellos zu Recht befürchtest, denken die anderen alle so. Ist es das wert?«

Niklas war mit seiner Geduld am Ende.

»Ich dachte, es bräche eine neue Zeit an, als ich ins Rathaus kam. Wir Jungen würden es besser machen. Doch mit der Zeit musste ich zusehen, wie die Alten alles taten, um ein Herumreißen des Steuers zu vermeiden. Junge kamen, die wie die Alten dachten. Und auf einmal waren die paar wenigen, die noch etwas bewegen wollten, schon wieder in der Minderzahl. Ich könnte ...«

»Herr Soltmann? Ach, mit Verlaub: Guten Morgen, Herr Kuden! Würdet Ihr Euch einmal die Krone ansehen und mir sagen, ob sie so passt?«

Braumeister Slaberndorp hatte den Raum betreten. Nachdem Niklas genickt hatte, zwängten zwei Brauknechte im Hintergrund ein Monstrum aus Hopfenzweigen durch die Diele. Sie blieben vor der Tür. Das Ding sollte eine riesenhafte Krone vorstellen, was ihm allerdings nur schlecht gelang. Jetzt war es Niklas, der abrupt und eminent an Farbe einbüßte. Ohne dass er es hatte hindern können, musste er wieder an den Tag denken, der ihm seit Jahren das Wesen verdunkelte. Kurz bevor sich das Bild des Vaters in seiner Erinnerung manifestierte, wie er dort draußen am Boden lag, vor dem rauchenden Baumstamm, trat Niklas entschlossen in den Türrahmen, verscheuchte mit einer raschen Handbewegung die bedrückende Vision und unterzog das Objekt einer fachmännischen Begutachtung.

»Ja? Wohl, wohl ... Sieht ja doch ganz in der Ordnung aus ... etwas verdrückt vielleicht ... Misswillige könnten sagen, es sähe eher aus wie ein zertretener Kindersarg. Ich würde sagen, rupft noch ein bisschen dran herum, aber dann lasst es gut sein, denn es gibt Wichtigeres zu tun.«

Der Ratssaal des Alt-Soltwedeler Rathauses füllte sich. Aus allen Enden der Stadt strebten die Ratsmitglieder dem trotz all seiner Größe geduckt wirkenden Bau zu. Die Vertreter der ratsfähigen Innungen standen vor dem Ratssaal. Thomas Gottschalch, der Obermeister der Gewandschneider, Hinrich Leptow, der oberste Tuchmacher, Peter Winneken von den Fleischern, Hans Mattes, der Schneider-Oberste, Ludeke Jesup für die Schuhmacher und als Vertreter der Bäcker der Innungsmeister Michel Storbeck. Für alle übrigen, nicht ratsfähigen Gilden und die übrige Gemeine *in summa* gab es vier Vertreter. Freilich kam ein knappes Dutzend Ratsleute des amtierenden Rates hinzu, dem auch Niklas Soltmann zuzurechnen war, die beiden Bürgermeister, der Stadtsyndikus sowie der Stadtschreiber.

Niklas saß in den folgenden Stunden wie auf glühenden Kohlen. Erwartungsgemäß verlief die Ratszusammenkunft nicht so, wie er es gerne gehabt hätte. Die Wendenklausel, wie er die Forderung nach Geburtsbriefen von allen Brauern bei sich nannte, war zwar noch nicht beschlossen. Aber es fehlte nicht mehr viel, dass die Mehrheitsverhältnisse zu Ungunsten der Besonnenen kippten. Er argwöhnte langsam, was eigentlich dahintersteckte. Den Zuzug neuer Brauer beschränken zu wollen, war bloß ein vorgeschobener Grund. Es gab vielmehr eine Fraktion, die es sich zum Ziel gesetzt hatte, alteingesessene Familien aus ihren Häusern zu treiben, den vakant werdenden Immobilienbesitz zu kaufen und unter sich aufzuteilen. Dass die beiden Bürgermeister des amtierenden Neuen Rates dazugehörten, machte Niklas wild. Immerhin gab es in den Beratungen über den Grad der wendischen Verwandtschaft, eine Entspannung: Deutsche Eltern genügten, um eine reindeutsche Abkunft zu beweisen, die Großeltern dagegen durften gemischt sein, wendisch-deutsch. Im Übrigen zählten da, wo keine Urkunden vorhanden waren, die Zeugeneide von jeweils zwei Außenstehenden, sofern sie ihrerseits ihre echtdeutsche Abkunft dargetan hatten.

Niklas atmete tief durch. Der Gang zum Altperver Tor hinaus erfrischte ihn. Als er am Karlsturm vorbei war und den Zwinger durchmessen hatte, führte die Gardelegener Straße ein Stück weit frei übers Land. Der Perver war schon im Blick, doch ein paar Minuten blieben ihm zum Durchatmen. Das Stift mit den umliegenden Gebäuden zeichnete sich bereits ab: Ställe, die Brauerei, das Priorshaus, das Brüderhaus, das Domestikenhaus.

Willem van Eyb, der gestrandete Italienreisende, wohnte mit seiner Frau Tremelle und seinen Kindern in einem Haus direkt neben der Stiftskirche. Unterm Dach hatte er sein Atelier, zu dem Niklas nun umstandslos hinaufstrebte. Irgendwie fühlte er sich für Willems Wohlergehen verantwortlich, seit er an jenem Tag in Soltwedel angekommen war, an dem Kristof Soltmann starb. Der Holländer hatte sich damals – trotz der fürchterlichen Umstände – Hals über Kopf in die Schwester des Brauers Schwichelt verliebt und zudem den Prior des Augustiner-Chorherren-Stifts im Perver kennen gelernt, der von seiner Kunst so angetan war, dass er ihn eine Probetafel für den neuen Hochaltar malen ließ. Der Bischof von Verden höchstselbst war begeistert gewesen von Willem van Eybs Bildern. So hatten sich dessen Reisepläne zerschlagen, waren die Jeetze hinuntergeflossen, in die völlig falsche Richtung, waren versandet.

»Das ist … das ist …«, stammelte Niklas, als er die fast fertige vierte und letzte Bildtafel der beiden Altardeckel sah, auf denen Willem van Eyb in einer Deutlichkeit und Lebendigkeit, wie sie Niklas bisher noch nie begegnet war, den Leidensweg des Gottessohnes dargestellt hatte.

»Gefällt es dir? Was sagst du zu dem dicken Herrn Mitte links?«

»Es ist herrlich! Ich kann es kaum erwarten, alle vier auf einmal zu sehen. Den Herrn, das allerdings lass dir gesagt sein, lieber Freund, hättest du dir und mir gern auch ersparen können.«

Er hatte es mit gespitztem Mund und süffisantem Lächeln gesagt. Der dicke Kaufmann, der da das Martyrium Christi am

Marterpfahl verfolgte, trug deutlich die Gesichtszüge seines toten Vaters Kristof. Die Erinnerung wollte – wie immer vor Mariä Himmelfahrt – kein Ende nehmen. Für die Figur des Gottessohnes hatte unverkennbar Niklas Modell gestanden.

»Das mit *ihm* musst du verzeihen, es geschah in Dankbarkeit! Wenn ihr mich damals nicht abgefangen hättet, wäre alles anders gekommen. Ich wäre vielleicht inzwischen im Adriatischen Meer von Seeräubern gefangen und als Sklave an den Hof der Kaiserin Kleopatra verkauft.«

»Die ist schon tot, soviel ich weiß.«

»Na, dann eben woanders hin. Diese Verewigung war ich ihm schuldig. Deine dagegen war mir ein Herzensbedürfnis. Aber wenn er dich noch immer stört, dann übermale ich ihn und setze den Brauaufseher Rodensee an seine Stelle!«

»Untersteh dich! Es ist schon Recht. Viele werden ihn sowieso nicht mehr erkennen. Er gehört schon einer versunkenen Welt an. Kommst du heute Abend?«

»Was für eine Frage, freilich doch!«

»Keine Sorge, die Hopfenkrone hängt schon. Wir müssen nicht mehr hinaus.«

Sie lächelten wissend, ein letztes Mal die Angelegenheit berührend.

»Heute war wieder Ratssitzung. Es war fürchterlich.«

»Ich glaube, Tremelle kommt eben die Treppe rauf!«, unterbrach ihn Willem. »Sie hat es auch noch nicht gesehen, seit Tagen.«

Eine schlanke junge Frau mit einem Wäschekorb betrat den Raum und strahlte, als sie Niklas sah.

»Oh, verzeiht, liebster Meister, ich wusste nicht, dass Jesus zu Besuch ist ...«

Sie kicherten, und sie wollte schon beginnen, Wäsche aufzuhängen, als sie den erwartungsvollen Ausdruck im Gesicht der beiden Männer bemerkte. Sie legte die flachen Hände auf die Wangen, nachdem sie schnell zur Staffelei geblickt und gesehen hatte, dass das Bild, an dem ihr Mann nun schon fast ein Jahr arbeitete, anscheinend endlich fertig war. Jesus hing erledigt am Kreuzholz. Der Wäschekorb fiel krachend zu Boden.

»Mein Gott! Willem! Ist es zu Ende gebracht? – Es ist großartig!«

Er blinzelte sie so eindeutig an, dass sie ihm vor Freude an den Hals sprang. Johlend tanzten sie über den Boden.

Als sie sich wieder etwas beruhigt hatten, blickte Niklas sie ernst an und meinte: »Es ist nicht recht, eine so fröhliche Stimmung zu unterbrechen, aber es bleibt mir keine Wahl. Im Rat wurde heute wieder über die neuen Statuten wegen der wendischen Brauer beraten. Ich fürchtete schon, es sähe nicht gut aus für deinen Bruder Cord. Ich habe es mit aller Rhetorik zu hindern gesucht … und kann jetzt sagen: Es ist mir halb geglückt! Du hast mir gesagt, dass bei Euch nur die Großeltern …«

Tremelle van Eyb bekam große Augen, dann umhalste sie ihn wild.

»Hurra! Nur die Großmutter … Cord wird dich lieben dafür!«

Neuntes Kapitel

Nachtalp am Tag

Mittwoch, 16. August 1486

Er war im Paradies, sah die Dinge ganz genau. Farbig kamen sie ihm vor, nicht erdbraun, schal oder wie durch einen Nebel, sondern hell, grell, bunt und ausgeformt. Die Blüten der Sumpfdotterblumen berührten beinahe den schwarzen Wasserspiegel. Es musste das Paradies sein, so schön groß und rund und gelb wie die Blätterbälle waren. Schlangenwurz, Pfeilkraut und Schwanenblume wippten, Flussampfer, Sumpfziest, Krebsschere – und höher am Hochwasser-Dreff wuchsen schwarzfrüchtiger Zweizahn und Erzengelwurz.

Dennoch, es konnte das Paradies nicht sein – im Paradies wurde doch niemand umgebracht. Sein Körper drehte sich träge in der Flut wie ein toter Fisch, so dass er denjenigen in den Blick bekam, der ihn gerichtet hatte. Da stand er, entfernte sich langsam mit der Strömung. Stand stumm und starrte auf ihn, wie auf ein abtreibendes Stück Holz, das er eben ins Wasser geworfen hatte. Die lanzenförmigen Blätter der Schwertlilien schoben sich dazwischen. Jetzt war er schon nicht mehr zu sehen.

Er staunte über die prächtigen Iris – auch sie gelb. Und da, jetzt, Froschlöffel. Das Land schien ihm zum Abschied mit all seiner Pracht zu winken. Ein Laubfrosch, grüngelb und schwarz gestreift, eine Ringelnatter, gelb-grau-schwarz-weiß. Er hatte keine Furcht, obwohl sie ihm auf ihrer Ringelbahn in der Jeetze sehr nahe kam. Dann machte sie doch halt und beschrieb einen Bogen um ihn.

Einen kurzen Moment lang war die Silhouette der beiden aneinandergeklammerten Städte zu sehen, über einer flachen Sandbank, zwischen den Kühen, zwischen den hohen Flachshalmen, nur ein Huschen, nur für einen Augenblick, für die

Dauer eines Flügelschlags erblickte er Sankt Katharinen und den schiefen Turmstachel der Marienkirche. Eine Kuh muhte laut. Was für ein beglückender Laut. Grillenzirpen, eine Lerche. Ein Eisvogel schnurrte mit langgezogenem »Tiiiet« über ihn hinweg, er konnte die orangerote Unterseite sehen. Wasserläufer stelzten mit ihrem Federschritt direkt vor seinen Augen auf dem Spiegel. In einem Feldrain am Ufer hüstelte ein Fasan. Dann Stille, nur noch verhaltenes Gurgeln. Das Bild von Wasser, wie es sich kräuselte und kleine Strudel bildete, an Stellen, wo auf dem Grund dicke Findlinge im Flussbett schlummerten, zwischen denen die Forellen in der Strömung standen. Zerzauste Heufalter flatterten am Damm, ganz blass, während die Grauammer auf einem alten Holzpfosten schlug. Eilig klirrte sie ihre Strophe herunter.

Sein Kopf stieß an Grassoden am Rand, er wurde herumgewirbelt, kam in die Mitte des Flüsschens und gewann an Fahrt. Die Augen schauten geradeaus auf die Altstädter Jeetze-Wiesen. Kiebitze schrien und trippelten, wo schon borstige Stoppel waren. Endlos erschienen ihm die Marschen, am Ufer wuchsen Brennnesseln, Schilf und Weiden ... Weiden ... Weiden ... Eine Lachmöwe fuhr eine Weile auf seinem Kopf mit, er spürte ihre Patschfüße auf der nassen Filzkappe. Ein Graureiher äugte nach ihm, verbog den Hals ...

»Hat dir wieder geträumt, Niklas?«, fragte Kerstin. Er sah so aus wie immer nach einem von seinen eigentümlichen Gesichten: nassgeschwitzt, als hätte man ihn gerade aus der Jeetze gezogen. Das träumte er – dass ihn einer ums Leben gebracht und in die Jeetze gestoßen hatte. Kerstin wusste es, er hatte es ihr oft geschildert. Es war so schön gewesen, vielleicht schöner als je, hatte er gedacht. Dann war er, was ihm mitunter geschah, in der Nachmittagshitze neben ihr eingeschlafen, auf dem Wolfsberg, unweit der Jeetze.

»Ja. Ich habe ihn wieder gesehen. Er stand am Rand. Besser zu sehen als vorher. Er war nicht so alt, wie ich bisher gedacht.«

»Niklas«, sagte sie und legte alle Liebe, die sie für ihn empfand, in ihre Worte: »Du hast diesen Mann nie gesehen, weil es ihn gar nicht gab! Du warst auch nicht im Wasser – und wirst es nicht sein. Und er war es auch nicht, der deinen Vater umgebracht hat! Das Gewitter hat ihn doch auf dem Gewissen. Es war schließlich so gewaltig, dass selbst der steinerne Wachmann am Wolfsberg umfiel. Du solltest dich nicht länger damit quälen, dass du nicht bei ihm warst, als es geschah. Er war ein gestandener, erwachsener Mann, der nun leider gegen Gottes Zorn genauso machtlos war, wie wir alle es sind. Jeden kann es ereilen. Du bist erst später an die Stelle gekommen. Als nichts mehr zu retten war. Und wer immer seine Leiche beseitigt hat, hat die Dukaten gestohlen. So einfach ist es. Er wollte nicht, dass jemand Verdacht schöpft.«

Niklas Soltmann, groß und kräftig – bei Weitem nicht mehr so schmal wie früher –, schüttelte schwerfällig den Kopf. Das dunkelblonde Haar fiel ihm kraus über die breite Stirn und die leicht abstehenden Ohren. Sie hatte Recht, wenigstens in einem entscheidenden Punkt: Er musste dagegen ankämpfen. Aber die Bilder kamen, ohne dass er es hindern konnte. Wie hätte er die Träume verscheuchen sollen?

»Hätte Cleji ihn bestohlen und in die Jeetze gezerrt, dann hätte man Vaters Korpus gefunden. Eine Wasserleiche auf diesem Stück, wo den ganzen Tag Schiffe fahren ... Und ein reißender Fluss ist das nicht. Auch kein breiter Strom. Kaum dass zwei Kähne ohne Havarie aneinander vorbeikommen. Seine Leiche hätte ja fast die ganze Fahrrinne eingenommen ... Du weißt auch, dass ihn Karel in der Nacht noch in der Stadt gesehen haben wollte ...«, sagte er unsicher.

»Dummes Geschwätz. Seinen Geist kann er gesehen haben, beim Bader in der Gasse. Kein Mensch außer dir glaubt daran. Es waren viele Menschen an dem Abend in der Stadt unterwegs und im Wirtshaus, die dir alle ihr Mitgefühl aussprechen wollten und ihre Neugier nicht bezwingen konnten. Was immer Karel gesehen haben will, dein toter Vater war es bestimmt nicht. Er hätte dir oder deiner Mutter erscheinen müssen, oder nicht? So wie es sich für den Geist eines Frischverstorbenen gehört.«

Zehntes Kapitel

Frühstücksgespräch – Post und Tränen

Dienstag, 14. August 1487

Das war nun schon ein knappes Jahr her, dachte Niklas. Er saß in der Küche, wo die jüngsten drei Kinder des Braumeisters Slaberndorp still Mutterkörner aus der Gerste lasen. Willem hatte damals Soltwedel verlassen und war zur Ausführung eines Deckengemäldes in der Heilig-Geist-Kapelle mit Frau und Kindern nach Werben gegangen. Niklas sah Willem noch immer vor sich – lachend und mit einem kleinen Bündel ... doch nein, er brachte die Zeiten bereits hoffnungslos durcheinander: Das war ja Willem am Tag seiner Ankunft gewesen, an jenem uralten verhängnisvollen Tage vor nun bereits elf Jahren ...

Bei ihrem Abschied vor einem Jahr hatte es wieder gewittert. Und an diesem 14. August? Er blickte kurz hinaus, aber der Himmel war strahlend blau. Das konnte sich freilich schnell ändern. Er hatte eine Menge zu erledigen, wie üblich am Vortage des Würzweih-Festes.

»Siehst aus, als sei dir der dicke Soltmann erschienen ...«, sagte Niklas' Mutter Marie mit betonter Abfälligkeit, denn sie hatte den Tod ihres Mannes vorzeiten am schnellsten verwunden und sprach seitdem in der denkbar gehässigsten Form von ihm. »Gott hat Soltmann durch einen Blitz abberufen, hat ihn gefällt wie den Heidenwächter am Wolfsberg. Schön gewesen wäre es, wenn er so viel Anstand besessen hätte, sich noch einmal zu zeigen und zu verabschieden – so hätte ich ihm noch einmal richtig Bescheid stoßen können für all seine Dummheit, die ich in den vielen Jahren unserer Ehe hab ertragen müssen. Das ging auf keine Kuhhaut. Verscheuch endlich deine eingebildete Wasserleiche, mein Sohn! Kein Hahn kräht noch nach ihm. Du bist nicht bei ihm gewesen, als der Feuerstrahl ihn streifte, an dem er starb. Willem hat es doch bezeugt, als die Räte ihre Untersuchung anstellten und unter der Altstädtischen Gerichtslaube ihre Fragen stellten. Cleji hat die Dukaten geklaut und ward nie mehr gesehen. Er hat den Toten in die Jeetze gestoßen und weg war er. Möge der Himmel ihm gnädig sein. Er ist vielleicht ein Dieb, aber noch lange kein Mörder.«

Mit einer Handgeste der Verachtung für all diese weit in der Vergangenheit liegenden Materien wandte sie sich den Kindern zu: »Wie geht es meinen Helfern heute? Habt ihr mir auch schön das Korn verlesen? Habt ihr sie alle gefunden, die Zähne der Roggenmuhme?«

Die Kinder nickten voller Ehrfurcht. Marie Soltmann und die Roggenmuhme galten in ihrem Verständnis als ein und dieselbe …

»Wenn man nur seine Leiche gefunden hätte«, sagte Niklas. »Wenigstens das törichte Gerede hätte ein Ende genommen. Immer wieder wollen sie ihm über den Weg gelaufen sein. Du hast Recht, Mutter, es ist ein unsinniger Traum, und ich wünschte selbst sehr, er würde mich nicht länger plagen … Ich bin im Kontor, wenn mich jemand suchen sollte.«

Er stand auf, wuschelte den kleinen grienenden Slaberndorps durchs Haar und verließ die Küche, um ins Büro der »Soltmann-Kuden'schen Handelsgesellschaft« zu gehen, das in einem eigenen Gebäude neben dem Speicherhaus eingerichtet war. Das starke Wachstum der Brauerei und die sich immer weiter verzweigende Handlung hatten es mit sich gebracht, dass für das Lager ein eigenes Gebäude auf dem Mühlenhof errichtet worden war.

Niklas betrat das Büro und atmete auf. Hier roch es nach Gewürzproben, nach Arbeit, nach Papier. In einfachen, soliden Holzregalen standen moderne, mit beweglichen Lettern gedruckte Bücher, auch einige Handschriften, gebundene Akten und Tagebücher, Landkarten in Rollen sowie Mappen mit Zeichnungen. An den wenigen freien Plätzen der Wände hingen einige vorzügliche Skizzen von seinem Freund Willem van

Eyb, der nach der Vollendung seiner Altardeckel mit Tremelle nach Werben gezogen war, wo ihn Hermannus, der Komtur der Johanniter-Kommende, mit der Ausmalung der Heilig-Geist-Kapelle betraut hatte. Niklas tröstete sich mit dem Umstand, dass Werben nur einen Tagesritt entfernt war, denn er vermisste Willems Gesellschaft sehr. Vorher hatten sie sich beinahe täglich gesprochen. Oft spazierte er nun hinaus in die Stiftskirche zum Heiligen Geist, wenn ihm die Decke seines Kontors auf den Kopf zu fallen drohte, und fand in der stillen Zwiesprache mit Willems Altarbildern seine Ruhe wieder.

Er blickte zu seinem Stehpult. Was immer an Nachrichten für ihn eingegangen war, seit er abends das Kontor verlassen hatte, würde darauf liegen. Für gewöhnlich fand er am Morgen bloß ein paar Lastzettel vor oder einige Quittungen über geleistete Zahlungen – Belege für die Ablage. Briefe und größere Sendungen kamen meist erst am Vormittag, wenn er schon lange an der Arbeit war. An diesem Morgen lag etwas Ungewöhnliches auf der schmalen waagerechten Ablagefläche über der Schräge – ein zum Quadrat gefaltetes Dokument, verschlossen mit einem kreuzweise darumgelegten Band und einem dicken runden Siegel. Was wollte der Rat? Was hatte er übersehen, was war zu befolgen? Welche neue Regelung sollte ihn treffen? Das Schreiben sah fürchterlich ernst und wichtig und hochamtlich aus … Allerlei Befürchtungen gingen ihm durch den Kopf. Sinnlose Gedanken. Er saß schließlich im Rat und wusste um alle neuen Statuten und Beschlüsse – da war keine Verordnung, die er nicht bereits gekannt hätte. Konnte es eine Retoure sein, eine Beschwerde, eine Bestellung? Er nahm das Schriftstück in die Hand und hatte ein ungutes Gefühl. Das Siegel zeigte ein ihm fremdes Wappen. Es half nichts, er brach es auf, entfaltete das dicke Papier.

An Niklas Soltmann, wohnhaftlich to Soltweldel, komme dusse brief.

Sein Herz krampfte sich zusammen. Formschöne Schriftzüge zeigten sich, aber irgendwie hart und keinen Widerspruch duldend. Noch hatte er keinen Zugang zu dem gefunden, was da vor ihm lag. Das Schriftstück sah sehr offiziell aus. Diese ungewöhnlich akkurate und doch schmuckvolle Kanzleischrift mit ihren vielen überflüssigen Schwüngen und Krakelüren. Es sah aus, als hätten ihm Kurfürst, König oder Kaiser selbst geschrieben. Endlich gelang es ihm, den Anfang aufzufassen:

Wisset, Niklas Soltmann, dass yn Kläger vor mich gekommen ist, das gebe ich Euch kund und to wissen, der Euch des bezichtigt, dass Ihr sollt haben Euren ygenen lybhaftigen Vatter, den ehrbaren Ratsherrn Kristof Soltmann, Bürger und Brewer, wohnhaftig synerzyt in Soltwedel und Euer Vormund und männlick Eldern Tyl…

Niklas verschwamm die Schrift vor den Augen, ihn schwindelte. Er sank auf den Stuhl an der Wand, bevor er weiterlas.

… mit Gewalt im Hymlichen meuchlings und im Verborgenen hinderrücks, so aller Augen entzogen und in schmählicher Heimlichkeit, dass es lange nicht ruchbar ward, vom Leben zu Tod befördert haben. Dies habt ihr, sagt der Kläger, ohn ander Ursach getan, als Euch dadurch schneller in Ewr Erbe zu setzen, das Euch der Vater zeit seines Lebens versperret. Der Kläger gibt uns an: »Wie der jüngere Soltmann diese Tat getan, das weiß nur er allein, denn es ward von keinem gesehen. Doch es gibt Anzeichen und Dinge, die inzwischen zum Vorschein kamen, und die ihm zu weisen bedeutet, ihn peinlich auf seine Sach hin zu befragen und ihn zu vernehmen, wobei er es nicht wird können in Abrede stellen.«

Solches ist die Klage, die der Kläger vor mich gebracht und die zu entkräften ich Euch unter der Ordnung des Hyligen Fryengerichts Recht hierher vor mynen Frystuhl unter die Vemelinden am Hohen Ahorn einvernehmlich to erschynen lade to sundage in zweimal vier Wochen, das ist to dem 7. Oktober 1487. Geben to Kierspe, von dem gegenwartigen Richter des hyligen Ryjkes Frygreve in dem Süderlande unter dem Ahorn, Johann von Hakenberg.

Niklas war kalkweiß, als er das Blatt sinken ließ. In seinem Kopf herrschte ein heilloses Durcheinander. Er wollte nicht wahrhaben, was er da gelesen hatte, entzifferte daher noch einmal vorsichtig langsam Wort für Wort, Satz für Satz. Las es noch einmal, dann immer wieder, bestimmt an die zehn Mal. Endlich ließ er ab davon. Sein Herz klopfte ihm bis zum Hals. Dann entspannte er sich, wollte laut herauslachen, aber das Lachen blieb ihm in der Gurgel stecken. Er wankte über den Hof zum Vaterhaus zurück. Es drehte sich alles. In der Küche waren noch immer die Mutter und Slaberndorps Kinder, jetzt wieder beim Kornverlesen.

»Um Gottes Willen, was ist dir? Was hältst du da für ein Schreiben in der Hand?«

Sie hatte das Blatt erhascht, noch bevor er sich rühren konnte, und suchte es mühsam zu entziffern. Sie konnte zwar lesen, aber nicht sehr schnell. Bei Handschriften dauerte es noch länger.

»Was will dieser Hakenberg von dir? Nach Westfalen sollst du kommen? Was ist das, ein Freigraf? Oh Gott, es ist die Feme! Niklas, was wollen sie dir anhängen?«

Sie hatte das Blatt fallen lassen und sah ihn entgeistert an, ging dann neben ihm in die Hocke.

Schwach, fast tonlos sagte er, dabei ins Unbestimmte starrend: »Frag lieber – wer? Wer will mir das anhängen? Da hast du die Gründe für meinen Traum. Ich habe es vorausgesehen. Jetzt ist es soweit.«

»Was willst du jetzt machen? Doch nicht etwa nach dem Süderland aufbrechen? Niklas, du darfst nicht gehen! Lass mich nicht allein!«

Sie klammerte sich an ihn, neben dem Stuhl kauernd, auf den er sich kraftlos gesetzt hatte. Tränen liefen ihr über die Wangen.

»Sorg dich nicht – die Altmärker erkennen die Feme in Westfalen gar nicht an«, sagte er zur Mutter.

Er wusste, was mit Jakob Mechow geschehen war, einem Soltwedeler Kaufmann, den ein Freischöffe über fünfzig Jahre zuvor wegen Betrügereien beim Gewürzhandel angeklagt hatte.

Mechow hatte sich so gestellt, als habe er die Ladung nicht bekommen. Zwei Wochen nach Verstreichen des Termins, zu dem man ihn nach Altena bestellt hatte, hing er plötzlich an einer Linde an den Hünensteinen am Schwarzen Berg. Niemand hatte je herausbekommen, wem er diese Anklage und dieses Urteil zu verdanken gehabt ... Die Hansestädte der Altmark hatten sich daraufhin gegen die Feme verbündet und eine schriftliche Entschließung publiziert. Indessen ... sich öffentlich zu erklären und sich auf dem Papier zu distanzieren war leicht. Die raue Wirklichkeit hielt vom Papier oft wenig. Etwa so viel wie der gewöhnliche Mann von den gedruckten Büchern, die ihm ohnehin verschlossen blieben.

»Oh Gott, Niklas, was wirst du unternehmen?«

»Drüber lachen!«

»Aber das ist eine so ungeheuerliche Anschuldigung. Du wirst dich dazu verhalten müssen!«

»Wenn sie von einem Hiesigen erhoben würde – hier unter der Gerichtslaube am Rathaus: Ich würde mich dazu verhalten, ganz bestimmt. Doch die Handlung kann nicht ohne mich bleiben. Unter diesen Umständen – werd ich den Teufel tun!«

Er hatte sich wieder in der Gewalt und schaffte es jetzt wirklich zu lachen. Sie aber konnte ihre Besorgnis nicht bezwingen und ballte die Fäuste, legte sie sich seitlich an die Ohren. Nachdem sie eine kleine Weile so kauerte, den Kopf leicht hin und her bewegend, kam ihr eine Idee:

»Wozu hat die Stadt einen Syndikus? Lass mich zum Syndicus gehen und ihn um Rat fragen!«

»Wenn es dir dann leichter wird ums Herz, so geh nur. Richte ihm meine Grüße aus und lade ihn herzlich für heute oder morgen Abend in die Schänke ein. Es ist ohnehin gut, wenn ich einmal mit ihm spreche, denn es gibt etwas, das ich schon längst hätte tun sollen.«

Sie schaute ihn fragend an, erst verständnislos, dann ernst und schließlich betroffen.

»Woran denkst du?«

»Sei nur ruhig. Doch, doch, es ist niemals zu früh, daran zu denken, was später kommen wird, und seine Sachen geregelt zu wissen.«

»Das heißt, du nimmst es doch ernst…«

Sie deutete auf die Feme-Vorladung am Boden.

»Ach was – dieser Wisch ist bloß ein willkommener Anlass, mein Testament zu machen. Das ist schon längst meine Absicht gewesen. Mir kann auch ein Bierfass auf den Kopf fallen. Und schon ist es vorbei mit dem Leben.«

Sie standen auf, umarmten einander. Die Mutter schluchzte an Niklas' Brust. Das schreckliche Dokument lag auf dem Boden wie ein Fehdehandschuh, den ein Unbekannter vor ihnen hingeworfen hatte.

Elftes Kapitel

Bischof Berthold und Generalvikar Vulle, genannt *Vullo*

Dienstag, 4. März 1488

Berthold, Bischof von Verden, ein Bischof wie man sich einen Bischof vorstellt, kratzte sich am Kopf. Seine Mitra, die er täglich zur Gewöhnung ein paar Stunden aufbehielt – damit sie ihm im Gottesdienst keine Schwielen verursachte –, drückte ihn genauso wie der mit Edelsteinen besetzte Corno den Dogen von Venedig. Der Bischof hatte ihn gesehen, und er wusste aus des Dogen eigenem Mund, wie unbequem er war.

Auf dem Weg ins Heilige Land und zurück war er durch Italien gekommen und diesem ehrwürdigen Mann in der seltsamen Lagunenstadt auf Stelzen begegnet. Unerklärlicherweise fiel ihm, bei Gedenken an seine Reise, die ihn über sieben Monate von Verden glücklich ferngehalten hatte, immer als Erstes und Letztes das *Gasthaus zur Kalten Herberge* im Schwarzwald ein, dessen sprechendem Namen man absolut nichts Erläuterndes hinzufügen musste.

Wieder im Norden fühlte er sich jetzt merkwürdig ausgehöhlt. Hier war alles bäurisch, banal und gänzlich ohne Glanz. Das Wasser der Aller glitzerte in der untergehenden Sonne, doch sonst gleißte hier kaum etwas. Irgendetwas von Belang, mit dem man sich brüsten konnte? Nun gut – 4500 Sachsen sollten unter dem großen Karl hier vorzeiten erschlagen worden sein … Aber sonst? Tristesse pur. War er nicht vom Papst persönlich eingesetzt, nicht direkter Nachfolger von einem der Apostel? Er residierte wieder hier, während andere Bischöfe nur alle fünf Jahre in ihren Sprengeln vorbeischauten, um der Bürokratie Genüge zu tun. Immerhin, so viel Pflichtgefühl brachte er auf. Im Gegensatz zu vielen seiner Amtskollegen glaubte er sogar an Gott, zumindest gelegentlich – vor allem und nicht zuletzt freilich, wenn er einen Humpen von diesem herrlichen Altmärker *Soltmann* vor sich sah, das er auf der ganzen Italienreise vermisst hatte. Das stand freilich über dem *Einbecker* und weit über dem *Zerbster*!

Aber die Architektur ... Der Dom zu Verden kam Berthold wie eine Persiflage auf ein Gotteshaus vor, seit er den Petersdom in Rom gesehen hatte. War es eine gute Idee gewesen, in die Ferne zu schweifen, um einmal im Leben den Glanz des Südens, die Schauplätze der Kreuzzüge, Jerusalem, den Zauber Kairos und schließlich Italien, das Land, wo die Zitronen blühen, zu sehen? Das Märchen von Rom und Florenz und Venedig mit eigenen Augen gesehen zu haben und denjenigen, der ihn eingesetzt, war nun fast eine Last in der Erinnerung. Innozenz VIII. hatte kaum zwei Minuten für ihn übrig gehabt, wohl weil im Nachbarraum die Konkubinen auf ihn warteten. Der liebe Giovanni Battista Cibo, dieser ungebildete, kreuzdumme Ex-Kardinal von Santa Cecilia und Bischof von Molfetta. In Neapel zeugte er seine beiden natürlichen Kinder, bei Leibe schon fett, aber noch kein Geistlicher. Später hatte er den verkommenen Bastard Franceschetto mit Maddalena de Medici, der Tochter Lorenzos des Prächtigen, verheiratet und die Hochzeit prunkvoll im Vatikan gefeiert, wo Franceschetto, der lästerliche Papstsohn, nun gar selbst wohnte ...

Berthold schüttelte sich, wenn er das glänzend-verworfene, unheilig-heilige Rom mit dem göttlichen Vertretungsanspruch in eins zu denken versuchte, den der Papst erfüllen sollte. Er hatte das faule, im eigenen Überfluss gärende und am lebendigen Leib verwesende Arkadien geschaut und war jetzt wieder in der nordischen Pampa, wo jeder Ort nach einer Furt benannt zu sein schien. Alles nahm in Bertholds Geist eine schale Form an, seit er zurück war. Fühlte sich dieser närrische Gott noch für seine norddeutschen Schäfchen zuständig, hatte er die Dinge noch im Griff?

Sein Generalvikar Otto Vulle trat ein. Bischof Berthold fuhr herum, und sein Gesicht heiterte sich auf. Voilà, endlich ein wahrer Mensch – Vullo! Er würde sich in die Aller stürzen ohne dieses lebende Beispiel, dass es noch einen lohnenden Grund gab, die Zukunft zu erwarten. Vullo war da, und siehe – es gab noch eine Hoffnung. Ja, es gab Gott noch, denn es gab noch Vullo!

»Sagt, Otto –«, erheischte er zu erfahren, die Mappe mit Schriftstücken besehend, die über die Zeit seiner Abwesenheit eingegangen waren, »was ist das für ein *Freigericht vom Hohen Ahorn*? Schon ein halbes Jahr her … Haben die Barbaren aus dem Süderland wieder ihre blutgierigen Fühler in die Altmark ausgespreizt? Was schreibt mir da der Soltwedeler Syndikus von einer nötigen Zuflucht für den Soltmann?«

Otto Vulle, den der Bischof Vullo nannte und der daher auch offiziell Vullo hieß, war so gut wie kahl auf dem runden Kopf, dazu klein von Gestalt und … dick. Er räusperte sich. Ein paar Sekunden benötigte er, um sich den Casus, von dem die Rede war, wieder vor Augen zu führen. Es hatten sich immerhin über fünfzig Angelegenheiten während Bertholds Reise aufgestaut. Er war froh, dass der Bischof wieder da war, um ihm ein bisschen Verantwortung abzunehmen … Aber, so er es genau betrachtete, blieb am Ende doch alles an ihm hängen.

»Der Soltwedeler Syndikus bat uns, bat Eure Erhabenheit …«

»Herrje, lasst doch die Magnifizenz endlich mal fort!«, sagte Berthold. »Wir kennen uns doch schon fünf Jahre …« Er grinste schelmisch, wurde aber gleich wieder ernst, da Vullo, dieser starre Amtskopf, wiewohl in anderen Dingen kein Kind von Traurigkeit, partout nicht auf die Lockerung ihres Zeremoniums eingehen wollte. »Soltmann, sagt, ist damit etwa *der* Soltmann gemeint?«

»Ja, der Brauer Soltmann … Allingstedt befürchtet, dass die Räte nichts unternehmen werden. Die Altmärkischen Städte haben sich zwar gegen die Feme verbündet, aber wenn es ernst wird, wissen sie nichts zu tun als zuzuschauen, wenn einen von ihnen der Bannfluch trifft.«

Berthold schien erst jetzt zu erkennen, was hier vor ihnen lag. Wenn Soltmann von den Schergen der Feme gehenkt würde, wäre es das sichere Aus für allen Wohlgenuss. Dann aber entsann er sich, dass all das unmöglich sein konnte… Denn wenn er sich recht erinnerte… War dieser Hakenberg nicht schon lange passé? Verhohlen grinsend sagte er:

»Oh Herr, welche Prüfung hast du über uns verhängt? Was sollen wir anfangen? Bannfluchen können wir auch, aber das nutzt nichts. Drei Freischöffen und ein Tau – schwupps, schon hängt der Brauer wie ein Wimpel am Hohen Ahorn oder am nächsten niederen Birnbaum ... Da scheint guter Rat teuer…«

Sie seufzten beide – indes nur Vullo mit großem Ernst – und schwiegen eine geraume Weile.

»*Nunc est bibendum*«, sagte der Bischof Berthold. »Wann, wenn nicht jetzt? Das Soltmann'sche Gebräu wird uns helfen, eine Lösung zu finden…«

»Und die hier?«, fragte Vullo, mit all den anderen Schriftstücken raschelnd.

»Können warten.«

Sie ließen sich eine Schleifkanne voll rotem *Soltmann* aus dem Keller bringen.

»Prosit, Herr Generalvikar!«, sagte Berthold.

»Wohlsein, Eure Erhabenheit!«, gab ihm Vullo Bescheid.

Geraume Zeit waren dies die einzigen Sätze, die sie wiederholt wechselten.

»Es ist klar, wenn er schuldig ist, muss er hängen oder bezahlen«, sagte der Bischof.

»Das wird so geschehen müssen, wenn er sich an seinem Vater versündigt hat!«, stimmte der Generalvikar ihm zu. »Aber weiß man's…?«

»Das ist die Frage. Der Freigraf wird das seine Schöffen entscheiden lassen, und ich habe keine Hoffnung, dass es hierbei mit rechten Dingen zugeht.«

»Die Soltwedeler werden sich der Einmischung nicht erwehren können, auch wenn sie sich noch so sehr bemühen. Die

Wissenden sind überall. Und sie henken, sobald ein Urteil da ist. Er ist noch am Leben, schrieb Allingstedt, der Syndikus, in einem zweiten Brief, der jetzt schon ein Vierteljahr alt ist«, sagte Generalvikar Vullo.

»Hätte mich auch eher belustigt an seiner Stelle…«, sagte Bischof Berthold und grinste jetzt unverhohlen. »Denn diesen Hakenberg gibt es schon lange nicht mehr. Da hat einer dem Brauer einen hübschen Streich gespielt…«

Vullo konnte es, vom kräftigen *Soltmann* erweicht, nicht hindern, dass sich seine Gesichtszüge nun auch zu einer Grimasse mühsam gezügelter Fröhlichkeit verzogen.

»Eure Magi… nee: Magnifizenz! Das ist ganz vortrefflich! Aber – was dann?«

Vullos Gesicht fiel in sich zusammen wie ein Brot, wenn Luftzug in den Backofen drang.

»Wie? Was dann? Na, dann muss die Wahrheit trotzdem gefunden werden – sonst wird keine Ruhe sein.«

Berthold hatte gesprochen. Das verstand sich doch von selbst.

»Aber, Eure… äh… ich meine –… wer soll sie finden?«

»Wen?«

»Na, die Wahrheit?«

»Ach die…«

Für einen Augenblick war der Bischof ratlos. Das Bier, der *Soltmann*, rauschte ihm in den Gehörgängen. Dieses Bier war dort gebraut worden, in Soltwedel. Der Brauer, der es gebraut, war derjenige, von dem sie gesprochen, war derjenige, den nun diese seltsamen Fährnisse heimsuchten… Die Reihe von Bischof Bertholds Erleuchtungen riss nicht ab. Er saß nun sogar noch aufrechter auf dem hölzernen Stuhl als zuvor, beinahe wie angenagelt. Der Kasus beschäftigte ihn…

»Wir stehen uns gut mit dem Kurfürsten. Er ist einer Meinung mit uns, was die Feme angeht. Übler Haufen von Wichtigtuern, Rechthabern und Beutelschneidern, die Freigrafen. Und die Freischöffen? Übler Haufen von Kroppzeug! *In toto.*«

Vullo spitzte die Ohren. Wenn der Episco … wenn der Bischof anfing, lateinisch zu werden, war dies ein Zeichen für höchste Anspannung.

»Sagt mir, Vullo – was werden die Städte tun? Und was würdet Ihr tun, wenn ihr entscheiden müsstet?«

»Die Städte? Ich? Entscheiden?«

Vullo war erstaunt, wie viel Vertrauen der Bischof in ihn setzte. Ein solcher Fall, in dem es doch um Leben und Tod ging … Was hatte er da zu raten, was zu entscheiden?

»Ich meine – was, denkt Ihr, sollten die Räte tun? Die Bürgermeister von Alt- und Neu-Soltwedel, die nebenamtlich Richter spielen, haben von solchen Sachen nicht die geringste Ahnung.«

Vullo wusste nicht, was er antworten sollte. Sicher, es war leicht, aus der Ferne, es war auch schwer aus der Ferne … Meine Güte, was verlangte sein Herr da von ihm? Er war doch nicht derjenige, der hier die Fälle klären musste, oder?

In einem Akt der Verzweiflung rang er sich ein letztes Wort zur Sache ab: »Wenn ich nicht wüsste, was tun in einem solchen Fall, würde ich in Magdeburg beim dortigen Schöppenstuhl anfragen und sicherheitshalber auch beim Brandenburger. Aber es ist wirklich schwer, aus der Ferne …«

»Vullo, mein Bester, das stimmt! Was du gesagt hast, das stimmt – es ist wahrlich schwer, solcherlei aus der Ferne zu entscheiden … aber es ist nicht schwer aus der Nähe! Kurz gesagt: Du wirst für mich hingehen und dich in Soltwedel für mich umsehen. Du weißt, was auf dem Spiel steht …«

Der Bischof hob seinen Humpen und prostete dem Generalvikar zu. Der, völlig überrumpelt, war platt. Was sollte er erwidern?

»Ich … Eure Erha … Ich protestiere – protestiere ganz entschieden! Muss pro …«

»Ach, was? Protest? Vullo, ich bin entgeistert – was soll denn das? Das bringt doch nichts … Außerdem: Du bist ja nie aus Verden herausgekommen. Also freu dich doch der Abwechslung! Ich kann dir sagen, du wirst es nicht bereuen! *Prosit* muss deine Rede sein, nicht *Protest*!«

Vullo stutzte. Wenn er es von dieser Seite betrachtete … Es war ein ganz ungewohnter, verwirrender Gedanke. Er als Abgesandter? Er als Emissär, als geheimer Gesandter des Bischofs?

»Herrgott, lieber Vullo – du musst ja nicht bloß so tun … sondern musst meine Diözese wirklich inspizieren! Untersuche alles aufs Genaueste und berichte mir. Du brauchst kein Osterspiel daraus zu machen – lass dir einfach alles zeigen und vorführen. Die Soltwedeler klagen ständig über die mangelhafte und ungebührliche Abhaltung des Gottesdienstes, den Monetarismus der Geistlichen und … nun ja, ihre absolute liederliche Verderbtheit: Das Dauerkonkubinat der Geistlichen scheint daselbst für hochanständig zu gelten. Schau einfach einmal, wie es mit den Augustiner-Chorherren jetzt steht … Ich will über sämtliche Dinge genauesten Bescheid erhalten. Auch ist dem Rat die neue Ordnung nahezulegen und deutlich vor Augen zu führen … Es geht nicht an, dass an Sonn- und Feiertagen Markt gehalten wird, die Schänken offen sind oder Schützenfeste stattfinden. Und gegen die Putzsucht der Weibsbilder, gegen die Mond- und Bocks- und Teufelshörner ihrer Hauben werde ich losziehen wie der unbekannte Franzose im *Damenspiegel*, den Kuden in Übersetzung als Büchel gedruckt hat. Ach, und schließlich gibt es sogar noch ein Drittes, was zu tun ist, und was ich selbst in Angriff nehmen würde, wenn ich nicht des Reisens im Augenblick so müde wäre, da es mich blöde macht und lebensüberdrüssig …«

Vullo schwirrte schon der Kopf. Sollte er vielleicht doch besser den Dienst quittieren? Bei einem Landgeistlichen als Küster anheuern? Ein kleines Kirchspiel betreuen?

»… nämlich die Bestallung des holländischen Malers! Er soll für mich hier in Verden ein paar Altardeckel bemalen. So wie im Heiligen-Geist-Stift, aber diesmal mit 16 Tafeln, und zwar die Lebensgeschichte Johannes' des Täufers! Damit hat er ja schon Übung, einen Fluss gibt es hier auch, insofern wird es rasch gehen. Du könntest ihm Modell stehen … Vullo, das wäre mal was anderes, nicht immer diese verhärmten und verhungerten Bohnenstangen von Heiligen … Na ja, jedenfalls wirst du ihn erst mal aus seinem Werbener Joch befreien, nach Soltwedel entführen und bei den Augustinern im Perver einquartieren. Wenn ich es recht bedenke, war er ein Freund des jungen Soltmann, trifft sich also gut. Dann kannst du ihm gleich ein paar Würmer aus der Nase ziehen. Ach, ich denke, du wirst leichtes Spiel haben … Da du noch nirgends gewesen bist, also auch in Soltwedel nicht, ist die Sache einfach … Hm, wenn ich es recht überlege, brauchst du keine Tarnung, kannst ruhig überall als der durchgehen, der du bist. Mit deiner Position stehen dir alle Türen offen. Ich werde dich gut mit Geld versehen, denn du hast dich gut einzuführen bei den Stadtvätern und überhaupt eine passable Figur zu machen …«

Bertold sah Vullo an und schüttelte den Kopf. Ein wenig wirkte es auf diesen so, als ob sein Herr Bischof damit die prinzipielle Unmöglichkeit dieser Prädikation – eine gute Figur zu machen – anzudeuten beabsichtigte.

»An deiner Statur ist nichts zu ändern. Du wurdest stimmig und dicht erschaffen wie nur je ein Gottesmann. Aber du brauchst einen neuen Mantel und auch sonst noch dies und das. Mein Schneider wird sich noch darum kümmern. Schließlich vertrittst du mich. Auch werde ich dir eine kleine Sonderschatulle mitgeben, damit du alle Honoratioren zu einem Essen in Soltmanns Wirtschaft einladen kannst. So was macht sich gut, macht Laune und lenkt sie ab, während du sie – mit einem Geschick, das ich in den Jahren unserer Bekanntschaft stets aufs Höchste bewundert habe, mein Lieber – gründlich examinieren kannst!«

Zwölftes Kapitel

Kurfürst Johann und sein Diener Waldenfels

Mittwoch, 5. März 1488

»Du wirst dich als Gewandschneider ausgeben!«, sagte Kurfürst Johann zu Bernd von Waldenfels, einem mittelgroßen, gut gewachsenen Mann mit blondem, kurz geschnittenem Haar, während er mit ihm durch das Schloss schritt.

Waldenfels war einer von fünf kurfürstlichen Dienern.

»Ich möchte nicht, dass man schon überall weiß, dass ich die Altmark zu bereisen gedenke. Ich will meine Soltwedeler lieber überraschen, selbstverständlich erst *nach* der unmittelbar bevorstehenden Bierziese-Erhebung… Wenn man sie zur Zahlung eines Aufpreises auf ihren geliebten Gerstensaft verdonnert, sollte man nicht unbedingt in greifbarer Nähe sein. Wenn ich dich so ansehe«, er tat das, mit leicht zurückgeneigtem Kopf, recht eindringlich, »muss ich sagen, dass du einen ganz vortrefflichen Tuch-Kaufmann abgeben wirst. Meistens sind das ja so Kleine, Dicke, weiß der Himmel warum.«

Der Kurfürst war von kräftiger Gestalt, aber auch eher klein. Leider neigte er außerdem zum Dickwerden, hatte Wassersucht. Kuhmaulschuhe, Strumpfhosen, Mantel und eine höchst bemerkenswerte Kappe, die sich nach oben becherartig ausweitete, verhüllten das Meiste. Wenn er sich nicht bewegte, sah er mit der seltsamen Kopfbedeckung ein wenig aus wie ein großes, exzentrisches Trinkgefäß. Die einzigen wahrnehmbaren menschlichen Züge zeigte ein Stückchen vom Gesicht. Aber selbst davon blieb das Meiste den Blicken verborgen. Der Fürst hatte einen eklatanten Bartwuchs, und glich darin ein wenig dem Zeus von Otricoli. Ein Gewächs aus unzähligen winzigen Ringellocken lag Johann wie ein zweiter Pelzkragen um den Hals. Vom Fuß der geraden, nicht sehr breiten Nase fielen zwei dichte Schnauzbartstränge wie kleine rauschende Bachläufe herab. Harte Augen, recht eng stehend, blickten unbeweglich nach vorn, wenn es Kurfürstliche Gnaden beliebte, streng zu schauen. Sobald aber ein Lachen zum Vorschein kam, was gerne und oft geschah, belebten sich die Augen und schienen helle Strahlen zu versprühen. Von den vollen Lippen sah man wegen der Schnurrbartstränge nicht viel. Lächeln und Lachen waren überdies nur an den Wangen und der dann faltenreich belebten Augenpartie zu beobachten. Zwei dicke Brauen – den Wurfarmen einer Armbrust nicht unähnlich – überwölbten schließlich die Augen und konnten, im Falle urplötzlichen kurfürstlichen Grimms, von einem Arsenal an darüber gestaffelten Bögen akkompagniert werden.

Johann war 1455 in Ansbach auf die Welt gekommen, hatte schon mit 15 Jahren über die Mark Brandenburg zu regieren begonnen. Sein Vater Albrecht hatte ihm zunächst einen Regentschaftsrat und den Bischof zu Lebus als Kanzler zur Seite gestellt, 1476 dann förmlich die Statthalterschaft an ihn abgetreten. Doch er verlangte weiter ständige Berichte von seinem Sohn. Ein Alter, der die Macht nicht loslassen konnte. Johann hatte reisen wollen, um sich zu bilden, doch der Vater hatte es nicht erlaubt. Zum Scherz und um den Alten zu ärgern, hatte der Sohn 1481 vorgeschlagen, die Mark Brandenburg gegen ein fränkisches Fürstentum einzutauschen.

Jetzt hatte sich Johann dreingeschickt, spürte auch die schmerzhafte Wassersucht in den Beinen. Er hatte Berlin endgültig zu seiner Residenz erkoren und beschäftigte sich und seine Getreuen seit fast zwei Jahren damit, hier zu ändern, da zu bauen. Doch es war längst noch nicht alles so, wie er es zu seiner Bequemlichkeit haben wollte. Vor allem der Durchzug im Schloss war ihm ein Gräuel …

Im sogenannten Grünen Hut, einem ehemaligen Turm der alten Stadtmauer, der erst in die Burg, dann als Stück von dieser ins Berliner Schloss eingearbeitet worden war, hatte er jetzt die vermeintliche Ursache der Zugluft gefunden. Da gab es eine bauliche Seltsamkeit, von der ihm bislang nichts bekannt gewesen war. Sein Vater hatte das Schloss nie bewohnt, und er war bei der Erkundung dieses Gebäudes noch immer nicht zum Ende gelangt.

»Hier kommt scheinbar die ganze Kälte her. Was ist das?«, fragte der Fürst. »Sieht so aus, als ginge der schräge, schmale Lastentunnel tief hinunter. Ja, da unten gluckert's hörbar – er reicht scheint's bis übers Wasser. Bekommt die Küche hier direkt Fische aus der Spree?«

Der Angesprochene, Bernd von Waldenfels, ein steirischer Adelsspross, der auf wundersamen Wegen in die Mark Brandenburg gelangt war, schüttelte den auffälligen Kopf. Es war der Kopf eines römischen Cäsars mit den dunklen Augen eines alten Chinesen. Das graue Wams saß schlecht, der Kragen des Hemdes war zu eng. Die Halsschleife saß schief und schlecht gebunden. Mittelgroß, schlank, kräftig, leicht blass im Gesicht – dieses klar geschnitten, besonders die Adlernase. Glatt und hoch standen die Wangen, Greifenaugen beobachteten von dominierender Warte aus die Umgebung, wachsam, aber nicht angriffslustig. Das Kinn war breit und fest, die aufeinandergepressten Lippen bildeten eine harte Linie und von den Mundwinkeln stiegen scharfe Falten zur gebieterischen Nase hinauf.

»Euer Gnaden haben Recht, der Gang führt abwärts, wohl bis in die Fluten der Spree ... Aber mit der Küche hat er nichts zu tun. Wenn ich den Kastellan richtig verstanden habe, warf man von hier aus die Überreste derjenigen, die vorher in der Eisernen Jungfrau steckten, hinunter in die abfließende Strömung.«

»Aha. Sehr praktisch. Aber viel zu kalt, wenn nicht gefoltert wird. Hier gehört eine dicke Tür davor, ein Deckel, irgendwas.«

»Jawohl, kurfürstliche Gnaden!«, dienerte Waldenfels, notierte es für den kurfürstlichen Baumeister und fragte dann, bemüht, möglichst unbeteiligt zu klingen, sich aber einen Spaß daraus machend, den Unwissenden zu spielen: »Wird eigentlich noch viel gefoltert?«

Der Kurfürst sah ihn fest an, dann lachte er und klopfte ihm auf die Schulter.

»Von Dienern abgesehen, die so dumme Fragen stellen wie du, foltern wir hier für gewöhnlich keinen mehr. Umso sinnloser muss der Umstand genannt werden, dass dieser Schrägschacht hier noch offen liegt. Im Grunde könnte man ihn auch gleich zuschütten und vermauern, indes – wer weiß, wohin sich die Zeitläufte entwickeln ... Warten wir erst einmal ab, wie die Altmärker auf die Bierziese reagieren. Vielleicht werden wir noch gezwungen sein, sämtliche Biertrinker von dort hierher vor die Eiserne Jungfrau zu zitieren oder sie in diesen Abgrund hineinschauen zu lassen, um unser Geld zu kriegen. Wenn man bedenkt, wie sie auf den Tonnenzoll reagiert haben. Da wäre es dumm, den Ausgang unten raus nicht mehr zu haben. Denn das ... also das ist wirklich sehr praktisch!«

Sie verließen den Raum, nachdem Johann noch ausgiebig die Eiserne Jungfrau inspiziert hatte – eine aufklappbare Hohlfigur in übermenschlicher Größe, mit Frauenkonturen und Stacheln in den beiden Hälften: Klappe zu – Untertan tot.

»Also, mein Lieber, wie du nun wissen solltest, mag ich es wohltemperiert. Sorge dafür, dass in der Burg in Soltwedel genügend Holz vorhanden ist, damit eingeheizt werden kann, wenn ich dort sein werde. Auch im April und im Mai kann es noch verdammt kalt werden ... Ach ja, das Inkognito, hm, ich komme noch darauf. Du wirst dem Kastellan, dem Hauptmann Jan Hillerkuss, einen Brief von mir geben lassen. Er soll sich auch um die Vorräte kümmern, denn ich möchte nicht wieder draußen in der Altmärkischen Steppe sitzen und dröge Biersuppe und Haferflocken zu mir nehmen müssen. Deine Anfahrt geht über Werben. Dort in der Heilig-Geist-Kapelle ist seit geraumer Zeit ein erstklassiger holländischer Maler an einem Fresko, Willem van Eyb mit Namen. Auch in Soltwedel hat dieser van Eyb bereits einen wunderbaren unzweifelhaften Beweis seines hohen Könnens hinterlassen. Du nimmst den Maler im Wagen mit, samt Kind und Kegel, denn er soll mir in Soltwedel, im Schloss, auch ein großes Bild *al fresco* auf den Deckenspiegel zaubern, im Grünen Saal, ich will ein *Gastmahl des Gambrinus*. Ich sehe es schon genau vor mir. Leider kann ich nicht malen, sonst würde ich es auch selbst bewerkstelligen.«

»Keine Frage, Kurfürstliche Gnaden, indes, bei der Gelegenheit: Wird er gefragt?«, fragte Waldenfels.

»Was für eine Frage, natürlich wird er nicht gefragt!«

Johann lachte. Manchmal konnte er sich königlich amüsieren über die unterschwellige Furcht, die er in diesem an sich so unerschrockenen und unverbogenen Jungen auszulösen vermochte. Allerdings war er nicht König, sondern nur Kurfürst – amüsierte er sich eben kurfürstlich.

»Keine Sorge, junger Freund. Es geht alles halbwegs menschlich zu bei mir, das müsstest du doch inzwischen gemerkt haben. Sogar die Kultur und die Wissenschaften weiß ich durchaus hochzuschätzen, denke gar über die Einrichtung einer Universität nach … vielleicht in Frankfurt. Die wird mein Land schmücken, wie dieser Zobel mich schmückt.« Er zupfte an sich und pausierte versonnen. »Keine Sorge, ich habe den Werbener Johanniter-Komtur Hermannus freilich gefragt, ob er mir den Holländer abtritt, und da das Bild in der Heilig-Geist-Kapelle so gut wie fertig ist, wird es kein Hindernis geben. Dieser van Eyb braucht sehr dringend einen neuen Auftrag, damit er seine kleine Familie ernähren kann. Zahle ihm aus meiner Börse einen Gulden vorab und stelle ihm zehn weitere pro Monat in Aussicht, dann wird er schneller in der Kutsche sitzen, als du *Märkische Landschaft* zu sagen vermagst. Was er dann wirklich im Monat erhält, muss allerdings noch entschieden werden … Wenn er sich aber doch weigert«, der Kurfürst legte ein Arsenal von Bögen auf seine Stirn, »nun, so bratet ihm eins über und lasst ihn in Ketten hinter der Kutsche herschleifen, bis er sich's besser überlegt!«

Bernd von Waldenfels grinste kaum merklich. Er kannte die launigen Bemerkungen seines Herrn nach einem halben Jahr schon recht gut, um Scherz von Ernst zu trennen. Noch immer aber vermutete er dunkle Seiten an dem hohen Herrn und fürchtete, sie durch eine unbedachte Bemerkung hervorzulocken. Er traute Johann durchaus zu, die Grausamkeit, mit der er für gewöhnlich seine Scherze machte, einmal tatsächlich an den Tag zu legen.

»Was soll mit van Eyb geschehen, wenn wir in Soltwedel sind?«

»Am besten, Ihr verschafft ihm erst einmal wieder im Perver Quartier, bei den Augustiner-Chorherren. Er kann sein dortiges Altarbild restaurieren, welches bei einem der letzten Unwetter angeblich Wasser gezogen hat, weil das Kirchendach leckte. Ich werde das Schloss-Fresko später mit ihm erörtern, sobald ich selbst vor Ort bin.«

Der Kurfürst seufzte.

Waldenfels empfahl sich und hatte bereits einen Fuß zur Tür hinausgesetzt – die letzten Worte waren in der Bratenküche zwischen ihnen gewechselt worden, wo der Koch des Kurfürsten gerade einen Fasan rupfte –, als ihm sein Herr nachrief: »Ach, Waldenfels, ich vergaß – noch eine Winzigkeit: Die Soltwedeler Bürgermeister, welche im Nebenamt Stadtrichter spielen und ihr fehlendes Fachwissen durch einen Stadtsyndikus ersetzen, schrieben mir doch im August von einem Feme-Brief, den der Brauer Niklas Soltmann angeblich erhalten habe, unterzeichnet vom westfälischen Freigrafen Johann von Hakenberg vom Kalten Ahorn …«

Er machte wieder eine dieser für ihn so bezeichnenden Pausen, was seinen Diener zwang, in der bereits angedeuteten Verneigung im kalten Luftzug der Tür zum Hof zu verharren. Ohne Mantel fröstelte es den Diener weit mehr als den Herrn. Waldenfels hatte von der Feme gehört und auch davon, dass sich die altmärkischen Städte wie viele andere Städte gegen sie verbündet hatten, aber Genaues wusste er nicht.

»Stelle dir das nur einmal vor – und so wie du dastehst, im kalten Luftzug, kannst du es dir bestimmt gut vorstellen … Komm kurz wieder rein! Und postier dich ganz bequem wie ein normaler Mensch. Vor allem aber – schließe diese Tür! Ich hole mir hier sonst noch den vorzeitigen Tod …«

Waldenfels tat wie ihm geheißen, reichlich betreten. Schließlich war es nicht seine Sache, wenn dem Herrn etwas beifiel, wo er schon zwischen Tür und Angel stand.

»Also, Waldenfels, stelle dir vor: Der raue Wind streicht über die verschneiten Abhänge eines düster aufragenden Berges, auf dessen felsiger Spitze, unter dem vom Blitz gevierteilten uralten hohen Ahorn ein Grüppchen von Freischöffen um den Freigrafen Hakenberg versammelt steht, das Haupt bar und den Blick beschwörend zum Himmel erhoben. Der Freigraf spricht: *Richter des heimlichen Gerichts, schwört auf Strang und Stein, straflos zu sein! Hebt die Arme, wenn ihr reinen Herzens seid und ruft über den Missetäter: Wehe! Wehe! Klage! Klage!*«

Johann liebte solche theatralischen Auftritte. Er lachte wieder und wurde ernst.

»Hakenberg ist bereits vor fünf Jahren gestorben, und der angebliche Feme-Brief ist eine Fälschung. Ich kenne den Herzog von Cleve, dessen Vater sich oft mit den Gerichten und Ladungen am Hohen Ahorn beschäftigen musste, somit also auch mit dem Freigrafen Frieder Hakenberg. Am Hohen Ahorn erklingt kein *wehe* mehr … da *wehet* nur noch der Wind. Ich habe den Syndikus schon vor Monaten diesbezüglich aufklären lassen. Es ist auch im Rat der Städte Soltwedel darüber beraten worden ohne Ergebnis. Es muss am Ort jemanden geben, der von diesem Hakenberg und den Gepflogenheiten der Feme genügend weiß, um sie trefflich zu imitieren. Wer ist es, und warum tut er das? Hat Soltmann junior Dreck am Stecken? War bis vor Jahren der erste Brauer in Soltwedel. Jetzt macht ihm Karel Merin seit Monaten den Rang streitig. Kann mich zwischen den beiden Bieren kaum entscheiden, würde aber gerne wissen, was ich künftig bestellen soll. Ich würde indessen keinen Geschmack am Bier eines Vatermörders finden … und ebenso wenig an dem eines üblen Nachredners. Als mein geheimer Emissär musst du mir helfen, hier klarzusehen. Am schönsten fände ich, wenn du ein Essen für die Honoratioren gäbest und sie gehörig belauschtest, am besten beim Soltmann selbst. Dann kannst du etwa hören, was sie von meiner Steuer denken und von mir – und mir später alles haarklein berichten!«

Johann ließ die Lachfältchen sprühen, wohingegen Waldenfels bemüht war, diesen seltsamen Auftrag in seiner ganzen Tragweite zu erfassen.

»Ich würde auch dieses selbst machen, aber ich bin für eine solche Mission zu auffällig... Ich komme nach, sobald ich kann. Erst aber, wenn ich die Bierziese erhöht und abgewartet habe, was geschehen sein wird! Hoffentlich zettelt keiner Krieg gegen mich an – vom Kriegführen halte ich gar nichts, es bringt nichts Gutes. Der Anhaltiner hat es in Zerbst nicht geschafft. Es mag noch etwas dauern, bis wir uns in Soltwedel wiedersehen. Aber van Eyb will ich, bevor Freund Berthold von Verden mir zuvorkommt. Er wird seinen Vullo schicken, das schrieb er mir express, der alte Fuchs. Vullo heißt mit vollem Namen Otto Vulle, ist sein Dechant und Generalvikar, so ein kleiner Dicker, ich sah ihn einmal in Verden. Du wirst ihn ebenfalls erkennen, wenn du ihn siehst. Tu dich mit ihm zusammen, das scheint mir besser, als wenn zwei Süppchen nebeneinander kochen. Gemeinsam könntet ihr die verlogene Brauerbande unterkriegen.«

Waldenfels war schon wieder halb draußen, als der Kurfürst ihm nachrief: »Übrigens – gute Reise, viel Erfolg und viel Vergnügen!«

Der hinauskatapultierte Diener sah förmlich den Deckel der Eisernen Jungfrau über sich zuklappen und spürte, wie er von langen Dornen durchbohrt wurde.

Dreizehntes Kapitel

Abwerbung in Werben – Geschichte eines verhinderten Heiligenkopfdiebstahls

Donnerstag, 6. März 1488

Bernd von Waldenfels überquerte die Elbe in einem schwankenden Kahn. Alles daran war in Bewegung, und Waldenfels betete seit langem wieder inbrünstig zum Herrgott. Die Wolken galoppierten derweil unbeeindruckt von seinen Nöten über den weiten Himmel, gleich einem wilden Schimmel-Heer. Das war so hübsch anzusehen, dass er, je näher sie dem rettenden Ufer kamen, endlich seine Furcht bezwang.

Als es geschafft war, entlohnte er den altmärkischen Charon fast über Gebühr vor Freude, mit dem Leben davongekommen zu sein. Durch einen Fichtenwald ging's noch, über einen sandigen Weg, einen Sandhügel – und schon kam das ummauerte Hansestädtchen Werben in Sicht, sauber eingefasst mit einer kreisrunden Mauer, ein viel kleineres Nest als Soltwedel. Die Menschen waren geradeheraus, nicht unfreundlich. Man wies ihm ohne Umstände den Weg zu einer kleinen Kapelle. Dann ging es viel schneller, als er gedacht hatte.

»Und Ihr habt so gar keine Bedenken?«, fragte er den leicht zum Dickwerden neigenden mittelgroßen Mann, dessen Hände von seinem Beruf zeugten, denn sie schillerten in allen Farben des Regenbogens.

»Bedenken? Mijnheer, Ihr scherzt! Wie sollte ich, bei Eurem Angebot?«, sagte Willem van Eyb und biss verstohlen auf den Gulden in der Hand. »Hier bin ich fertig – und beiher gesprochen – bin auch so ziemlich fertig mit meinem Leben. Der Himmel sei gepriesen, der Euch geschickt hat. Keine zehn Tage länger hätte ich es ausgehalten in diesem Storchennest. Meine Frau und meine Kinder sollten in der Kutsche Platz finden – ich laufe gerne, wenn nicht genügend Raum ist.«

Waldenfels beeilte sich zu versichern:

»Keine Sorge, es ist Platz für alle. Äh, wie viele Kleine sind es denn?«

»Drei, denkt Euch bloß, und keine neue einträglichere Arbeit in Sicht – bis eben jetzt! Ich war kurz davor, mich in die Elbe zu stürzen. Ich kann nicht schwimmen, müsst Ihr wissen.«

»Als Holländer?«

»Gerade als Holländer. Wir schwimmen nicht. Wir bauen Schiffe und Dämme, um uns das Wasser vom Leib zu halten.«

»Nun, lasst uns also heute Nacht noch aufbrechen, dann sind wir morgen bei Sonnenaufgang in Soltwedel«, sagte Waldenfels.

Sie standen auf den Brettern unter dem Fresko in der Heilig-Geist-Kapelle. Das Bild über ihnen, das kleine Deckengewölbe seltsam aufblasend, zeigte Johannes den Täufer bei seiner Arbeit an der Elbe. *Was haben sie nur alle mit diesem taufenden Johann?*, fragte sich der kurfürstliche Diener, sich amüsiert entsinnend, dass sein Dienstherr Johann hieß… Johannes der Täufer war auch der Schutzpatron der Gewandschneider. Warum eigentlich? Weil man ihm den Kopf abgeschnitten hatte? Der Kurfürst hatte freilich sogleich daran gedacht, als er ihn zum Wandschneider erklärte. Sehr sinnig und auf die Stimmigkeit der kleinsten Details erpicht, wie immer.

»Habt Ihr den Kopf gesehen?«, fragte Willem.

»Welchen Kopf?«

»Na, den hier!«

Willem deutete auf den Kopf des Täufers Johannes.

»Ja, ich sehe ihn, habe ihn ja die ganze Zeit betrachtet.«

»Ach was, ich meine doch den echten!«

»Wie meint Ihr? Was?«

»Die Reliquie! Des Komtur Hermannus' und Werbens ganzer Stolz«, half Willem nach.

»Nein, hab ich nicht«, sagte Waldenfels verwirrt. »Ich wusste gar nicht…«

»Na, dann folgt mir!«

Noch bevor er etwas einwenden konnte, waren sie schon auf dem Weg durch die kotigen Straßen zur massigen Kirche der Johanniter-Kommende: Sankt Johannis. Nun hatte er auch zwanglos Gelegenheit, dem Komtur Hermannus den Brief des Kurfürsten zuzustecken, in welchem dieser so tat, als sei es abgemacht, dass er den Holländer erhielt und seinen ordnungsgemäßen Erhalt quittierte.

Hermannus war ein vierschrötiger Geselle, hoch, unproportioniert, ein Schrank mit kleinen Armen und viel zu kleinem Kopf. Doch sein Geist und seine Menschenliebe waren groß. Erhitzt vom raschen Heraneilen, war der Komtur die Seligkeit selbst, als ihm der betuchte Besucher das Schreiben einhändigte. Offenbar glaubte er, es sei Geld darin ... Willem hatte unterdessen begonnen, auf Geheiß seines neuen Herrn das Haupt des Täufers abzuzeichnen.

Der Kopf von Johannes war in schlechtem Zustand, wie Waldenfels sah. Es war verwunderlich, dass es das Haupt des Täufer sein sollte. War nicht im Insel-Kloster der Heiligen Jungfrau von Algeciras, in einem Silberschrein in der vom Gibraltar-Felsen beherrschten Bucht ein Bruchstück von quadratischer Form und etwa einer Kantenlänge von sechs Zoll ausgestellt, das von eben demselben Schädel stammen sollte? Der Schädel hier war verschrumpelt und vollständig. Eine der beiden Reliquien musste falsch sein. Falls dies hier der Überrest des wahren Täufers wäre, hatte dieser, konstatierte Waldenfels, seinem Gesichtsausdruck nach zu urteilen, am Ende viel erduldet. Was Wunder, bei seinem Martyrium? Es wirkte allerdings so, als hätten dem Kopf weniger die Schergen zugesetzt, die ihn zuvor gefangen und enthauptet hatten, als vielmehr ...

»Jetzt müsst Ihr mir helfen«, bat Waldenfels. Sie standen vor dem Altar von Sankt Johannis und blickten durch eine kleine milchige Butzenglasscheibe in das kleine Gelass im gemauerten Klotz, wo auf getrockneten Blüten und roten Tüchern das abgeschnittene Haupt ruhte. Er hegte einen prinzipiellen Widerwillen gegen alle Splitter, Gebeine, Innereien oder Blutflecken der Leidensmänner. Der arme Komtur hatte natürlich schon genug zu schlucken, wo ihm der Fürst den Maler stahl. Aber hier zu schweigen, angesichts dieses … Dinges … das wäre Verrat am gesunden Menschenverstand. Er blickte Hermannus ins Antlitz, der eben einen raschen Blick auf das Schreiben geworfen hatte und über den Inhalt erwartungsgemäß alles andere als glücklich schien; bedrückt sah er drein wie der vermeintliche Wanderpredigerkopf. Das konnte nur passiert sein, bevor man ihn aus dem Wasser gezogen und zum Trocknen aufgebahrt hatte, dachte Waldenfels bei sich, und es zuckte gefährlich um seine Mundwinkel, wie immer, wenn er überzeugt war, dass etwas nicht stimmte.

»Ich dachte, er wäre enthauptet und dann beerdigt worden?«, fragte er Hermannus.

»In der Tat«, beeilte sich der Komtur zu bestätigen. »Nachdem Johannes die Liebe zwischen Antipas und Herodias, der Gattin von Antipas' Bruder Philippus angeprangert hatte, stiftete Salome, die Tochter von Philippus und Herodias, ihren Onkel an …«

»Schon möglich, aber sie haben ihn doch enthauptet?«, beharrte Waldenfels. »Der hier ist doch offensichtlich beim Taufen ausgerutscht und ertrunken. Das ist der getrocknete Kopf einer Wasserleiche, da gibt es gar keinen Zweifel. Die Fraßspuren stammen von Aal und Schlei. Ich habe so etwas schon oft gesehen, im Pestjahr 1484 in Berlin. Unappetitliche Sache, das könnt Ihr mir glauben. In den Jahren danach sind nicht nur hierzulande, sondern sicher im ganzen Reich erstaunlich viele Reliquien aufgetaucht. Lasst es fünfzig Arme der Heiligen Anna, hundert Herzen des Heiligen Bartholomäus oder auch die heiligen siebenhundert Brüste Agathas sein; bestimmt auch etliche Schock Köpfe Johannis'. Ich will Euch die Freude nicht nehmen, Komtur Hermannus, aber ich fürchte, Ihr seid einem Betrüger aufgesessen …«

Der Komtur warf in heftiger Abwehr des Bösen den Kopf hin und her – den eigenen versteht sich – und verlieh wortreich seiner Überzeugung Ausdruck, dass wohl nur ein Unfall beim langen Transport über Nil, Mittelmeer und Donau, Neckar, Rhein – nicht zu reden von dem Landweg und den Kahnpartien über kleinere Flüsse bis hin zu Havel und Elbe – die Ursache für die sichtbaren Beschädigungen des kostbaren Überrestes gewesen sein konnte. Endlich hielt er erschöpft inne, als habe er Johannis' Haupt persönlich bis nach Werben in diesen Schrein geschafft.

An der Frage der Echtheit dieses Kopfrestes lag zweifelsfrei sehr viel, mutmaßte Waldenfels – er war eine Menge Geld wert: Wilsnack hatte sein Blut, Werben brauchte seinen Schrumpelkopf. Bevor die Pilger anrollten, mussten Köpfe rollen. So einfach war das. So unansehnlich es auch sein mochte, was man ihnen inmitten des kirchlichen Pomps darbot – schon steckten ihre Münzen im Schlitz des Opferstocks. Nur darauf kam es letztlich an.

»Würdet Ihr mir einen Gefallen tun, Meister van Eyb?«, bat Waldenfels den Maler. »Bitte skizziert auch die Reste des Gewandes, die noch an seinem Halsansatz kleben!«

Er lächelte Hermannus an, der es dankbar zur Kenntnis nahm. Waldenfels hatte eine Eingebung. Als vornehmer Gewandschneider würde ihm ein wenig Skurrilität gut zu Gesicht stehen. Warum also nicht das Sammeln gemalter Reliquien zum Zwecke späterer Publikation zu seinem Steckenpferd machen? So sagte er großspurig:

»Die Christenheit hat ein Recht, ihre vorzüglichsten Reliquien in einem Atlas vereint zu sehen. Ich habe bereits eine reiche Kollektion von Zeichnungen zusammengetragen und suche nur noch nach einem Kupferstecher, der sie mir in vollendeter Form für das Druckwerk überträgt. Stecht Ihr auch in Kupfer?«, fragte er Willem, der weltvergessen auf dem Kirchenboden kniete, den Kopf des unbekannten Toten vor sich.

»Ohne Frage, Mijnheer!«, antwortete Willem, der in Waldenfels den ihm von Gott persönlich gesandten Mäzen erblickte. Er würde ihm zeichnen, malen und stechen, was immer er begehrte. Der Geschmack des Münzmetalls elektrisierte ihn noch immer.

Während er sich daran machte, den vermeintlich heiligen Täuferkopf zu skizzieren – und zwar mit hinreichender Genauigkeit, um später auch eine ausreichende Erinnerungsstütze für einen Kupferstich zu haben –, sagte Hermannus, der die seltene Gelegenheit, mit einem Diener des Kurfürsten zu plaudern, nicht ungenutzt verstreichen lassen wollte: »Ist Euch bekannt, dass schon einmal der Versuch unternommen worden ist, diese Reliquie zu stehlen?«

Waldenfels horchte auf. Das war ihm freilich neu und hätte ihm unter gewöhnlichen Umständen nur als weiterer überzähliger Beleg menschlicher Religions-Torheit gegolten. Nun begehrte es ihn irgendwie sehr danach, Genaueres zu erfahren. Lag es am Ort? War es die Rolle des reisenden Großkaufmanns und Mäzens, die ihm anfing, Genuss zu bereiten?

»Wie ist das zugegangen?«

Sein Interesse klang ungeheuchelt genug, dass dem Komtur sogleich die Brust schwellte und er zu erzählen begann. Er erzählte gern und hatte anscheinend nicht oft Gelegenheit, seiner Passion zu frönen.

»Es war im Monat meines Amtsantrittes. Ein zauberhafter Augusttag, drei Tage vor Mariä Himmelfahrt Anno Domini 1476. Die Wärme des Jahres näherte sich dem Maximum, wiewohl schon der Juli Tage gebracht hatte, an denen es selbst hier in der Kirche, die naturgemäß der kälteste Ort in der Stadt ist, so warm war, dass man unter der Soutane schwitzte. Draußen in den Straßen war es unerträglich heiß, und wenn man schon den Tag über dem Bier zugesprochen hatte, lag man am Nachmittag in einem schattigen Winkel und sehnte sehnlichst das Herabsinken der kühlen Netze herbei, die Gott mit der Nacht über uns wirft.«

Er hätte es nicht trefflicher formulieren können, dachte Willem, der gerade die angefressene Kinnpartie des Heiligen aufs Papier bannte. Kurz hielt er inne. Das Datum, das der Komtur genannt hatte, rief Erinnerungen bei ihm wach.

»Ein Gewitter war heraufgezogen, wie es an jedem dieser Augusttage damals geschah. Bei einem noch stärkeren Gewitter zu Mariä Himmelfahrt in jenem Jahr kam in Soltwedel der Brauer Soltmann ums Leben ... und der große Stein der Heiden fiel um.«

»... den ich damals konterfeite!«, ließ Willem kritzelnd einfließen. »Den Soltmann, meine ich ...«

Waldenfels nahm es mit Interesse zur Kenntnis, wurde aber gleich wieder vom Redefluss des Komturs fortgerissen, den er nicht durch eine Zwischenfrage stauen und am Ende gar versehentlich zum Versiegen bringen wollte.

»Ich habe selten vorher oder später erlebt, dass sich eine Witterungserscheinung mit einer derartigen Regelmäßigkeit über einen Monat wiederholte. Ich hatte mich, in Erwartung des Schauspieles, für das ich seit Kindertagen eine Vorliebe empfinde, von der ich stark hoffe, dass sie gottgefällig ist«, hier schlug er zur Sicherheit ein weiteres Kreuz, »... mein Gott, ich weiß noch, wie ich bei meinem Vater selig im Gartenhaus saß und gebannt verfolgte, wie es rundherum dunkel wurde überm Feld. Eine gespenstische Stille herrschte und kein Lüftchen ging. Ich saß voller Erwartung, gespannt wie die Saite an der Fidel, die gleich reißen will, und schaute ins Zwielicht, nur vom Lächeln des Vaters beruhigt und am Platz gehalten, denn ich hätte mich verkrochen, wenn er nicht bei mir gewesen.«

Er machte eine Pause, die Waldenfels etwas zu lange vorkam, so dass er sich räusperte.

»In welchem Jahr, sagtet Ihr, war das noch gleich?«

»Oh ... äh ... 1476. Nun, also, an jenem Augustnachmittag, es muss der zwölfte gewesen sein, da war es eine ganz vergleichbare Szene – mit dem Unterschied, dass mein irdischer Vater bereits das Zeitliche gesegnet und der himmlische seine Stelle eingenommen hatte. Ich saß an der Komturei- Pforte zum Kirchhof hin, wo noch bis vor einem Jahr eine kleine Laube stand, die sommers jedem, der vom Kirchhof kam, wo er vielleicht im Schweiße seines Angesichts ein Grab gepflegt hatte, die Gelegenheit bot, angenehm zu verschnaufen, sich kurz niederzusetzen, um der Kontemplation und des Gebets zu pflegen. Ich sah es dunkel werden und konnte kaum noch das blankgescheuerte Metall der eisernen Schlinge erkennen, die neben den Weinranken am hölzernen Bogen von jedem Aus- und Einpassierenden auf und nieder bewegt werden musste. Ich empfand auf meinem Sitz die gleiche Geborgenheit wie früher, bei gleicher kribbelnder Erwartung dessen, was gleich geschehen würde – ich glaube, es war um die dritte Stunde nach der None. Allerdings wurde meine Vorfreude von der Schläfrigkeit gedämpft, die mich umfing, denn die zurückliegenden Tage hatten etwas ungemein Erschöpfendes für mich gehabt. Der Komtur Stephan, mein Vorgänger, war eben erst unter seiner Grabplatte da drüben zur Ruhe gebettet worden, und ich hatte mich noch nicht von den Strapazen meiner Amtseinführung erholt. Nun, ich hatte auf den ersten Blitz gewartet und befand mich noch im Dämmerzustand. Dann endlich kam er, begleitet fast auf die Sekunde von einem schrecklichen Donner – und ich musste erkennen, dass ich bereits kurz geschlafen hatte.«

Willem hatte kurz innegehalten und prüfte den Sitz seiner Linien: Es war tatsächlich merkwürdig, dass man zu Johannes' Zeit bereits ein so modernes Tuchmuster trug... Bei den Worten des Abtes, die er nur ganz nebenbei aufnahm, wie man etwa der Lesung im Refektorium lauscht, während man auf das Zermalmen einer gebratenen Hühnerhaut und das Eindringen der eigenen Fänge in weißes, weich gegartes Fleisch konzentriert ist, musste er wieder an ein fernes Gewitter in seiner Erinnerung denken.

»Es war mir so, als hätte ich den leisen Klagelaut der eisernen Schlinge gehört. Tappte da nicht einer vorbei? Die ersten Tropfen des Gewittergusses kamen vereinzelt, laut und deutlich in der Stille. Und dann sah ich eine geduckte Gestalt über die Katzenköpfe zur Kirche hin laufen. Der Guss schien heftiger werden zu wollen als sonst, daher raffte ich mein Gewand und stürzte hinterher. Noch waren es nur ein paar dicke Treffer, die ich abbekam. Unterm Portal blieb ich erst einmal stehen und wandte mich um. Ich hatte gut daran getan zu laufen, denn plötzlich rauschte es herunter, dass die kleine Laube fast wegschwamm. Es blitzte und donnerte, dass es mir eine Herzenserfrischung war – besonders die Donnerschläge waren ganz und gar bemerkenswert. Es klang, als würde eine eiserne Kriegsrüstung eine Steintreppe runterfallen. Aber dann hörte ich aus der Kirche das Splittern von Glas… Ich drehte mich um und ging hinein. Ein Blitz erhellte die Szene. Hier, direkt wo wir jetzt stehen – oder besser: genau dort, wo der Meister jetzt kniet –, kniete damals ein Mann und war bemüht, das Haupt Johannis' durch ein Loch zu zerren, das er in die Scheibe dieses Schreins geschlagen hatte! Es war absolut gespenstisch! Ich eilte nichtsdestotrotz hinzu, einen großen hölzernen Kerzenständer greifend, und muss, als der Blitz mich von hinten beleuchtete, und der gestörte Dieb mich bemerkte, wie der Erzengel Gabriel ausgesehen haben. Der Unbekannte ließ vom Kopf ab und ergriff die Flucht«, sagte der Komtur, die eigene Stimme zu einem fast tonlosen Gemurmel gesenkt.

Willem hatte aufgehört zu skizzieren, denn er war fertig, und betrachtete mit kritisch-prüfendem Blick sein Werk.

»Er war scheint's irrsinnig. Wer klaut eine solche Reliquie, wenn er richtig im Kopf ist? Wegen des noch immer herabkommenden Sturzbachs hat ihn am Komturei-Tor keiner festgehalten. Das Wasser fiel herab wie aus Myriaden von Dachtraufen. Später haben wir bemerkt, dass der Verrückte wohl zuvor im Wirtschaftshof einen Sack Paradiesbaumbeeren gestohlen hatte.«

»Das ist eine gottverdammt seltsame Geschichte«, ließ sich Waldenfels vernehmen.

Der Komtur bekreuzigte sich. Des Bösen war kein Ende. Man konnte sich vor seinem Wirken nur schwer schützen. Und war nicht davor gefeit, selbst befallen zu werden.

»Er grassiert immer besonders, wenn viele Körner im Korn schwarz sind«, sagte Hermannus kryptisch.

»Wen meint ihr?«, fragte Waldenfels.

»Den Irrsinn!«

Vierzehntes Kapitel

Reiselektüre

Freitag, 7. März 1488

In der Kutsche ruhte Vullo, in Decken gewickelt, zwischen den kaum merklichen Erhebungen des Lohbergs und des Ebersbergs. Es ging schon bald auf Walsrode zu, und doch war es noch rabenschwarz draußen, so früh war er losgefahren. Das Holpern des Wagens wurde allmählich stärker, ans Einschlafen war nicht mehr zu denken.

So eine Fahrt war schon äußerst langweilig. Wie gut, dass der im Reisen erfahrene Bischof ihm die Mitnahme von Reiselektüre dringlich ans Herz gelegt hatte. So konnte er, als es endlich hell geworden war, das Volksbuch vom *Rotmann* hervorkramen, das in der Offizin von Niklas Soltmanns Kompagnon Heiko Kuden auf saftiges Bütten gedruckt worden war. Während der Schwager ihn vorsichtig durch die Schlichternheide bei Fassberg (oder war es das Wietzenbruch bei Wietzendorf?) bugsierte, begann Vullo zu lesen:

Die erbauliche historia vom Kaufmann Rotmann
oder:
Von Gewissenhaftigkeit und Unbeständigkeit des Glückes

In der Mitte des vorigen Jahrhunderts lebte in der Handelsstadt S. der wohlhabende Kaufmann Rotmann nach dem Tod seiner Frau allein mit seinen Söhnen Anian und Samar. Der Vater liebte beide ohn Unterschied, auch wenn nur Samar, blond und blauäugig, sein eigenes Kind, Anian, braunhaarig und grünäugig, dagegen an Kindes Statt angenommen war. Da er bereits im höchsten Alter stand, rief er Anian, den Jüngeren, zu sich ins Kontor, schloss Türen und Fenster und vergewisserte sich umständlich, dass sie auch wirklich alleine und unbeobachtet waren.

Er entzündete eine Lampe und zog eine Kette aus seinem Gewand hervor, an der sich ein kunstvoll gefertigter Anhänger befand. Klein genug, um in der hohlen Hand verborgen zu werden, war das Amulett doch mit derart feinen Einlegearbeiten aus Perlmutt und Elfenbein verziert, dass es schien, als hätten Engel es bearbeitet. Vorsichtig legte der Vater das Kleinod auf einen Tisch und bat Anian, genau aufzumerken.

Er beugte sich darüber und sprach laut und deutlich ein eigenartiges, orientalisch klingendes Wort: ABRAXAS! Die Oberseite des Anhängers sprang wie der Deckel eines Miniaturkästchens auf, und im Inneren desselben lag in grün schillerndem Seidenbett ein graues Holzstück, das leicht geschwungen war und einer winzigen ausgetrockneten Natter ähnelte …

Der Generalvikar des Bischofs schnarchte, und das Volksbuch fiel in den Dreck, der sich am Boden der Kutschkabine sammelte. Erst als sie Uelzen erreichten und die Torwache den Schlag aufriss, erwachte Vullo wieder und las die Geschichte zu Ende. Kurioserweise war da wirklich ein quadratischer Aufmarsch von Zahlen beigedruckt, der den Müßiggänger zur Enträtselung anreizen sollte. Vullo überlegte bloß, was für eine Moral dem Ganzen entströmte … Was war die Quintessenz des Gelesenen? Es war so simpel wie einfältig: Höre auf die Worte deines Erzeugers! Werde nicht nachlässig in den Verrichtungen, die er dich gelehrt! Fühle und begreife die Last der Verantwortung gegenüber all den Menschen, deren Glück von dir und deinen Taten und deinem Glück abhängt!

Im Grunde, philosophierte Vullo, als sie sich bereits Soltwedel näherten, nachdem sie in Cheine, wo der Kurfürst eine bedeutende Waldung sein Eigen nannte, Station gemacht und den Vorspann gewechselt hatten – im Grunde genommen war die Lehre simpel: Lass nicht nach, mach keine Fehler. Das war zugleich sehr dumm, traurig und unbarmherzig, denn niemand, auch wenn er noch so vorsichtig und umsichtig zu Werke ging, konnte ein Leben lang ohn Fehl agieren …

»Woher? Wohin? Zu welchem Behuf?«, rief draußen eine Stimme, und kurz darauf wurde auch schon der Wagenschlag aufgerissen.

Vullo, der Generalvikar des Bischofs von Verden, hatte die alte Stadt Soltwedel erreicht und passierte unter den ehrbezeugenden Verbeugungen der verdutzten Torwachen das Bockhorner Tor. Vor Sankt Lorenz ließ er halten und dehnte die Sehnen und Fibern beim Gebet, die ihm von der schier endlos langen Fahrt bereits versteinert vorkamen.

Fünfzehntes Kapitel

Viele Sorgen, aber auch frohe Botschaft – Ein kleiner, hoher Mann

Marie Soltmann unterdrückte mit Mühe eine Verwünschung. Sie haderte mit sich selbst. Wäre sie nicht zu Dietrich Allingstedt gelaufen, hätte niemand je erfahren, dass Niklas zum Narren gehalten worden war. Der Syndikus mochte selbst noch so verschwiegen sein, aber er hatte den vermeintlichen Feme-Brief törichterweise vom Stadtschreiber abschreiben lassen, und der hatte seinen Schnabel nicht halten können. Zwei Worte hatten genügt: *Feme* und *Soltmann*.

Was dann geschehen war? Der erste Bürgermeister hatte den Ratsherrn Niklas Soltmann aufgefordert, zu den Vorwürfen Stellung zu nehmen, damit der Rat als Ganzes keinen Schaden nehme. Ein Mörder in den Reihen des Rates – eine ungeheuerliche Vorstellung, schon dass ein derartiger Verdacht aufkommen konnte, war schädlich. Wiewohl der Syndikus auf seine Anfrage hin brieflichen Bescheid vom Kurfürsten erhalten hatte, dass es keinen Freistuhl am Kalten Ahorn mehr gab, weil der Freigraf Hakenberg schon seit Jahren tot sei, war dies für keinen von seinen Ratskollegen ein Grund, die Sache mit einem Achselzucken zu beenden.

»Eben darum«, hatte der erste Bürgermeister in der ihm eigentümlichen törichten Art gemeint: »Wenn sich schon der Kurfürst für diese Sache interessiert, ist allemal Klarheit zu schaffen!«

Seit einem halben Jahr machte man Niklas nun schon das Leben schwer, dachte Marie. Sie tat alles, um ihn aufzumuntern. Der Fürst hatte geraten, dass er ins Stift im Perver ginge, bis sich die Gemüter beruhigt hätten – und dabei wohl an die Möglichkeit gedacht, dass das Volk Niklas nach Femeart lynchen könnte. Wenn sie freilich mit dem Brief *nicht* zum Syndikus gelaufen wäre ... so hätten sie sich weiter gesorgt, vielleicht hätte Niklas sogar von sich aus das Gerede auf den Brief gebracht ... ach, sie wusste es auch nicht.

Niklas war natürlich nicht ins Stift gegangen. Das Geschäft sollte nicht noch weiter leiden, als es dies durch die Anschuldigung ohnehin schon getan hatte. Er tat alles, um dem Gerede ein Ende zu machen. Im Rat stellte er klar, was niemand einst bezweifelt: dass ja doch Willem van Eyb als sein Zeuge den Blitz gesehen und seinen toten Vater sogar gezeichnet hatte. Er zeigte Willems Zeichnung, auf der von einer äußeren Verletzung nichts zu sehen war – um alle zu entwaffnen, die meinten, er hätte ihn niedergeschlagen oder abgestochen oder auf andere Weise gewaltsam getötet.

Die Räte zerredeten sich schließlich wie so oft in zwei Fraktionen, von denen die eine verlangte, Soltmanns Haus das Braurecht zu entziehen und ihn des Mordes anzuklagen, die andere, dass man von alledem Abstand nähme und die Vergangenheit ruhen ließe, weil Niklas Soltmann ein unbescholtener Mann sei und nichts für eine Schuld bei ihm spräche. Man solle vielmehr einen jeden anderen in der Stadt schwören lassen, er habe den falschen Ladungsbrief nicht geschrieben. Der es nicht könnte, sei der, der diese Verleumdung begangen. Der sei anzuklagen!

Niklas seinerseits hatte bloß verlangt, dass sich sein Verleumder zum offenen Streit stelle. Einem Urteil durch den Erzbischof von Verden oder den Rat der Altstadt würde er sich freilich beugen, hatte er beteuert, doch es geschah nichts.

»Es ist Karel Merin, der mir das antut! Oder Jenns!«, sagte Niklas, der eben in die Küche kam. »Du wirst es noch sehen ...«

Sie schaute ihn entgeistert an. Konnte das sein? War er völlig übergeschnappt?

»Niemals! Ihr seid doch nicht zerstritten.«

»Du hast sicher Recht«, sagte Niklas, dessen Furor wieder in sich zusammengestürzt war. Er wusste, dass er keine gute Figur machte, und konnte sich gut denken, was sie hinter seinem Rücken sprachen: *Der alte Kuden will nach Rom pilgern, wahrscheinlich, um Gott zu bitten, die Wolken vom gemeinsamen Geschäft mit dem Schwiegersohn zu nehmen… Der junge Soltmann ist nicht mehr der Jüngste, wird schon grau, hat irgendwas auf dem Gewissen, man weiß nicht was… Findet keine Frau, lebt mit der Mutter. Wird wunderlich, ach was – ist wunderlich, ein einziges Nervenbündel. Wird schon was dran sein an dem, was in dem Brief steht…* Dann lachten sie wohl leise und besahen seinen Rücken, der – früher so aufrecht – sich zu biegen begann. Er sah nicht sehr gesund aus, schien sich trotz seiner Rossnatur schwerzutun, mit dem Leben noch irgendwie fertig zu werden.

»Manchmal kann ich nicht mehr richtig und in Ruhe über die Dinge nachdenken. Die Nachtgespenster kommen hinzu. Ach, Mutter…«

Er hielt sie schluchzend umarmt.

»Es gibt etwas, das dich aufmuntern wird: Willem, Tremelle und die Kinder sind wieder da! Vorhin kam ein Bote und brachte das hier«, sie gab ihm ein Päckchen. »Sie wohnen zunächst wieder im Stift zum Heiligen Geist. Willems neuer Mäzen hat gleich einen schönen Wunsch geäußert…«

Niklas horchte auf, während er eben das Wachstuch vom Päckchen löste. Er hielt ein kleines Landschaftsbild in Händen.

»Wunderschön! Er ist endgültig zu dem Meister geworden, den ich immer in ihm vermutet habe.… Welchen Wunsch hegt denn sein Gönner? Und woher weißt du das alles?«

Marie betrachtete das Bild.

»Oh, es ist wahrhaft großartig!… Er hat dem Boten aufgetragen, uns zu bestellen, dass sein Mäzen hier ein großes Essen geben will, wohl um sich bei den Hiesigen gut einzuführen. Er heißt Bernd von Waldenfels und ist ein Wandschneider aus dem Süden.«

»Scheint ein vermögender Herr zu sein, was? Na, trotzdem werden auch wir Willems Rückkehr feiern, oder nicht?«

Die Mutter sah mit Freuden, dass sich sein Gesicht wieder entspannt und belebt hatte.

Er sagte leise: »Es wird alles gut! Jetzt, wo Willem zurück ist!«

Hanna Slaberndorp, die Tochter des Braumeisters, die seit Jahren im Haus als Dienstmagd arbeitete, kam aufgeregt herein und knickste.

»Hanna, was gibt's?«, fragte Marie.

»Draußen ist ein … ist der … ein sehr feiner, hoher …«

Sie war ganz außer Puste und fand keine Worte mehr.

»Wer? Was ist denn los? Es wird schon nicht der Herrgott persönlich sein, oder?«

Hanna setzte noch einmal an: »Ein Mann Gottes aber ist's schon – ein sehr feiner, hoher Mann, wenn auch eher klein von Gestalt … Er ist in der Wirtsstube, wo er sich einen Krug Bier hat geben lassen und ihn dann in einem Zug austrank!«

»Danke, erhol dich vom Schreck, ich werde ihn mir ansehen«, sagte Niklas.

Fürwahr ein Geistlicher, wie Mantel und Mütze klar zeigten, ein hoher mit Sicherheit, wenn auch kein Kardinal, dafür trug er mit Schwarz und dunklem Blau die falschen Farben. Ein merkwürdig selbstzufriedener Herr, das zeigte die Art, mit der er die kurzen Stummelarme auf den Rücken gelegt und die kleinen, dickfingrigen Hände verschränkt hatte. Den Krug hatte er bewältigt und war aufgestanden. Das schwarze Barett saß ihm wie ein Admiralshut auf dem rundlichen Haupt.

»Meine Verehrung, Hochwürden – Niklas Soltmann. Womit kann ich Euch dienen?«

»Oh, der Sohn Soltmanns des Älteren. Wisst Ihr, dass ich Eurem Vater, dieser beeindruckenden Gestalt, einmal begegnet bin? Er wird mir immer unvergesslich bleiben!«

Vullo hatte sich leicht gewendet, mit einem kurzen Hüftschwung, als stünde er auf einer Eisfläche, ohne die verschränkten Hände zu lösen.

Niklas' Miene bekam einen Sprung. Die Weise, wie der andere seinen Vater erwähnte, genügte, um die Schatten der Vergangenheit wieder heraufzubeschwören.

Vullo indes fuhr unbeirrt fort: »Er war einmal in Verden bei meinem Herrn. Ihr müsst damals noch ein Knabe gewesen sein und werdet ihn kaum begleitet haben.«

»Ach wirklich?«

»Er war ein beherrschender Mann. Ihr habt sehr unter seiner Fuchtel gestanden, oder gehe ich fehl?«

Niklas tat ihm nicht den Gefallen, sich zu diesem Punkt zu äußern, sondern schien abzuwarten, was als nächstes kam. Wollte dieser seltsame Mann ihn aufziehen? Vullo wechselte das Thema, denn er spürte, dass er hier auf Findlingsgranit zu beißen drohte.

»Ich bin Generalvikar Vullo, die rechte Hand des Bischofs von Verden.«

Niklas verbeugte sich sichtlich erschrocken, wollte niederknien, doch Vullo wehrte es sogleich, indem er ihn leicht an der Schulter berührte. Er schlug das Kreuz, als würde er ihn von allen Sünden absolvieren und hieß ihn, sich wieder zu erheben.

»Ich bitte Euch, bitte ... Ich bin doch nicht der Bischof selbst. Lassen wir nur alle störende Förmlichkeit weg. Hört, ich will ein Essen bei Euch geben, um die Oberen der Stadt und die Bürgerschaft kennen zu lernen, denn ich bereise im Auftrag seiner Magnifizenz die Diözese und soll die Meinungen über eventuelle Missstände ausloten. Da ist es sicher von Vorteil, erst einmal etwas gut Wetter zu machen!«

Niklas war wie vor den Kopf geschlagen. Der Generalvikar des Bischofs ... Er konnte es nicht fassen.

Trotzdem war er kaltblütig genug, sogleich zu bemerken: »Ein Gastmahl? Welch Auszeichnung für mich, dass Ihr Euch meine Wirtschaft ausgesucht – indes dürfte ich Euch sogleich darüber in Kenntnis setzen, dass ein sehr vermögender Tuchkaufmann und Kunstmäzen, der auch gerade in der Stadt angekommen ist, ein Gleiches vorhat.«

»Ein Gleiches? Das geht nicht! Der kann doch nicht einfach herkommen und die Diözese inspizieren wollen? Missstände erforschen wollen gar… Das steht nur mir zu!«

»Nein, nein – ein Gastmahl geben will auch er. Er nennt sich Bernd von Waldenfels und hat den Maler Willem van Eyb, einen Freund von mir, für sich verpflichtet. Ich habe den Herrn allerdings noch nicht gesehen, er sandte eine Nachricht wegen der Gasterei…«

»Willem van Eyb, das ist doch der Holländer, der bei den Johannitern in Werben gemalt hat? Ein Freund von Euch, sagt Ihr?«

»Just den. Ihr wisst von ihm? Habt seine Kunst freilich schon…«

Vullo überlegte. Sollte er mit offenen Karten spielen? Sagen, dass er auch einen Auftrag hatte, Eyb betreffend? Lieber auf Nummer sicher gehen und es im Vagen belassen. Es war tragisch, dass ihm ein anderer zuvorgekommen war, tragisch für den armen Bischof Berthold. Überhaupt brauchten viele Nachrichten so lange bis dorthin, man lebte da bisweilen ganz wie in der Abdrift… Aber für ihn, Vullo, war diese Kunde sogar ein Segen. So würde er hier bleiben und sich ausruhen können, müsste nicht noch lange in der Weltgeschichte herumgondeln. Er frohlockte innerlich, und seine Gesichtsmuskeln machten Lockerungsübungen.

»Oh, van Eyb, der Heilig-Geist-Altar, jetzt das neue Heilig-Geist-Kapellen-Fresko in Werben, oh… oh… Ja, wer kennte es nicht, dieses Wunderkind, diesen Willem van Eyb! Mein Bischof würde ihn sicher mit Freuden ebenfalls für sich arbeiten lassen. Würde sich glücklich schätzen, da bin ich gewiss. Es wird also unbedingt nötig sein, diesen Herrn kennen zu lernen und sich gut mit ihm zu stellen… wie, sagtet Ihr, heißt er: Waldenfließ?«

»Waldenfels!«

»Also den Waldenfels sollte ich wirklich treffen, damit ich ihn unter den Tisch trinke und ihm den Maler abspenstig mache. Ein großes Essen für die Soltwedeler will er also auch geben… hm. Warum sich nicht die Kosten teilen? Dann wäre schön Gelegenheit, alle hübsch auszuhorchen – über die Missstände, versteht sich…«

Niklas lächelte. Der Generalvikar dachte ökonomisch. Und wenn er es genau nahm, war es auch für ihn eine Gelegenheit, etwas Geld zu sparen… Er verfluchte sich bei dem Gedanken, denn es war immerhin sein Freund Willem, um den es ging. Doch die Zeiten waren nicht gut, und direkt ehrenrührig war es nicht.

»Ein Gedanke, der einem Kaufmann unmittelbar einleuchtet, Hochwürden. Ich will gern auch einen Teil der Kosten tragen, denn Willem van Eyb ist ein guter Freund, der lange fort war und den ich gebührend willkommen heißen möchte. Je größer ein Gastmahl, desto besser.«

Vullo nickte. Das ließ sich gut an – so würde sich der Aufwand weiter verringern. Und wenn es etwas gab, was ihn beflügelte, so war es der Gedanke, seiner Kirche Geld zu sparen.

»Ausgezeichnet! Das trifft sich ja alles wunderbar – falls Waldenfels nicht mitspielt, tun eben nur wir beide uns zusammen. Jetzt aber noch etwas anderes, Herr Soltmann. Man hat mir angeboten, in der Propstei abzusteigen oder im Stift zum Heiligen Geist… Ich würde neutralen Boden in jedem Falle vorziehen. Außerdem, müsst Ihr wissen, bin ich ein großer Freund Eures Bieres, das Gleiche gilt für den Bischof. Daher, kurz gesprochen, die Frage: Kann ich nicht hier bei Euch im Haus wohnen?«

Niklas wusste gar nicht, wie ihm geschah: Für den bischöflichen Gesandten ein Essen ausrichten war schon etwas, aber ihn gar bei sich zu beherbergen…

»Ihr ahnt nicht, Hochwürden, wie mir zumute ist – wie stolz macht mich Euer Wunsch! Jeden Monat eine große Last von meinem Bier nach Verden schicken zu dürfen, ist schon eine übergroße Ehre, aber dies nun gar… Ihr wisst gar nicht, wie sehr… wie überaus ehrenvoll nun wäre es, nein, es wäre schon zu viel der Ehre…«

»Ach was«, schnitt ihm Vullo leicht entnervt das Wort ab. »Irgendeine Kammer werdet Ihr wohl noch frei haben?«

Niklas überlegte fieberhaft. Es gab im ganzen Haus keinen Raum, der dem Generalvikar auch nur im Mindesten angemessen wäre. Aber es musste irgendwie gehen, diese Gelegenheit zur Aufbesserung seines rasch sinkenden Rufes durfte er einfach nicht vorüberziehen lassen.

»Ich könnte Euch freilich meines Vaters ehemaliges Kontor herrichten lassen. Es sind zwei Räume, deren Fenster zum Hof hinausgehen, oben unterm Dach. Allerdings dürfte es Euch nicht stören, dass vor Eurer Tür auf dem Oberboden das Malz gedarrt wird. Wir brauen jetzt das erste Bier im Jahr, das Märzen. Ach, ich schäme mich, es anzubieten. In der Propstei würdet Ihr in einem Palast wohnen, vergleichsweise. Ich würde ein paar gefällige Möbel hineinstellen lassen …«

Vullos Augen leuchteten.

»Aber nein! Was könnte es in meinen Augen, und was könnte es für meine Nase Schöneres geben, als in einer Brauerei zu wohnen? Und neue Möbel oder dergleichen sind ganz unnötig. Ich brauche ja doch nur eine trockene Ecke mit Strohsack.«

Er präzisierte, um die Selbstkasteiung nicht gar zu weit zu treiben: »Zwei Strohsäcke.« Was tat er nicht alles für die Wahrheit. »Wisst Ihr, wo der Maler und sein Mäzen abgestiegen sind?«

»Der Maler wohnt im Perver. Im Stift. Aber wo der Gewandschneider wohnt, weiß ich nicht. Vielleicht im Gildehaus? Als auswärtiger Meister, der zu Gast in der Stadt ist …«

»Ah, nun, das lässt sich sicher leicht herausfinden. Ich muss erst einmal meine Bagage abstellen und mir ansehen, wo ich später die müden Knochen zur Ruhe bette. Es duftet wirklich im ganzen Haus nach Gerste, Malz und Hopfen. Getrocknet, schätze ich mal, getrocknet …«

Niklas führte ihn hinauf in die beiden größten Räume im obersten Stockwerk, die zusammen doch kaum an ein großes Gastzimmer in einem herrschaftlichen Haus heranreichten. Sie waren in der Tat wenig gastlich eingerichtet, aber Vullo ließ sich nicht das Mindeste anmerken.

»Ich bin zwar kein Franziskaner, aber ich habe Pomp und Gepränge nie leiden können – das sollte man den Fürsten und ihren Dienern überlassen. Sagt, wer wohnt denn da gegenüber so alles?«

Er war in elegantem Schwung an eine der unverglasten Fensteröffnungen getreten und zeigte durch den aufgestoßenen Holzladen auf die Häuser vis-à-vis.

»*So dicht gedrängt haust das Volk in der Stadt …*«, zitierte er Vergil, »*dass des einen Haupt Platz auf des andern Teller hat!*«

Niklas legte ihm die Wohnverhältnisse Haus für Haus genau auseinander und sagte: »Mir fällt ein, jetzt, wo ich hinübersehe, dass mein Partner dort, ein sehr gottesfürchtiger Mann, der eine Pilgerreise nach Rom plant, viel schönere Zimmer hat und viel mehr Platz. Wollt Ihr nicht lieber bei ihm wohnen? Allerdings, was diese Reise betrifft … Seine engelsgleiche Geduld, wenn es darum geht, die Route über die Alpen vorauszubestimmen, könnte als Zeichen dafür genommen werden, dass es mit der Ernsthaftigkeit seiner Reiseabsichten nicht allzu weit her ist. Er dürfte schon tot sein, bevor er wahrhaftig aufzubrechen in der Lage ist.«

»Oh, ich weiß Eure Fürsorge sehr zu schätzen, allein … Ich bin froh, wenn ich einmal ganz unter normalen Umständen wohnen darf. Womit ich nicht unterstellen möchte, Ihr wärt nicht ebenso gottesfürchtig wie Euer Kompagnon. Aber was heißt das überhaupt? Wir fürchten alle Gottes Zorn und tun Recht daran, denn er wird die Sünder hart bestrafen. Indes, wenn es keinen Grund für ihn gibt zu diesem Strafen? Oder gibt es einen?«

»Ich weiß nicht, worauf Ihr hinauswollt«, sagte Niklas, den die Frage des Generalvikars verwirrte.

Er fühlte sich leicht unwohl unter Vullos unstet stochernder Rede. Doch ehe er sich's versah, hatte der sich scheint's wieder beruhigt und grinste.

»Außerdem ist die klappernde Mühle hier immer noch fürchterlich genug anzuhören. Euer Handelsgenosse muss bereits ertaubt sein. Gut, wenn es so wäre, denn Rom – wo er hin will – ist unvorstellbar laut, hat mir der Bischof erzählt, der unlängst dort war. Für Taube somit leichter zu ertragen.«

»Das müsst Ihr ihm erzählen. Er hebt dieses Rom in den Himmel, als wenn es das Elysium selbst wäre.«

Vullo, selbst auf seiner allerersten Reise, schüttelte weltmännisch-belustigt über so viel provinzielle Unkenntnis das Haupt.

»Na ja, doch etwas ganz anderes: Welches ist eigentlich das zweitgrößte Brauhaus in der Stadt?«

Niklas wand sich unter dieser Frage. Er hatte nicht im Mindesten mit ihr gerechnet. Umso schlimmer traf sie ihn jetzt.

»Hochwürden, es betrübt mich, der Wahrheit zu ihrem Recht verhelfen zu müssen...«

»Das ist eine große Aufgabe, das hat Euch nicht zu betrüben. Nur frohgemut!«

»Ihr vermeintet also, im größten Brauhaus abgestiegen zu sein, wie mich Eure Worte annehmen lassen... Dasjenige von Karel Merin ist inzwischen das größte. Meines ist nur noch das zweitgrößte. Seit der Verleumdung, die mich traf...«

Vullo tat bestürzt.

»Sagt bloß? Keiner kennt Merin'sches Bier. Beiher – hat das auch einen markanten Namen?«

»*Wallrapp.*«

»Ach, wirklich, das ist vom Merin? Einmal trank ich's, heut am Tor. Das ist mir zu pappig. Dagegen ist selbst das *Einbecker* noch ein Hochgenuss... Aber, ich bitte Euch! Ein Ungewitter gibt es in jeder Handlung! Das muss man nicht so ernst nehmen... Wenn es Gott gefällt, nimmt er auch wieder den Schatten von Euch. Übrigens ist es, finde ich, ganz gut, in die zweite Position zu gehen, denn wenn man immer nur an der Spitze steht, so nagt und bohrt der Ehrgeiz, werden die Kräfte schneller aufgezehrt. Die Störche, wenn sie ziehen, wechseln den an der Spitze Fliegenden auch öfters aus, wusstet Ihr das?«

Vullo hatte Niklas' Reaktion genau studiert. Beim Wort *Ungewitter* war die Farbe aus dem abgezehrten Gesicht gewichen, und die früh ergrauten Haare gaben dem Bild im Ganzen etwas vollends Stumpfes.

»Wie alt seid Ihr, Meister Niklas?«

Vullo schien es angebracht, sein Gegenüber durch die zünftige Bezeichnung aufzuheitern. Es gab keine Brauergilde in Soltwedel. Trotzdem … der Mann konnte jede Ermunterung gebrauchen.

»34 Jahre, Hochwürden.«

»Herrgott – das ist kein Alter, um Trübsinn zu blasen! Wo sind Eure Frau, wo Eure Kinder?«

Niklas druckste herum.

»Hört, wenn Euch etwas bedrückt, das Ihr keinem anderen sagen könnt oder wollt, so wendet Euch an mich. Ich werde es auf mich nehmen und keiner soll davon erfahren, das verspreche ich Euch!«

Das war ins Blaue hineingesprochen, doch wer wusste schon, was in einer Menschenseele vor sich ging? Es schien Vullo wichtig, dass Soltmann ihm vertraute. Ob er das Angebot einer Aussprache nutzte? Aber Niklas war vorderhand zu keiner weiteren Lautäußerung willens.

Vullo schloss daher seine Zimmerbesichtigung und seine Rede ab mit dem Beschluss: »Behagliches kleines Zimmer. Ich werde mir jetzt die Stadt ansehen – vielleicht erst mal nur die Papiermühle und die Offizin Eures Kompagnons. Nicht nur der Bischof liebt die Bücher, sondern ich auch. Bei der Herfahrt las ich den *Rotmann*. Kennt Ihr das?«

Niklas nickte schwach, wie Vullo bemerkte.

»So hat es Euch nicht gefallen?«

»Was?«

»Na, das Buch?«

»Ich fand es langweilig und überaus töricht. So etwas kann sich nur ein Mann ausgedacht haben, der keine Familie hat. Väter, die sich um ihre Nachkommen so rührend bemühen, Brüder, die alles füreinander tun würden … Märchen!«

Sechzehntes Kapitel

Ja, nein – oder lieber doch?

Jedes Jahr, wenn er im Land war ... so lautete doch sein Schwur ... wollte er in Soltwedel nach dem Rechten sehen. Was machten sein hübscher kleiner Bruder, was seine schöne alte Mutter, was machte sein ... Vater?

Nein, er wollte doch lieber nicht! Sein Schritt sprach die gleiche Sprache: Unentschlossen ging er wie ein vorsichtiges, aber doch neugieriges Tier, zick-zack, zick-zack ... einen Schritt hin, einen Schritt her, wie ein Tier, das nahe am Verhungern ist, doch der Futterstelle misstraut. So sicher, so harmlos wirkte alles.

Immerhin hatte das Orakel der Natur ihn hergeführt, und jetzt war er selbst begierig, *sein* Buch zu sehen!

Er besah sich das Bild der Stadt von Weitem. Sollte er? Ja! Sollte er nicht? Ja! Beziehungsweise nein! Er schritt dennoch weiter, etwas lenkte ihn, zwang ihn, hineinzugehen. So viele Jahre waren wieder vergangen, seit er das letzte Mal hier herumgepilgert war ... auch im Zickzackschritt, die Jahre ... ein Jahr vor, ein Jahr zurück. Lange war er wirklich im Süden, war lange im Land der Troubadours gewesen ... War hier irgendetwas anders geworden? Er hätte es nicht sagen können. Musste hinein und nachsehen, wie es der Schwur verlangte. Hatte vom *Rotmann* gehört ... dass sein Vater ihn gedruckt hatte ...

»Wer? Woher? Wes Profes? Wohin? Warum? Was zu verzollen?«

Die Fragen des Wächters erheiterten ihn. Nur nicht grinsen, nur nicht lachen ... Er wollte durchaus nicht weggesperrt werden, wollte nicht abgewiesen werden. Nur hinein in die alte Stadt Soltwedel wollte er jetzt, um jeden Preis. Wollte wieder im Haus sein, wenn auch vielleicht nur einmal kurz. Es käme auf Mutter Marie an und auf Niklas Soltmann. *Er* war ja tot. Das hatte er auf dem Weg schon gehört, schon in Brandenburg.

Wollte aber auch noch mal hinein, um seine Visionen gedruckt zu sehen, wollte sie in der Hand haben. Gedruckt, ein Büchel, ein Volksbuch gar! Sein *Rotmann*... von seinem Vater gedruckt... Was war aus ihm und Marie geworden? Waren sie gar verheiratet? Heiß stieg eine Empfindung auf, die ihm bislang so fremd gewesen, ein Ruch von Dazugehören, ein Gefühl von Anerkennung. Wenn er wollte, konnte er ganz klar reden, war eben ein Talent von Natur für die Mimesis... kannte sie ja alle, die Klaren, die Vernünftigen, die Starken, die Schwachen, die Hilflosen... Wenn nur sein Leiden nicht wäre, wurde immer tauber im Kopf statt heller, leider. Hatte viele Geschichten im Kopf, doch... so schwer... sein Kopf... war so taub oft. Der Alte war jetzt lange genug tot...

»Genz, Hannes – von Gardelegen, Brauknecht, hierher – zum Soltmann: Stellung nehmen! Nichts zu verzollen, nur ein Vesperbrot dabei...«

Er drehte seine Kappe zwischen den Fingern wie einen Rosenkranz, bemühte sich, möglichst devot aus seiner schmutzigen Wäsche zu schauen.

»Genz, klingt deutsch. Oder lügst du mich an? Wenden kommen bei uns nämlich nicht mehr rein!«

»Genz ist deutsch, ganz deutsch... Wenn du willst, erzähle ich dir was aus dem kleinen Testament von Villon... über die Frauen, es ist sehr frei, sehr frei...«

»Wer ist das? Klingt irgendwie wendisch...«

»Villon? Das ist ein Franzose, ich traf ihn auf der Walz bei Paris. Er weiß alles über die Damen von Paris und über die Huren von ganz Frankreich. Ich kann es dir erzählen, kannst auch deine Freunde mitbringen. Ich hab es im Kopf und werd es vielleicht aufschreiben, damit es einer auf Deutsch druckt.«

»Ein schreibender Brauknecht?«

»Warum nicht? Du schreibst doch auch?«

Der Torwächter grinste.

»Aber nicht so wie du, bloß Zahlen, bloß Beträge und Hafer oder Salz, aber nichts von... *allen Huren in ganz Frankreich* sagst du?«

»In der Tat! Kennst du den *Damenspiegel*? Der ist schon mal von mir!«

Das war das Gute an Volksbüchern. Man konnte leicht sagen, das ist von mir, stand ja kein Name drauf ... aber in dem Falle stimmte es, denn er hatte ihn übersetzt ...

»Und die Historie vom *Rotmann*!« In dem Fall stimmte es sogar ganz. »Vom Schreiben allein kann ich nicht leben. Daher muss ich hin und wieder brauen.«

»Der *Damenspiegel* ist von dir? Du hast einen schönen Humor. Hab ihn den Kuden vorlesen hören beim Würzweihfest vor etlichen Jahren. Und den *Rotmann* auch!« Er lachte noch lauter und schüttelte den Kopf. »Kannst passieren!«

Und er war drin, war drin! Schon ging sein Herzschlag schneller, galoppierte. War in der Stadt, in Soltwedel, nach so langer Zeit. Wieder einmal in der Stadt. Umfing ihn alles gleich wie ein Fluidum.

Wo war der Stabensteg? Ach dort, es hatte sich wahrlich nichts verändert. Über die kleine Brücke, den eigentlichen Steg, am Badhaus vorüber. Die Dämchen winkten, er lachte, sich seiner gesunden Zähne bewusst. Müsste erst gehörig was verdienen, bevor er sie beglücken könnte oder sie ihn. Kannte aber alles noch. Das Herz ging wieder langsam, er fand sich zurecht, brauchte keinen nach dem Weg zu fragen, kannte ihn ja. Und da war es schon ... das Haus ... Noch einmal umdrehen? Lieber wieder hinaus? Zick-zack? Ein Prälat kam heraus. Sah zu ihm her, kurz und wie durch ihn hindurch. Er kämpfte die Angst nieder, die plötzlich in ihm aufstieg. Gab ja keinen Grund – und da war er schon dran, davor, die Treppe hinauf und ... war auch drin im Haus ...

Marie Soltmann beäugte die Gestalt des Eintretenden erst mit äußerstem Misstrauen, dann weitete sich ihr Blick und sie schlug die Hände vor den Mund.

Er flüsterte: »Keine Sorge, bloß schön stille, keine Worte. Ich will ein wenig, ein paar Tage, Wochen vielleicht, wenn es keine Umstände, wenn Ihr es gestattet, *er* ist ja schon so lang nicht mehr, und es gibt wohl niemanden, der mich – außer Euch und Kuden – hier noch erkennt. Was denkt Ihr, schickt Ihr mich wieder fort? Oder kann ich ... hab doch auch noch eine Erzählung zu knüpfen für den Kuden. Seid Ihr verheiratet? Habt Ihr Euch überhaupt wieder verehelicht, so sagt nichts, ist auch ganz gleich, ist eins wie's andere, ist auch nicht wichtig. Und er, der kleine Nickel ...«

Sie drückte ihn, fuhr dann wieder zurück, schüttelte den Kopf.

»Oh, Kornelius, ich bin ganz von Sinnen ... Sag nichts mehr, und wenn doch, dann sprich langsamer! Ich will es kaum glauben, dass du hier bist. Oh, ob das gut geht, ich weiß es nicht ...«

Er schluckte, denn er hatte seinen Schritt vielleicht nicht gut genug bedacht, doch nun war es zu spät.

»Recht hast du, hast Recht. Du wirst es kaum verstehen, aber ... Ich möchte einfach nur ein paar Tage, Wochen vielleicht ... im Haus, du verstehst? Einfach nur, ganz ohne Namen, zu Hause, sein. Ich bin so weit gereist, bin so viel gelaufen, ich weiß nicht mehr, wohin. Will nur ganz still etwas ausruhen, nur rasten, nur für kurze Zeit. Weiß auch nicht, wieso ... der Kopf ...«

»Du meinst, ohne dass einer erfährt, wer du bist? Außer mir erkennt dich wohl keiner, außer mir und Heiko ... Niklas und er sind Kompagnons, das musst du wissen. Selbst der Slaberndorp wird's nicht, höchstens der Bader, doch, obwohl ...«, sie sah ihn durchdringend und prüfend an, »ich glaube nicht. Du hast dich so sehr verändert, bist wo gewesen, erzähl!«

»Werde schon erzählen, werd' schon. Beim Fest vielleicht, als weit gereister Knecht vielleicht. Doch erst mal nicht als Sohn und Bruder ...«

Ihre Augen leuchteten. Sie packte ihn an den Ohren und schüttelte seinen Kopf. Er lächelte. Dachte, wie schön sie noch immer ist, meine alte Mutter! Kann den Kuden verstehen ...

»Wollen sehen, ob es zu drehen ist. Ich kann dir nichts versprechen, ich bin froh, dass du lebst, doch ... kann nichts versprechen, hörst du? Wenn du als einfacher Knecht einziehen willst, dann soll und muss Niklas entscheiden, oder?«

Er hob und senkte kurz die Schultern, lachte.

»Der Kuden hat den *Rotmann*, mein Büchel, gedruckt. Ist's denn wahr?«

Das war es doch, was ihn am meisten interessierte. Sie legte ihm die Hände auf den Kopf.

»Ja, schon lange her. Doch hör – ganz gleich, was Nickel auch sagt: Du musst mir eine Ballade schreiben, die ich droben dereinst an der *coeli porta* abgeben kann. Du kriegst Geld von mir dafür! Hier hast du schon mal was für alles, was du nötig brauchst!«

Sie schluchzte, heulte, es ging ihr so nahe. Er drückte ihre Hände, nickte begütigend. Was für Sorgen ... was für Sorgen. Aber ein schöner Auftrag war es wohl, was für ein schöner Auftrag fürwahr! Sie war ganz aus dem Häuschen, fand er, und freute sich irgendwie diebisch ...

»Will sehen, dass ich Niklas finde. Wenn du mit ihm sprichst, stell dich ganz normal, keine abgehackten Sätze, nicht drei auf einmal. Kurz und bündig, verstehst du?«, sagte sie, blass um die Nase vor Freude.

Sie eilte durchs Haus, fand Niklas nicht in der Braustube, sondern im einstigen Büro des Alten, wo er nachsinnend stand und anscheinend überlegte, wie man den Verschlag für den Generalvikar des Bischofs wohnlicher machen könnte.

»Nickel, drunten ist ein Brauknecht, weit herumgekommen, ganz wie man ihn braucht, denn er kann dir eine Menge erzählen über die Konkurrenz. Frag ihn mal vorsichtig, klopf mal auf den Busch! Aber erschrick nicht, er klingt etwas wunderlich, ist wohl lange durch die Hitze gelaufen. Wir werden auf jeden Fall einen brauchen. Sieh dir an, wie er sich beim Fest macht, und dann entscheide, ob du ihn nimmst.«

»Danke, Mutter, ich guck ihn mir an. Bitte doch den Kuden, dass er uns seine hübschen geschnitzten Leuchter überlässt für das Gästezimmer, und eine kleine Bibliothek ... einen Wandbehang, und … ein paar bessere Decken muss er hergeben für des Generalvikars Bettstatt.«

Was diesen schmutzigen, kernig und stark wirkenden und so übel riechenden Knecht nun betraf … Er schien Niklas mit besonderer Faszination anzustarren. Erstaunlich war auch seine Hartnäckigkeit. Niklas wollte ihn erst kurzerhand vor die Tür setzen, aber dann dachte er an die Worte der Mutter. Ihrem Urteil war meistens zu trauen, bei Menschen sowieso. Und dieser Kerl vor ihm blieb in der Stube fest gebannt, obwohl ihm bedauernd erklärt wurde, dass die übliche Löhnung nicht geboten werden könne.

»Wie kommt es, dass du so genügsam bist? Deine Artgenossen fressen mir für gewöhnlich die Haare vom Haupt und murren selbst dann noch, wenn ich ihnen das Doppelte vom Üblichen bezahle. Hat sich die Gesinnung von euch Wanderern so über die Nacht geändert?«

Der, der sich Hannes Genz nannte, tat alles, um einen guten Eindruck zu machen, soweit es über das Äußere hinausging, an dem er nun einmal *ad hoc* nichts ändern konnte.

»Ihr seid zu gütig, junger Herr. Schaut mir genauer auf den Kopf und ins Gesicht, und Ihr werdet sehen, dass es ein gestandener Mann ist, der diese bescheidene Stellung erheischt und kein Strauchdieb. Ich bin weit gelaufen in meinem Leben und hatte schon ganz andere Stellungen, womit ich diese, um die ich Euch angehe, keineswegs gering schätzen will. Ich kann lesen und schreiben und bin kein unverständiger Klotz. – Ich könnte Euch eine Menge über Eure Konkurrenten in den Städten erzählen, und das eine oder andere Lied kann ich singen und auch diese oder jene Erzählung hersagen, die ich unterwegs aufgeschnappt. Bis nach Paris bin ich gekommen. War drunten in Bordeaux, in Carcassonne, in Avignon, in Genf. Ich bitte Euch, nehmt den langen Weg als Beweis dafür, dass ich noch meinen Mann bei der Arbeit stehe und Euch keine Schande machen werde. Ich trage Euch in jeder Hand ein Stückfass und verlange weniger als die Hälfte des Üblichen. Alles, was ich möchte, ist, nach Jahren der unsteten Wanderschaft, vom Süden her kommend, endlich wieder eine gewisse Zeit in festem Lohn und Brot zu stehen, um Fuß zu fassen und Gelegenheit zu haben, mein angestammtes Handwerk wieder auszuüben.«

»Du kannst lesen und schreiben?«, forschte Niklas. »Wer hat dich das gelehrt? Ein Knecht, der lesen kann und schreiben? Das ist so häufig zu finden wie ein weißer Rabe in einem Schwarm.«

»Die Familie in Hamburg, der ich entstamme, war einst vermögend. Mein Vater schickte mich auf die Lateinschule, aber dann traf uns das Unglück …«

»Unglück? Erzähl …«

Wie jeden, der sich im Unglück stecken fühlt, interessierte Niklas brennend das Unglück der anderen. Aber darüber hinaus weckte etwas an diesem Hannes Genz die Neugier in ihm.

»Ich besuchte noch die Schule, als das Kontor und das ganze Lagerhaus meines Vaters abbrannten. Er hatte mit edlen Tuchen gehandelt, im Rat gesessen und meine Mutter ausstaffiert, dass seine Ratskollegen nur Maulaffen feilhalten konnten – obwohl sie doch ganz andere Waren im Sortiment hatten. Von einem auf den anderen Tag waren wir bettelarm. Der Verkauf aller kleinen Schätze in der Wohnung und auch des Putzes meiner Mutter reichte kaum, uns länger als ein paar Wochen zu ernähren. Mein Vater konnte sein Geschäft ohne Geld nicht wieder aufbauen, doch keiner wollte ihm Kredit geben, da der Neid, den er zuvor bei den anderen hervorgerufen hatte, zu tief saß und jetzt nach Rache schrie. So mussten wir Kinder – ich hatte zwei jüngere Brüder und zwei Schwestern – uns mit allerlei niederen Diensten bei Leuten verdingen und etwa in Häusern bedienen und arbeiten, wo wir noch kurz vorher als Gäste empfangen, nach allen Regeln des Anstandes hofiert und an voller Tafel bewirtet worden waren. Diese Erniedrigung hab ich damals nicht ausgehalten und begab mich daher auf die Wanderschaft.«

»Ich kann's dir nicht verdenken«, sprach Niklas versonnen, »der Abstieg war zu jäh. Ich hätt's auch nicht verwunden ... könnt's auch nicht leiden, wenn ich Dienst tun müsste, wo ich zuvor noch Herr oder Gast gewesen ... Doch wie sieht es heute aus? Denkst du immer noch, dass du lieber bedient würdest? Hast noch immer eine Abscheu vor denen, die du bedienst? Denen du dienen musst?«

»Oh nein, junger Herr! Solche Flausen sind mir auf meiner Wanderschaft schnell ausgetrieben worden. Ich habe gelernt, dass es nichts Schöneres auf der Welt geben kann als zu dienen.«

Niklas nickte und überlegte kurz. Er dachte an das bevorstehende Festmahl. Da wäre es gut, noch einen kräftigen Helfer zu haben. Danach stand das Märzen an, und von den drei Brauknechten, die er noch vor einem Jahr beschäftigt hatte, waren zwei zum Karel Merin übergelaufen. Er konnte sie nicht mehr bezahlen. Jetzt bekam er einen, der so kräftig schien wie dreie und nur die Hälfte von einem kostete ... das gab den Ausschlag. Niklas hatte seine Entscheidung getroffen. Er würde es mit dem Zugvogel probieren. Außerdem, er musste es vor sich selbst zugeben, mochte er dessen Art zu erzählen.

»Wo standst du zuletzt in Lohn und Brot?«

»In Gardelegen, in Stendal und davor in Tangermünde.«

»Bei wem in Stendal? Etwa beim Hans Nikolai?«

»Just bei dem ...«, antwortete er.

Wenn das seinem hübschen, von Sorgen gedrückten Bruder mehr Interesse an ihm einflößte ...

»Wirst mir berichten müssen, wie das beim Nikolai in Stendal zugeht – wie er es hinbekommt, dass der *Taubentanz* so hell ist und doch so malzig, das würde ich schon gerne erfahren ...«

Kornelius beobachtete Niklas genau, diesen jüngeren Mann. Suchte in seinen Schädel zu kriechen und zu ergründen, was darin vor sich ging. Musste ihn doch genauer kennen, war doch sein Bruder ... Kam aber nicht dahinter – diese Stirn war zu geschäftig, diese grauen Haarspitzen waren so voller Sorge.

Was plagte ihn? Und die Splitter der fernen Nacht waren wieder da, es blitzte und er musste das Gewitter der Bilder und Erinnerungen wegwischen, an seinen Platz verweisen, zur Ruhe anhalten, rasch, um nicht grundlos zu straucheln.

»Verfüg dich zum Braumeister und lass dir zeigen, wo du schläfst: drüben im Haus gegenüber der Münze.«

Und Kornelius ging hinüber, kannte den Slaberndorp noch gut, aber der erkannte ihn nicht, war selbst noch so jung gewesen damals, waren beide noch so jung... Und er lachte, frohlockte, führte einen Tanz auf in der Stube, als er kurz allein war. Er konnte seine Vorfreude auf das Buch kaum bezwingen. Oh, ja, er wollte Heiko Kuden mehr zum Drucken geben. Er wollte alle seine Erzählungen aufschreiben, damit der Drucker Bücher daraus machen konnte. Wollte hinüber in die Druckerei, gleich jetzt. Musste sehen, wie es zuging, wollte es fühlen, wollte die Szenen, die in seinem Kopfe spielten, gedruckt sehen und in der Hand haben... wollte sie festhalten. Wollte sämtliche Geschichten, die in seinem Kopf umliefen, mit Kudens schönen Druckbuchstaben auf dem Papier festgehalten sehen! Und etliche eng beschriebene Blätter hatte er schon, trug sie schon so lange mit sich herum. Vielleicht würde sein Kopf bei der Arbeit wieder gesund.

Siebzehntes Kapitel

Sich als Wandschneider gerieren:
Hansestadt Graz und andere Allotria

Wie angesehen und zugleich umwittert der Stand eines Gewandschneiders war – Bernd von Waldenfels, geheimer Kommissär Seiner Kurfürstlichen Gnaden, hätte es sich nicht träumen lassen ... Die Leute erzählten sich obskure Sachen, er hatte es in Werben mitbekommen: wallende Gewänder, große goldene Scheren und geheime Rituale, bei denen Jungfrauen die Kleider weggeschnitten wurden, bis sie ...

Kurzentschlossen trat er ins Gewandhaus der alten Stadt Soltwedel, einen prächtigen Bau mit reich verzierter Fassade zwischen Mönchskirche und Altstädter Rathaus. Dort wurde nicht nur Stoff geschnitten und gehandelt. Auch die rituellen Aufnahmen der neuen Mitglieder der Gewerbsgilde wurden daselbst zelebriert, die Treffen der Innungsmeister abgehalten sowie die Versammlungen der Gesellen – von den großen und ausladenden Gildeessen nicht zu sprechen. Hätte Waldenfels länger nachgedacht über diesen Schritt, so hätten ihn die rasch nachwachsenden Skrupel wahrscheinlich zurückgehalten. Doch kaum war er eingetreten, gewann er seine Sicherheit wieder und ließ sich direkt zu Jenns Merin, dem Innungsmeister der alten Stadt, führen, der neuerdings auch zum zweiten Bürgermeister geworden war.

»Sagt, mein Herr«, bat er den hochgewachsenen blonden und blauäugigen Mann, der ihn in seinem Amtszimmer empfing und der höchstens ein oder zwei Jahre älter sein mochte als er selbst mit seinen 33, »würdet Ihr die Freundlichkeit besitzen, einen Zunftgenossen aus der fernen Steiermark, aus einem Land hinter den sieben Bergen sozusagen, in die hiesigen Zunftbräuche einzuführen? Ich möchte nicht anecken oder jemanden durch meine Unwissenheit verletzen.«

»Da ist sicher nicht viel zu erklären, mein weit gereister Freund!«, sagte Merin leichthin und musterte den Gast unverhohlen.

Seine Zuträger hatten ihm schon berichtet, was über den geheimnisvollen Ankömmling bislang bekannt geworden war. Reich schien er zu sein und ein Mäzen der Künste war er, auch ein Sammler gemalter Reliquien, wie es hieß. So etwas Skurriles war ihm bislang nicht zu Ohren gekommen.

»Was misst die Elle in der Steiermark?«

»So messt nach …«, sagte Waldenfels dreist und hielt ihm den Ellenbogen hin.

Jenns Merin lachte.

»Gut respondiert! Bei uns sind über 100 verschiedene Ellenmaße … wird bei Euch nicht viel anders sein. Als Fernhändler aus dem tiefsten Süden verkörpert ihr ein fremdes Land für uns. Ihr werdet uns eine Menge erzählen müssen!«

»Sehr gern! Es gibt in der Ferne doch nichts Schöneres, als von zu Hause zu erzählen, und da ist es umgekehrt. Allerdings ist man als Kaufmann schließlich überall daheim, oder nicht? Mir schwebt vor … aber das sei vorerst nur unter uns gesagt … in der schönen alten Stadt Soltwedel ein kleines Handelskontor zu eröffnen – gewissermaßen als steirischer Vorposten in der Altmark …«

Dann verleitete ihn die Rolle doch ein wenig zum Improvisieren.

»Spätestens nach dem nahe bevorstehenden erfolgreichen Ende der Grazer Hanse-Verhandlungen scheint das mehr als geboten …«

Sie lächelten. Es war eine hübsche Vorstellung, und der Plan hatte, aus der Sicht des Steirers, fand Jenns, etwas Bestechendes. Von den Grazer Hanse-Verhandlungen hatte der Bürger- und Innungsmeister Jenns Merin tatsächlich leider noch gar nichts gehört, und er bedauerte, dass alle Nachrichten so weite Wege bis zu ihnen zurücklegen mussten. Selbst von wichtigsten Entwicklungen erfuhr man oftmals erst mit großer Verzögerung.

Bernd von Waldenfels ließ sich nicht anmerken, wie sehr ihn der Spaß freute. Von daheim erzählen zu müssen, würde eine harte Prüfung für ihn. Wann war er zuletzt dort gewesen, im Land seiner Vorfahren? War es, als er drei Jahre war? War's im Alter von 13 oder mit 23 Jahren? Aber nun gab es kein Zurück mehr.

»Man erzählte mir, dass Ihr den Maler aus Werben mitgebracht habt? Den Freund von Soltmann?«

Waldenfels nickte, knüpfte indes gleich eine Gegenfrage an, um keine Zeit zu verlieren: »Ja, es stimmt. Vom Soltmann sprach mir van Eyb gestern, bevor er dann leider heute mehr schnarchte als sprach.« Er mimte oftmaliges Ansetzen eines Bierkruges und Jenns lächelte. »Ist das nicht der alte, dicke Brauer, der mit allen verfeindet ist? Und der seinen Sohn drückt und unten hält?«

»Nein, der, von dem die Rede geht, *ist* der Sohn. Der Vater, jener, den Ihr meint, starb schon vor über zehn Jahren.«

»Ach, ich glaube mich zu entsinnen, dass der Komtur Hermannus mir davon erzählte. War da nicht so eine Gewitterhistorie?«

»Ja, Soltmann senior traf einst der Blitz. Ein Unwetter war das, so gewaltig, dass ein Felstrum bei der Wendenburg, dem alten Heidengrab auf dem Wolfsberg, umgehauen wurde. Van Eyb, den Ihr im Schlepptau habt, hat damals die Leiche gezeichnet.«

»Er war dort? Wie das? Eine Leichenzeichnung? Wie interessant, wo ist sie? Habt Ihr sie gesehen? Ich sammele derlei – auch Skizzen von Reliquien! Gibt's derlei vor Ort?«

Jenns lachte lauthals.

»Ihr habt zu lange in der holpernden Kutsche gesessen und Euch nur mit dem Wagenschlag unterhalten können. Ihr müsst Euch bei einem Krug Bier und einem Tiegelbraten beruhigen und mit vernunftbegabten Wesen sprechen. Ich will meiner werten Frau Gemahlin und mir nicht über Gebühr schmeicheln, aber ich denke … Kommt mit und speist bei mir!«

Waldenfels zeigte sich hocherfreut über dieses Anerbieten. Das war mehr, als er am ersten Tag erwartet hatte.

Jenns pickte eine der Waldenfels'schen Fragen auf: »Ob's schöne Reliquien gibt? Jede Menge – die Pröpste wissen es besser. Wir Wandschneider haben immerhin einen eigenen Altar in der Marienkirche, der ist einem ganzen Dutzend Heiligen gewidmet, darunter auch und vor allem freilich Johannes. Wir haben den linken Arm des Johannes!«

»Ist das wahr? Das ist ja ungeheuerlich! Wenn das so weitergeht, habe ich ihn bald vollständig. Aber«, er tat so, als denke er angestrengt nach, »habe ich den linken Arm nicht schon …? Na, wie auch immer – verzeiht, was meine Neugier betreffs des Gewittertoten angeht, aber ich bin stets begierig, schöne Geschichten zu erfahren.«

»Nun, ob dies unbedingt eine schöne genannt werden kann … Was haltet Ihr von diesem Stoff?«

Jenns hatte, während sie durch die Diele des Gewandhauses schritten, wo auf langen Tischen das Tuch ausgebreitet und geschnitten wurde, unvermittelt das Thema gewechselt. Es war schließlich nicht so, als ob der Fremde jetzt Narrenfreiheit besaß. Waldenfels tat, als prüfe er die vorgewiesene Ware fachkundig, prüfte förmlich die einzelnen Fäden durch den Druck der Fingerkuppen – und sein Spiel schien seinerseits dem Schein Genüge zu tun, denn Merin genoss das Lob, das er anschließend von sich gab. Es musste sich wirklich um einen ausgezeichneten, fein verarbeiteten Stoff handeln, der seinen Preis wert war. Jetzt konnte es auch nichts schaden, ein wenig aufzutrumpfen.

»Was verlangt Ihr für den Ballen?«

Merins Lächeln war so fein wie gelbe Seide aus den Manufakturen von Lyon.

»Was bietet Ihr?«

Damit hätte er rechnen müssen … Zum Glück fiel Waldenfels ein, was die Seide für das kurfürstliche Himmelbett gekostet hatte. Er multiplizierte, grob abschätzend, wie viele Ellen auf einen Ballen gehen mochten, und setzte einen fünfmal so hohen

Ellenpreis ein wie der, den er im Vorbeigehen einen Verkäufer für eine Elle Flachsleinen hatte nennen hören.

»Zehn Gulden?«

Jenns lachte hellauf.

»Für zehn Gulden, mein Freund, kriegt Ihr mal gerade einen halben… Ich sehe schon, dass ich Euch vor allem eine Lektion in den hiesigen Preisen geben muss. Die Lyonnaiser ist dabei noch günstig, die Pariser liegt noch um ein Drittel darüber. Aber… wenn Ihr dort unten im Gebirge so günstig Seide einkauft, könnten wir ja bei Euch kaufen, statt in Frankreich? Habt Ihr dort auch Fabriken?«

Jetzt hatte er den Salat und musste schon mit dem Flachsspinnen anfangen, und so berichtete er von den gewaltigen Seidenraupenzuchten in der Steiermark, von den Seidenspinnereien, den Webereien und so weiter und so fort, wenngleich er am Ende gönnerhaft zugab, dass er Jenns nur seinerseits hatte auf die Probe stellen wollen, und die Stoffe bei ihnen drunten leider um ein Vielfaches teurer wären als hier, und dies ja auch ein Grund für seine Fahrt gen Norden gewesen sei…

Waldenfels orderte fünf Ballen feinste Lyonnaiser Seide und bezahlte bar mit Geld aus dem Säckel des Kurfürsten. Damit hatte er bei Jenns Merin den größten Schnitt gemacht, der sich denken ließ.

»Ich muss sagen, ein so verschlagener Geschäftsmann wie Ihr ist mir mein ganzes Leben noch nicht begegnet: Ich habe Euch jedes Wort von den steirischen Spinnereien geglaubt – und Ihr habt nicht einmal gelogen. Es waren *Spinnereien*!«

Über diesen eigenen Scherz konnte sich Merin nun den ganzen weiteren Nachmittag so trefflich amüsieren, dass Waldenfels vollends aus dem Schneider war – aus dem Wandschneider, dachte er, und hatte auch was zu grinsen. Die Sache ließ sich gut an, und nur sehr kurz irrlichterte der Gedanke durch sein Hirn: Was würde der Kurfürst über die 100 Gulden sagen, die er hier eben für gelbe Seide ausgegeben hatte? Schließlich war das Ansehen eines reichen Tuchhändlers nicht umsonst zu haben, und er wollte schließlich vorwärtskommen...

»Wollen wir in der Burg vorbeischauen? Möchtet Ihr die Wohnung unseres Kurfürsten sehen?«

Waldenfels winkte dankend ab. Er hatte gleich nach seiner Ankunft bei Hauptmann Hillerkuss, dem Kastellan, vorgesprochen, um ihm die versiegelten Direktiven Seiner Kurfürstlichen Durchlaucht zu übermitteln, und auch mündlich eingeschärft, dass er sein Inkognito unter allen Umständen bewahren müsse, falls sie sich irgendwo erneut begegnen sollten. Jenns Merin war es ganz zufrieden. Es drängte ihn bereits mächtig zur heimischen Tafel am Kamin. Es war unangenehm kalt im Gewandhaus. Da war selbst der längere Aufenthalt im Freien noch vorzuziehen.

»Warum wohnt Ihr nicht in meinem Haus?«, fragte Jenns Merin, nachdem seine Frau Kerstin Waldenfels ausgiebig und aufs Beste bewirtet hatte. »Es ist Platz genug, wie Ihr seht. Der halbe kurfürstliche Tross könnte unterkommen, ohne dass es in der Halle Gedränge gäbe.«

In der Kemenate saßen sie. Durch kleine Glasstückchen schaute gespenstisch das Gebirge der Marienkirche mit dem schiefen Turmstachel herein.

»Ich würde nichts lieber tun – allein, ich muss doch darauf achten, meinem Geschäftspartner nicht zur Last zu fallen. So schön, wie es auch für mich wäre, hier zu wohnen, so schwer würde es Euch, mich jemals wieder loszuwerden. Da wäre der verkaufte Seidenstoff bald ein schlechtes Geschäft... Ich habe vor, beim Soltmann zu wohnen.«

Die Frau des Innungsmeisters, zuvor so leutselig und warmherzig im Gespräch, schien ein Eispanzer zu überziehen, als der Name Soltmann fiel. Jenns Merin wurde einsilbig. Waldenfels, um nach einem so guten Beginn seiner Recherchen wenigstens ein Gran an Neuigkeiten für den Kurfürsten zu erfahren, bekundete nun lebhaftes Interesse am norddeutschen Hauptgetränk, dem Bier, und begründete auch seinen Wunsch, beim Soltmann abzusteigen, damit. Das ließ seine Gastgeber wieder auftauen.

»Mein Bruder hat Soltmann inzwischen überflügelt, und es würde ihn sicher stolz machen, wenn Ihr Euch seine Brauerei anseht! Wie steht's? Zur Verdauung einen kleinen Einblick? Was Ihr getrunken habt, ist der Merin'sche *Wallrapp*!«

Waldenfels erhob sich, bedankte sich strahlend bei der Hausfrau und sprach zu Merin: »Lasst uns Euren Bruder heimsuchen!«

Achtzehntes Kapitel

Bier – Unselige Erinnerungen – Noch mehr Bier

Waldenfels wusste natürlich alles über Karel Merin und den *Wallrapp* schon aus den kurfürstlichen Akten »Bier«, aber es konnte nie schaden, den Papierkram mit der Wirklichkeit zu vergleichen.

»Es ist mir eine Ehre, Herr Merin – Bernd von Waldenfels! Ich bin Zunftgenosse Eures werten Herrn Bruders, und ich möchte, nachdem ich mich schon mit Seide zudecken kann, jetzt auch noch im Bier baden …«

Karel blickte ängstlich lächelnd erst auf den reich gekleideten Mann, der so zu ihm gesprochen, dann zum vergnügt dreinblickenden Jenns. Der Bruder amüsierte sich köstlich, denn er wusste aus leidvoller Erfahrung, dass Karel den Humor eines Stockfisches hatte und seinen forschen Besucher daher für einen Narren halten musste.

»Lieber Bruder, dieser feine Mann denkt darüber nach, Bier für die Steiermark zu ordern, er kommt aus … Ach, das habe ich vorhin nicht genau gehört …«

»Aus Leoben. Das ist da, wo das Vordernberger Tal ins Murtal mündet. Meine Handlung allerdings sitzt auf dem Thalerhof, südlich von Graz.«

»Was verschafft mir die Ehre?«, fragte Karel Merin mit Grabessstimme.

»Ich will mir ein Bild machen, bevor ich meine Entscheidung treffe. Mein Wunsch ist es, Bier aus der Altmark als eine willkommene fremdländische Spezialität in der Steiermark einzuführen. Wir haben da unten ganz vortreffliche Waren, die man in Austausch bringen könnte. Ich will nicht jedes Bier, will keinen *Tumben Klaus* und auch keinen *Ochsenschwanz*, *Trappentanz* und wie sie alle heißen. Ich will nur die besten, also *Wallrapp* und *Soltmann*. Aber da ist noch zu entscheiden, wie viel von welchem… Ein bisschen soll auch mein Gaumen noch mitreden…«

Wenn sich Karels Miene aufheiterte, dann vielleicht auf der nach innen gewendeten Seite.

»Aber… die langen Wege… Ich fürchte, ich fürchte… – da wird vom Profit nichts mehr bleiben. Was rede ich, es ist undenkbar, dass dabei etwas herauskommen könnte. Bedenkt, wie teuer das Bier wäre, wenn Ihr es dort unten hättet…«

»Sicher, es würde so kostbar werden wie Bernstein, die Farbe käme ja auch hin. Aber ich denke ja zunächst nicht an große Lasten, nur an eine Zuladung, zur Probe.«

Waldenfels stöhnte innerlich, der Mann würde es ihm nicht leicht machen…

»Ich denke nicht, es in Stückfässern mitzuführen, eher in Sechzehnteln, in Achtelstücken vielleicht. Was denkt Ihr, wollt Ihr nicht in den Süden liefern? Man könnte freilich eine größere Fuhre losschicken und peu à peu durch Verkauf entlasten, quasi den Transport durch Ballastabverkauf finanzieren, so ließe sich am Ende der Preis noch etwas im Bereich des Erschwinglichen halten und Ihr hättet außerdem die Chance, längs der Strecke nach Süden weitere Abnehmer zu gewinnen für den *Wallrapp*.«

»Eine erstklassige Idee!«, sagte Jenns, der sogleich Feuer und Flamme zu sein schien und seinem älteren Bruder ermunternd zunickte.

Karel musste die Sache verdauen.

»Damit würdet Ihr Euren schon vorhandenen Vorsprung gegen den Soltmann vergrößern! Ist er eigentlich eher ein Hitzkopf oder eher bedächtig? Wie hat er damals auf den Tod seines Vaters reagiert? Nicht wenige wären wohl unter der plötzlichen Last, eine so große Handlung leiten zu müssen, zerknickt. Ihr habt es geschafft, doch wie war es bei ihm? Hat er nicht zuvor schon unter der Allmacht des Vaters gelitten?«

»Wie kommt Ihr darauf?«, fragte Karel mit plötzlich aufloderndem Interesse. »Woher wisst Ihr das?«

»Ich warb doch seinen Freund van Eyb dafür, meinen Stammsitz auszumalen. Er soll mich zurückbegleiten nach Loeben – was ihm sehr zupasskommt. So gelangt er vielleicht noch bis nach Italien, was er schon immer wollte … Nun, van Eyb deutete mir etwas Derartiges an, meinte, es sei ihm so erschienen, als hätte der Blitz gerade im richtigen Moment zugeschlagen, um dem Jungen überhaupt noch eine Chance einzuräumen, sein eigenes Leben zu beginnen.«

Das Interesse des angegrauten Karel erstarb wieder.

»Niklas Soltmann hat das plötzliche Ableben des Alten erstaunlich schnell verkraftet«, sagte er mit einem verbiesterten Unterton, der Jenns zu einem Räuspern und einer Geste der Vorsicht im Hintergrund reizte.

»Aber das ist nur das, was einige damals sagten und jetzt erneut sagen, wo diese Briefsache …«

»Wollen wir nicht alle noch einen Schluck *Wallrapp* nehmen?«, fuhr Jenns mit einer unpassenden Lebendigkeit dazwischen, offenbar, um das abgleitende Gespräch wieder aufzufangen. »Schließlich muss dein eventueller künftiger Handelspartner einen gefestigten Eindruck von der quellwasserartigen Frische deiner Ware bekommen, bevor er mit Soltmanns dickem, rotem Schlafgebräu heute Abend ruhiggestellt wird!«

Aber Waldenfels fasste die Gelegenheit beim Schopf, auf die Beharrlichkeit des älteren Bruders hoffend, der schwerlich so einfach von einem Thema abließ: »Was war es denn weiter, was man über Soltmann sagen könnte und gesagt hat? Und von welcher Briefsache geht die Rede?«

Die beiden schwiegen.

»Oh, ich bitte Euch, das will mir gar nicht gefallen. Erst die Neugier wecken und dann nichts berichten … Erzählt mir bei einem weitern Krug Eures herrlichen Bieres ein wenig mehr darüber! Schließlich will ich nicht zum Handelspartner eines Mannes werden, wenn ich argwöhnen muss, dass er einen so üblen Leumund hat«, sagte er und strahlte derart harmlos zu Jenns hinüber, dass sich der ein Lächeln abzwang.

In der Braustube war es dunstig und heiß, denn unter der Pfanne glomm ein hübsches Glutbett. Jenns holte Stühle und sie setzten sich. Karel zeigte sich jetzt angeregt, vielleicht durch das Waldenfels'sche Lob, vielleicht durch das Thema Soltmann. Jenns' Gesichtsausdruck zeugte dagegen von gemischten Gefühlen: halb Freundlichkeit, halb Vorsicht.

»Nun, man sagte schon so vieles, am reinen Faktum gar wurde gezweifelt.«

»Euer Bier ist herrlich! Auf Euer Wohl!«

Karel tat ihm munter Bescheid und sagte: »Nun, ich hab den Alten noch gesehen … damals!«

Jenns, dem Gast tapfer Bescheid gebend, wie es Sitte war, bat indessen flehentlich: »Bitte, Bruder, vermehre nicht den schlechten Beigeschmack, den diese Unterhaltung schon jetzt bekommen hat …«

»Nun, lieber Jenns, ich kann nun mal nur sagen, was ich selbst sah, und du weißt, dass ich der Letzte bin, dem man vorwerfen könnte, jemals in jenem viel beschriebenen Zustande gewesen zu sein, in dem man Schleifkannen am Himmel sieht. Ich bin dem alten Soltmann noch begegnet, nachdem der Blitz ihn zu Boden gestreckt hatte.«

»Nein! Erzählt! Ich denke, der Blitz hätte ihn …« Er verdrehte die Augen und streckte die Zunge heraus, um anzudeuten, was er meinte. »Und soll doch noch leibhaftig haben auftreten können …?« Er trank dem Gegenüber zu, Karel prostete zurück. »Doch nur weiter!«

»Am Abend vor dem Würzweihfest war wie jedes Jahr ein Umtrunk beim Soltmann, und wenn ihn Gott da schon selig gehabt hätte, hätte ich ihn kaum um die hohe Mitternachtsstunde, als ich auf dem Weg nach Hause war, im Durchschlupf am Stabensteg sehen und hören können, meint Ihr nicht?«

Jenns schüttelte resigniert den Kopf.

»An der Stelle geht es in Kudens Hof, da hatte eigentlich keiner was verloren. Und was den alten Soltmann betrifft, den werde ich ja doch wohl unter noch so vielen herausgekannt haben!«

»Was habt Ihr gehört?«

»Gebt nichts darauf – es ist das Bier...«, sagte Jenns und prostete Waldenfels zu, so dass der ihm Bescheid tun musste.

»Ich habe Soltmann gesehen, ich sah sein Gewand, seine Mütze und einen seiner beiden Stöcke – drohend erhoben. Alles andere verschwand im Dunkeln. Aber auch wenn ich sein Gesicht nicht sah und auch nicht, wem er drohte, so hörte ich doch ganz deutlich, wie er sagte: *Abraxas!* Sagte nur dieses eine Wort: *Abraxas!* Worauf ein Kichern zu hören war, ein... kindliches oder weibliches...«

Waldenfels lächelte verständnislos.

»*Abraxas?* Was soll das heißen?«

Karel hob die Schultern und mit hochgezogener Augenpartie gestand er: »Ich hab keine Ahnung.«

»Oh... Und der oder die andere?«

»Nichts. Ein Kichern, sonst nichts.«

»Wie beredt! Und was kam dann?«

»Sie verschwanden im Dunkel, ich denke, in einem der Räume, in denen sich die Druckerei befindet. Ihr müsst Euch die Situation vor Ort besehen, es ist schwer zu beschreiben. Man blickt in einen schmalen Gang, der zu beiden Seiten von niedrigen Stuben flankiert wird – ehemalige Stallungen, in denen jetzt die Papierschöpferei links und die Druckerei rechts untergebracht sind. Eine enge, schwer zu passierende Stelle. Wer sich nicht auskennt, kann leicht stürzen. Am Boden liegen kindskopfgroße runde Pflastersteine, unregelmäßig, mit mehlsacktiefen Löchern dazwischen.«

»Andersherum, Karel«, sagte Jenns. Er schien die Glaubwürdigkeit Karels auf alle erdenkliche Weise erschüttern zu wollen: »Vom Stabensteg blickt man in Richtung auf das Kuden'sche Haus in den schmalen Durchgang, und da sind die der Papiermühle zugehörigen Räume mit den Schöpfbottichen und den Trocknungsgestellen und der Papierpresse auf der rechten Seite, während links die Druckerei ist. Oh Herr, das Bier!«, seufzte er mit einem entschuldigenden Blick zu Waldenfels. »Es hätte schon seine Berechtigung, wenn der Heilige Vater eine Bulle *contra cervisiam* verkündete und von allen seinen Bischöfen im Weltkreis ein Verbot des Zutrinkens forderte – bei der Gelegenheit: Prosit!«

Er trank Waldenfels zu, der pflichtschuldigst erwiderte und sich den Schaum von der Oberlippe abwischte. Jenns sprach unterdessen weiter, sehr darauf bedacht, den Worten seines älteren Bruders alles Gewicht zu nehmen.

»Meines lieben Bruders Karel sogenannte Beobachtungen sind das eindeutige Zeugnis einer Besoffenheit, wie sie weder *urbs* noch *orbis* jemals zuvor oder später gesehen haben! Bitte verzeiht dies: Mein Bruder ist leider so gewissenhaft, dass er noch den Erscheinungen Beachtung und Erinnerung schenkt, die ihm nur unter dem vernebelnden Einfluss von Gambrinus, dem Schutzherrn der Brauer, vorgekommen sein können! Willst du uns vielleicht auch noch erzählen, du wärst dabei gewesen, als sich der Tote draußen in der Feldmark wieder erhoben und zum Lebendigsein entschlossen hätte?«

Karel brummelte erst bloß, aufs Höchste erbost darüber, wie sein jüngerer Bruder ihm hier in den Rücken fiel, vor diesem Gast, und seine Miene war der reine Protest.

Dann sprach er mit Nachdruck: »Werter Bruder, ich war so nüchtern wie nur je ein Stockfisch, ich hab es dir schon hundertmal gesagt! Was ich gehört und gesehen habe, war so wirklich, wie es unser heutiger Gast hier ist!«

Waldenfels trank den Rest seines Bieres, ohne ein weiteres Zuprosten zu gestatten, und stand auf.

»Die Herren müssen entschuldigen, aber ich will mich doch nun in Soltmanns des Jüngeren Obhut begeben. Da der Alte ja nicht mehr bedrohlich werden kann, alldieweil er vom Erdboden verschluckt wurde – wann und wo und wie nun auch immer –, wird mir vom Jüngeren kaum eine Gefahr drohen! Bliebe ich dagegen länger hier, müsste ich wohl noch befürchten, im Zwist zwischen zwei verfeindeten Brüdern den Tod zu finden.«

Er zwinkerte ihnen zu und lachte.

Zu Karel sagte er: »Vielleicht hat der alte Herr einen gehabt, der ihm glich? Was meint Ihr? Könnte es so gewesen sein?«

»Auf keinen Fall. Außerdem vergesst Ihr den Brief...«, sagte Karel schwach und trank entrückt.

»Ach, der Brief!«, stöhnte Jenns, »Der Brief, dieser dumme Brief – niemand weiß nun bisher, wer sich diesen Scherz geleistet hat! Der Syndikus hat unseren geschwätzigen Scriptor damit betraut, an den Bischof von Verden und an den Kurfürsten zu schreiben, doch er schrieb nicht nur, sondern plauderte auch. Im Rat wurde die Sache diskutiert, Soltmann musste respondieren, nachdem man ihn sozusagen peinlich oder doch wenigstens peinigend befragte. Dass der Brief gefälscht war, wusste ja bald jeder. Der Syndikus erhielt Aufklärung darüber und verbreitete es.«

»Aber ich verstehe noch nicht: Was war das für ein Brief?«, fragte Waldenfels, seine Rolle so gut beherzigend, dass er für den Bruchteil eines Augenblicks wirklich nicht mehr wusste, was das für ein Brief war...

»Der junge Soltmann bekam, elf Jahre nach seines Vaters Tod, eine Anklage von der Feme!«

»Ja, aber sie war nur erfunden, denn den Freigrafen, der sie unterzeichnet hat, den gibt es gar nicht mehr!«

Waldenfels wiegte den Kopf.

»Feme? Freigraf? Wer spielt dem Soltmann so schräge Späße? Und zu welchem Behuf?«

Sie setzten sich wieder. Karel goss Waldenfels noch einmal ein, füllte dann auch den Krug von Jenns und seinen eigenen.

Sie tranken, und Jenns sagte gestikulierend, Schaum am Handrücken: »Wer den Feme-Brief erfunden haben könnte? Ich, mein Bruder, darüber hinaus jeder aus dem Rat...« Er grinste. »Bitte Euch, meine Bemerkung nur als einen Scherz zu werten. Sicher mag uns Konkurrenz manchmal zum Hass treiben, doch wenn einer dem Niklas Soltmann Angst machen und ihn aus dem Tritt bringen wollte, so dünkt mich dies vergebliche Mühe... Er ist ja jetzt bloß noch ein Nervenbündel. Keine

Frage, wenn er sich nicht einkriegt, so ist sein Niedergang nur eine Sache der Zeit. Da braucht es nicht solcher verwinkelter Schachzüge.«

Waldenfels nickte, fragte sich aber, seit wann Soltmanns langjährige Vormachtstellung bröckelte ... doch erst seit jenen Verleumdungen ...

»Was hattet Ihr für einen Eindruck – wie schlug er sich im Rat, als er aufgefordert wurde, zu den Anschuldigungen Stellung zu nehmen?«, fragte er Jenns.

»Untadelig und mutig: Er forderte den Briefschreiber auf, sich offen gegen ihn zu äußern und ihm seine Vorwürfe ins Gesicht zu schleudern. Doch es meldete sich keiner.«

»Kennen Sie einen aus dem Rat, der schon einmal mit der Feme zu tun hatte? Angeklagt oder Ankläger – Freischöffe – war?«

Jenns kratzte sich am Kopf.

»Da fällt mir nur der arme Jakob Mechow ein, 1433 oder so muss das gewesen sein. Die Akten des Falles liegen in der Ratsbibliothek. Die kann jeder einsehen, der zum Rat gehört – und hätte im Ladebrief und dem schön geschriebenen Altenaer Urteil von damals treffliche Vorlagen für eine Fälschung«, sagte Jenns.

»Habt Ihr Euch das angesehen?«

»Sicher, jeder hat sich das irgendwann schon einmal angesehen, das gehört dazu.«

»Was stand denn an Vorwürfen drin ... in dem jetzigen gefälschten Brief?«, fragte Waldenfels.

»Nichts, außer dass Niklas Soltmann seinen Vater umgebracht hätte, und dass es neue Einzelheiten gäbe, die darauf hindeuteten«, antwortete Jenns Merin.

»Welche?«

»Keine Silbe davon. Das ist bloß eine teuflische Luftblase, wenn Ihr mich fragt«, sagte Karel und zuckte verächtlich die Achseln.

Es klang fast so, als wenn ihm das gefallen würde, fand Waldenfels.

»Nur ein Versuch der Einschüchterung? Es ist in jedem Falle gut, dass ich dies nun weiß, bevor ich mich bei ihm einquartiere. Er scheint mir ein viel geplagter Mann zu sein, umso erstaunlicher, dass seine Handlung noch immer nicht ganz am Boden liegt.«

»Ja, sehr erstaunlich ...«, sagte Karel, trüb in sein Bier starrend, »... hat schon seit Jahr und Tag seine Nachtgesichte, irgendwas muss ja dran sein ...«

Er schien vom Bier nicht im Mindesten angegriffen zu werden, ganz wie es sich für einen Brauer verstand. Als sie sich nun erhoben, hatte Waldenfels weit mehr Probleme. Es war ihm, als würden sich die Wände leicht verschieben und gar nicht so verhalten, wie es sich für Immobilien gehörte.

»Was gedenkt Ihr in den nächsten Tagen zu unternehmen?«, fragte Jenns Merin.

»Ich will mir weiter die Stadt ansehen, bei den Krämern vorbeischauen, im Hafen ein bisschen herumstöbern, den Hansehof besehen und beim Soltmann ein Essen geben, um die ansässigen Kaufleute noch näher kennen zu lernen. Ich lasse Euch noch genauere Nachricht zukommen, wann es stattfindet!«

Karel Merin nickte. Jenns verabschiedete sich als Erster und strebte dem eigenen Haus zu, den Durchgang durchs Elternhaus benutzend, der Waldenfels schon auf dem Hinweg zu Karels Brauhaus begeistert hatte.

»Denkt trotzdem einmal über meinen Plan nach!«, sagte Waldenfels zu Karel.

»Ich fürchte, ich muss es zu teuer bezahlen ...«, sagte Karel, und es klang abschließend. »Verweilt noch einen Augenblick, ich bitte Euch!«, sagte er zu Waldenfels, der befürchtete, nun langen Vorausberechnungen zu erwartender Gewinne oder Risiken aus einer auf die Schnelle hingeworfenen Geschäftsidee beiwohnen und diese kommentieren zu müssen ...

»Ich möchte nur eines noch anmerken«, begann Karel, »was ich mich in der Gegenwart meines werten Herrn Bruders nicht mehr traute, weil er auch über diese Beobachtungen seinen Unwillen ausgegossen hätte. Aber Ihr solltet noch etwas wissen … Ich fürchte, andere werden es Euch sowieso erzählen, da ist es besser, ich tue es vorab.«

Karel Merin stutzte auf halbem Weg und schien ins Trudeln zu geraten. Waldenfels war nun viel zu neugierig, um sein Gegenüber auf diesem letzten Wegstück bis zur erhofften Verlautbarung straucheln zu lassen.

»Ich bin sehr begierig, derlei zu hören! Solche dunklen Geschichten haben etwas Unbezwingliches …«

Karel nickte beruhigt, schenkte sich noch einen Krug ein, und Waldenfels wehrte es nicht, als er auch seinen erneut gefüllt fand.

»Ich weiß, was ich gesehen habe! Jenns aber glaubt mir nicht, weil er selbst nichts bemerkte, weil ihm keine Augen und Ohren im Kopf saßen, als er sie nötig gehabt hätte. Der ungläubige Thomas ist wohl vom selben Schlag gewesen.«

Er prostete Waldenfels zu, und der tat ihm Bescheid, wie es sich gehörte, und es gehörte sich, dachte er, das leichte Klopfen im Kopf ignorierend, in dieser schweren Stunde mehr denn je …

»Ich bin in der Tat draußen gewesen an jenem Tag vor Mariä Himmelfahrt! Des Nachmittags, als das Gewitter kam. Und ich war nicht allein – Heiko Kuden war bei mir.«

»Ach was? Kuden, Kuden – helft mir: Das war …«

»Soltmanns Nachbar, der heutige Partner des jungen Niklas Soltmann, damals mit dessen Vater spinnefeind, wegen aller möglichen Dinge, irgendeiner Wegerechtsgeschichte vor allem. Aber dies auch nicht seit ewigen Zeiten … Bevor Kerstin, seine Tochter – übrigens habt ihr sie gerade kennen gelernt, die Frau meines Bruders –, auf der Welt war und als seine Frau noch lebte, die bei Kerstins Geburt starb, kamen sie ganz gut miteinander aus. Auch später noch, bis sich ihr Verhältnis irgendwann verschlechterte.«

Waldenfels trank abwartend.

»Bei der Ratsuntersuchung hab ich es erzählt, weil Kuden unbedingt darauf bestand, dass wir gleich sagten, wir seien da gewesen. Er fürchtete, sie würden uns sonst mit dem Tod des Alten in Verbindung bringen, wenn einer hintenrum draufkäme, was sicher auch so gewesen wäre. Aber sie haben mich ausgelacht, gleichwie ... angenehm war das nicht, und ich bereute es, dass ich nicht den Mund gehalten. Die Teufelsgeschichte geht mir immer noch nach. Sie erzählen es hinter der Hand, ich sei ein Spökenkieker ... der Sachen sieht, die nicht da sind, der's zweite Gesicht hat.«

Waldenfels trank ihm zu, in der Hoffnung, die Dinge so in den letzten Fluss zu bringen. Karel tat ihm aber keinen Bescheid, sondern setzte seinen Krug ab, schob ihn beiseite, als wollte er bekunden, dass es ihm Ernst war mit dem, was er erzählte.

»Wir besprachen uns, denn Kuden hegte damals abenteuerliche Pläne, seine Tochter betreffend: Er wollte Kerstin nämlich mit mir vermählt sehen ... Das dürft Ihr auf keinen Fall weitererzählen, ich beschwöre Euch, vor allem nicht dem Soltmann!«

Waldenfels nickte, trank. Er sagte nichts, fand den Gedanken *ad hoc* auch gar nicht abwegig. Er fragte sich schon die ganze Zeit, warum Kuden nicht mit Jenns Merin gemeinsam handelte, sondern mit Soltmann, aber eine Erklärung darüber würde er den beiden hoffentlich selbst noch entlocken.

»Nun, Kudens Gespräch mit mir kam nicht recht in Fahrt. Ich fühlte mich übertölpelt, denn ich bin von Natur aus zurückhaltend und kannte meine jetzige Ehefrau bereits seit fünf Jahren näher, bevor ich mich zur Heirat entschloss. Ich wäre der Letzte, der sich von heute auf morgen von außen in einen Ehehandel verstricken ließe ... Wo war ich? Ach ja, mit Kuden, in der Feldmark, unweit der Kate am Wolfsberg. Wir hatten über alles Mögliche gesprochen und standen, unschlüssig die Wetterfront beobachtend, bereit, aufzusitzen und zurückzureiten. Doch wir hatten uns zu spät entschieden, hatten etwa eine

Viertelstunde zu lange gezögert, und so brach urplötzlich jenes verflixte Gewitter über uns herein.«

Waldenfels trank, von der Schilderung gebannt, und starrte in die Märzenbierwürze, als sei es die durch Myriaden von Regentropfen aufgepeitschte Jeetze …

»Ich war damals zwölf Jahre jünger als heute, und meine Augen waren die eines Greifen. Heute würde ich vom Sitzplatz an der Kate kaum die Jeetze als flimmerndes Band in der Weite ausmachen, wenn ein Blitz unterm dunklen Gewölk die Gegend schlagartig erstrahlen ließe. Damals konnte ich jeden einzelnen Baum am fernen Ufer sehen. Auch die Ohren leisteten noch das, was sie sollten, und jeder Fuchs hätte mich um sie beneidet. Das Erste, was ich wahrnahm, war ein menschlicher Laut – ein Laut menschlicher Not, ein Schrei höchster Verzweiflung!«

Merin trank. Waldenfels tat es ihm gleich, ohne dass ihm zugeprostet worden war.

»Und ich sage Euch: Das war *er*, das war sein Schrei – Soltmanns Organ, da gab es für mich durch die Jahre hin nie einen Zweifel. Er kam von ganz weit, eben vom Ufer der Jeetze, laut, schrill, spitz, sich am kurzen Ende etwas überschlagend, als sei er nicht ganz zum Ende gelangt. Nach dem Schrei verging eine kleine Weile, bevor es mir gelang, in der gräulichen Trübnis dieses Gewitters den Punkt auszumachen, wo – wie ich aus dem späteren Geschehen schließen muss – Kristof Soltmann am Boden lag. Ich sah dieses Bild zuerst wenige Augenblicke, nachdem der Blitz mit einem höllischen Krachen in die Pappel gefahren war. Seitlich vom Liegenden stand das Soltmann'sche Fuhrwerk, mit höchst ungebärdigen Pferden im Geschirr. Und was ich noch sah und keineswegs nur zu sehen glaubte in diesem Augenblick, als sich die Augen gerade an das helle Lodern gewöhnt hatten, war … also am Boden, wo Soltmann der Ältere lag, schien sich eben der Teufel selbst der Seele des Toten zu bemächtigen! Der Bucklige führte einen höllischen Freudentanz auf, während eine zweite Gestalt, die für mich aussah wie Charon, der Totenschiffer, erst ruhig danebenstand. Cerberus, der Höllenhund, gezeichnet wie eine Kuh, war auch dabei und schnappte nach dem Leichnam. Ich weiß nicht, wieso wir dann plötzlich losritten, Kuden und ich ... Doch, natürlich, jetzt steht es mir wieder vor Augen: Von unten näherten sich uns plötzlich zwei weitere Teufel, denn die Hopfenblätter rauschten unter ihren rudernden Händen ganz gewaltig – wir machten uns davon. Kuden schlug vor, dass wir uns trennten, um unsere Verfolger irrezuführen, worin ich keine Feigheit sah, denn mir war auch sehr daran gelegen, nicht in die Hände der Höllischen zu fallen ... Am Abend kam ich nach all diesen nachmittäglichen Verdüsterungen kaum zum ruhigen Nachdenken, beim Fest ging es merkwürdig zu – kaum, dass man angeben konnte, ob es nun ein Freuden- oder ein Trauerfall war, wegen dem man sich unter der Krone die Köpfe heißredete. Jeder wollte plötzlich seltsame Dinge gesehen haben, überhelle Lichter und Kugelblitze am Himmel und so gewaltige Donner, dass man gemeint hätte, der Himmel stürzte ein und dergleichen mehr. Der große Wendenstein ist schließlich wirklich umgefallen. Aber es war ein normales, alltägliches Sommergewitter. Apokalyptisch war nur das, was ich dort gesehen hatte ...«

Neunzehntes Kapitel

Druck und Papier – Wiedersehen

Heiko Kuden zerfloss fast vor Ehrbezeugungen, nachdem sich der Generalvikar vorgestellt und zu ihm ins Kontor gesetzt hatte.

»Ihr wollt den Heiligen Vater besuchen? Euer Kompagnon erzählte es. Sehr löblich, aber Rom ist sehr laut, dass Ihr es nur wisst. Ihr habt indessen eine so schöne laute Mühle vor dem Fenster, dass Eure Ohren einiges gewohnt sein dürften.«

Kuden lächelte fein.

»Die Ohren sind nicht so wichtig für die römische Reise, obwohl der Zusammenklang aller römischen Geläute etwas ganz Unvorstellbares sein soll!«

»Unzweifelhaft. Die Mühle …«

»Ist eine Getreide- und Papiermühle. Ich habe die Hälfte – das Getreidemahlwerk – an einen Müller verpachtet, die Kraft für das Stampfen der Papiermasse entnehme ich selbst. Auf die Art und Weise rette ich mich auch davor, so übel angesehen zu werden wie ein gewöhnlicher Müller.«

Er grinste.

Vullo fragte: »Könnte ich einmal einen Blick hineinwerfen? Maschinen und Fertigungsvorgänge faszinieren mich!«

»Aber gern!«, kam es stolz.

Er folgte Kuden durch etliche kleinere Räume – ehemalige Stallungen –, in denen emsige Männer-, Frauen- und Kinderhände Lumpen zerzupften, Papiersiebe fertigten, aus der wässrigen und leimigen Masse, die von der Mühle in Bottichen herüberkam, mit den Papiersieben die Bogen schöpften, sie in den Trocknungsraum hingen, die welligen, trockenen Blätter zu Pauschten zusammenpressten und bleichten oder färbten.

Kuden erblühte förmlich unter dem Interesse von hochgeistlicher Seite und erläuterte so unermüdlich, wie das Stampf- und Mahlwerk stampfte und mahlte, das sie zuletzt besichtigten.

Dort wurden die Lumpenfasern mechanisch zerstampft, mit Wasser vermischt und gemahlen, anschließend mit Knochenleim versetzt. Die Masse, die zum Papierschöpfen nötig war, sah am Ende aus wie Haferschleim.

»Die meisten dieser Mühlen stehen in Nürnberg, oder?«

»Nein, allerdings die ältesten. Das Gros des Papiers kommt heute aus Ravensburg«, sagte Kuden. »Auch eine Stadt mit Störchen und viel Wasser, ich war schon einmal dort.«

»Auf einer solchen Reise habt Ihr sicher auch das Manuskript für den *Rotmann* erstanden, ich las das schöne kleine Büchel in der Kutsche.«

»Nein, nein, das stammt…«, er schien mit sich zu ringen, »… stammt von einem Hiesigen.«

»Oh, Ihr müsst mir den Mann angeben, der dies erdacht und in so schöne Worte gekleidet hat! Ihr müsst!«

Vullo spielte kokett mit einem seiner Ringe, zog ihn ab und schien den Stein im Licht prüfen zu wollen, bis er ihm plötzlich in einen Bottich mit Papiersuppe fiel…

»Oh!«

»Keine Sorge, Hochwürden, das werden wir gleich haben«, sagte Kuden, krempelte seinen Hemdsärmel hoch und fischte schon im Trüben.

»Sagt bloß, es ist einer aus Eurem Bekanntenkreis?«, forschte Vullo, den sonderbaren Effekt der Ablenkung ausnutzend, der auch beim Vorführen von Zauberkunststücken so dienlich ist. Der Abgelenkte wird abseitig beschäftigt und verliert dadurch ein wenig die Kontrolle – etwa über das, was er sagen und was er für sich behalten will.

»Nun ja, wenn Ihr so wollt… Na, gleich hab ich dich, du Ausreißer!«

»Doch nicht etwa Euer früherer Nachbar?«

»Doch, doch, der alte Knochen…Verflixt, jetzt ist er wieder weg… Hatte doch so seine mystischen Anwandlungen und auch… konnte auch so Geschichten erfinden… Wie kommt Ihr darauf?«

»Nun, Rotmann – Soltmann, zwei Söhne, das sind schon einmal zwei ganz wesentliche Übereinstimmungen, finde ich. Meistens, denke ich, verwenden die Erfinder solcher Historien, faul, wie alle Menschen von Natur aus sind, einfach Details aus ihrem eigenen Leben. Wie hieß denn eigentlich Niklas Soltmanns älterer Bruder und wann starb er?«

»Starb? Ich hab ihn! Wieso starb? Er lebt noch ... Kornelius ... Hochwürden, hier ist er! Hat sich aus dem Staub gemacht, weil er den Alten nicht mehr ertragen konnte. Das hätte Niklas wohl über kurz oder lang auch tun müssen, wenn nicht ...«

In diesem Augenblick betrat ein bereits etwas älterer, aber überaus gut gebauter und kräftiger Mann den Raum, geführt von Hanna Slaberndorp, die ihre Augen gar nicht von ihm nehmen konnte. Er lächelte sie höchst zweideutig an und flüsterte ihr etwas ins Ohr, worauf sie sich lachend entfernte. Dann wandte er sich Kuden und Vullo zu.

Vullo lauschte erwartungsvoll, ohne den Eingetretenen großer Aufmerksamkeit zu würdigen. Er wartete noch immer geduldig darauf, dass Kuden seinen angefangenen Satz beendete.

»Oh Himmel ... Oh Herr ..., wenn nicht Gott es anders entschieden hätte!«

Vullo blickte Kuden an, denn seine Stimme war in eine Grabestiefe gefallen. Und wahrhaftig schien alles Leben aus ihm gewichen. Er sah zu dem wettergegerbten Ankömmling und schien wie vom Donner gerührt. Nun ja, die viel besprochene Macht der Erinnerung ...

»Ach Gott, ja!«, sagte Vullo unbeirrt von aller Verwirrung in Kudens Rede. »Ein Blitz erschlug den Vater, der nicht weichen wollte, nicht wahr, ich hörte davon, mein redseliger Fuhrmann plaudert unentwegt. Das muss dem jüngeren Sohn wie eine Befreiung vorgekommen sein. Und der ältere hatte keine Ansprüche? Schließlich müsste er abgefunden werden.«

Vullo sah zum Eingetretenen hin, der einen verwunderten, überraschten Eindruck machte. Was erstaunte und verwirrte ihn denn so? Wahrscheinlich die Gegenwart eines Geistlichen, dachte Vullo und neigte leicht das Haupt. Der Erstaunte erwies seine Reverenz mit einem rückwärtigen Ausfallschritt und einer Hut-Schleife, die jedem spanischen Granden wohl angestanden hätten. Dabei schien es sich hier doch nur um … einen Knecht zu handeln …

»Fürwahr, hier hat man Stil, was?«, sagte der so überschwänglich Bewedelte. »Ich danke Euch, mein Freund, Gott sei mit Euch. Verratet Ihr mir auch Euren Namen?«

»Hannes Genz, mit Verlaub, Hochwürden … Wiederholte nur, was ich Männern von Stand abgeschaut. Wollt' Euch nicht indignieren.«

»Ach, kein Gedanke, i wo! … das habt Ihr ganz nett gemacht, ich kann's beurteilen. Ihr seid beim Soltmann rein vorhin, das sah ich beim Rauskommen …?«

»Wurde soeben sein neuer Knecht, Brauhelfer und Wirtshausgehilfe!«

Kuden kratzte sich am Kopf. Sein ausdrucksloses blasses Starren war verschwunden.

Er fragte den Eingetretenen mit einer Stimme, in der sich Freude hinter vorgeschobener Geringschätzung versteckte: »Was will denn dieser Gehilfe, der sich Hannes Genz schimpft?«

»Ich möchte wissen, wie viel Ihr für ein Exemplar des *Rotmann*-Büchels verlangt?«

Er klimperte mit ein paar Münzen.

»Dann komm, wenn ich weniger beschäftigt bin! Du siehst ja …« Und an Vullo gewandt fuhr er fort: »Hört, Hochwürden, lasst mich Euch noch ein paar ganz frische Heiligenlegenden zeigen, in der Druckerei, gegenüber …«

»Mit Vergnügen! Er tut gut daran, dieses Büchlein zu verlangen und durchzubuchstabieren. Ich las es eben heut – es ist ganz vorzüglich!«, sagte Vullo mehr an Kuden gerichtet. Er bemerkte aber, dass der seltsame Knecht mit einem Strahlen im Gesicht zurückblieb, das den Heiligen Vullo mehr denn je an die künftige Einreihung seines gedruckten Lebenslaufs in die Kuden'sche Edition der Heiligenlegenden glauben ließ.

Während der alte Meister Holtorf und der junge Drucker Slaberndorp Vullo in sämtliche Geheimnisse des Buchdrucks einweihten, suchte der Geführte stets aufs Neue, vom breiten fachmännischen Erzählstrom aus durch hie und da aufgezogene Sperren Stichkanäle zu eröffnen, um die harte Scholle der Soltmann-Angelegenheit in seinem Kopf zu bewässern, soweit es nur irgend ging.

So fragte er etwa Kuden, als das Stichwort *Tochter* fiel: »Habt Ihr nicht auch eine solche? Wollte sie nicht einst den Sohn des alten Soltmann heiraten? Warum heiratet Soltmann eigentlich nicht?«

Oder er nutzte die Redseligkeit des alten Holtorf, indem er fragte: »Glaubt Ihr, dass die Wenden alle Heiden sind? Ist Merin nicht auch ein irgendwie wendisch klingender Name? Wie werden eigentlich Echt-Zeugnisse vor Fälschung geschützt?«

Damit stürzte er den Alten schließlich in eine solche Verwirrung, dass er die Führung für beendet erklärte, was Vullo denn plötzlich doch enttäuschte. Hatte er doch noch fragen wollen: *Sind eigentlich alle Drucker Freischöffen?*, was denn vielleicht vom jungen Slaberndorp doch als etwas unpassend und böses Blut erzeugend hätte aufgenommen werden können.

Somit fragte er nur, da keiner mit ihm Schritt halten konnte, der in der Rede so mir nichts, dir nichts vom Einen zum Anderen sprang, dass allen der Kopf schwirrte: »Sagt, wie gelange ich von hier aus ins Badehaus?«

»Das nun ist endlich einmal etwas, Hochwürden, das selbst ich beantworten kann«, sagte der junge Drucker. »Ihr geht durch diese Tür, wendet Euch nach rechts, passt auf, dass Ihr in kein Loch zwischen den Katzenköpfen fallt, schreitet schnurstracks durch das seitliche Tor unserer Umfriedung und schon steht Ihr auf dem Staben- oder Badstubensteg. Da geht Ihr wohl drei Schritte nach rechts, schaut aber auf die Häuser zur Linken, bis ihr eine hübsche Bademagd seht, die Euch aus einer

Fensteröffnung anlacht. Tja – und schon seid Ihr am Ort aller Wonnen!«

»Wonnen der höchsten Reinheit!«, ergänzte Kuden verschmitzt.

»Meine Herren, es war mir eine große Ehre, durch diese so gut organisierte und von den eigenen Erzeugnissen geadelte Offizin spazieren zu dürfen und so viel Wissenswertes zu erfahren. Darf ich hoffen, Sie alle bei einem kleinen Essen im Soltwisch wiederzusehen? Ihr seid herzlich eingeladen! Termin? Wird noch publiziert!«

Und spazierte hinaus.

Zwanzigstes Kapitel

Zwei Badende

Das Badhaus im Badstubensteg, von der Stadt Alt-Soltwedel dem Bader Ludger Holtorf als Lehen vergeben, hatte getrennte Bereiche für Männer und Frauen. Doch man sah einander durchaus, wenn man es wagte, über eine winzige Mauer zu blicken. Man ließ sich die Dienste der Bademägde mit gutem Abstand wohl gefallen, und der kleine Vorteil, den die Männer somit hatten, war nur ein rein optischer, denn die Anwesenheit so vieler Augen verhinderte, dass zwischen Männern und Bademägden mehr als verstohlene Blicke ausgetauscht wurden. Für weitere Dienste, wie immer diese auch aussehen mochten, gab es weiß Gott verschwiegenere Gelasse.

Der unheilige Vullo war enttäuscht. Nach den skandalösen Erzählungen zu urteilen, in denen sich der Bischof schon des Öfteren ergangen, hatte er ganz andere Dinge erwartet. Auch ging man nicht nackend herum, sondern hüllte sich in Tücher, fast wie zur Zeit der römischen Cäsaren, was allenfalls dazu berechtigte, den Zustand halbparadiesisch zu nennen. Welch eine Wonne aber, so leicht geschürzt den wohltemperierten Fluten des kleinen Badebeckens glückhaft entgegenzustreben …

»Hä-käm!«, entfuhr es Vullo, als er plötzlich diesen gutgewachsenen, nun ja, leicht angegrauten, ansonsten bleichen und sehnigen Mann mittleren Alters neben sich fand. Auf diese Weise kamen sie nicht durch die Türöffnung …

»Mkm!«, hüstelte, halb grüßend, halb um Freigabe des Durchgangs ersuchend, Waldenfels, als Vullos niedrige, aber sehr breite Masse neben ihm auftauchte, von einem wallenden fleischfarbenen Tuch derart wabernd umspielt, dass man kaum anzugeben vermochte, wo Tuch anfing und Vullo aufhörte.

»Hä-käm!«, insistierte dieser, als er nach einer kleinen Pause seine Geistesgegenwart allmählich wiedergewann.

»Mkm?«, echote Waldenfels, und beide musterten einander, wie einst König Richard Löwenherz die Festung Akko und die Festung Akko König Richard Löwenherz gemustert hatte.

Vullo fühlte sich vom gegnerischen Blick durchbohrt … Es rumorte in ihm, und sein im Instinkt sonst untrüglicher Bauch wusste nicht, ob die dünne Erscheinung dieses unverschämt ins Kraut geschossenen Menschen an seiner Seite nun als Skeptiker, Zyniker, Asket, Philosoph oder impertinenter Unflat verdaut zu werden verdiente. Keine Frage – dieser Mensch schien ernstlich von der Stimmigkeit der Annahme überzeugt zu sein, ein ebenso großes Recht auf den Vorrang zu haben wie er, Vullo, der Einzige …

Waldenfels dagegen hielt sich bei solchen privaten oder hierarchischen Erwägungen gar nicht auf. Auch die schon oft gemachten Beobachtungen, dass stattliche Menschen erstens von der eigenen Wichtigkeit überzeugt und dass sie zweitens aus Gründen, die man Ökonomie der Kraftaufwendung nennen könnte, eine einmal begonnene Bewegung ihrer Massen nur unter Unmutsbekundungen abrupt zu stoppen bereit sind, bedurften keiner weiteren Bestätigung. Sein Interesse galt vielmehr der Frage, ob es nicht bereits etwas gab, das ihm verriet, um wen es sich – zur Hölle – bei diesem verhaltensauffälligen Menschen an seiner Seite handeln könnte.

Ein geradezu monströses Registrier- und Rechenwerk arbeitete in Waldenfelsens schmalem wiewohl hohem und breitstirnigem Kopf, eine mechanische Hebel- und Zahnradkunst, die keinen Deut verschieden zu sein schien vom Getriebe jener sagenhaften Weltenuhr des Johannes Müller, genannt Regiomontanus, die dieser für Papst Sixtus IV. noch kurz vor seinem Tod 1476 vollendet haben sollte. Mit der Präzision eines Stechzirkels suchte der rege Verstand in der Waldenfels'schen Erinnerung nach einem hilfreichen kurfürstlich-brandenburgischen Hinweis. Was war es gleich noch gewesen – was hatten Seine Kurfürstlichen Gnaden zu ihm gesagt, kurz vorm Abschied?

»Du wirst ihn erkennen …«, sprach Waldenfels verblüfft und halblaut vor sich hin – wie automatisch –, zugleich sein Gegenüber aus der Unbarmherzigkeit des Sezierblickes entlassend.

»Es gibt keinen Zweifel: Ihr müsst Seine Bischöfliche Magnifizenz Generalvikar Otto Vulle, genannt Vullo, sein! Ergebenster Diener, Hochwürden: Mein Name ist Bernd von Waldenfels, ich bin Dien… äh … reisender Kaufmann.«

Die Versteinerung ihm gegenüber belebte sich nun ebenso plötzlich auf kuriose Weise: Vullo griente und sprach mit ehrlicher Entrüstung – er konnte also noch sprechen – energisch mit dem rechten Fuß aufstampfend, wodurch die Masse seines Lebendstandbilds höchst lebhaft zu schwingen begann: »Dann seid Ihr derjenige, der mir den Maler vor der Nase weggeschnappt hat, den ich doch meinem Bischof mitbringen soll! Höchst erfreut, mein Lieber, höchst erfreut, habt Ihr mir doch durch diese Unverschämtheit den weiten, beschwerlichen Weg bis ans Ufer der Elbe nach Werben erspart! Wenn ich daher auch schon heute diese wohlige Einrichtung hier genießen darf, dann verdanke ich diesen erfreulichen Umstand niemand anderem als Euch, Kaufmann! Ihr seht übrigens gar nicht wie ein Kaufmann aus …«

»Im Augenblick, Hochwürden«, entgegnete Waldenfels belustigt, »wirkt Ihr auch nicht eben wie ein Generalvikar!«

»Ach nein?«, sagte Vullo und blickte an sich hinunter, spielte mit den Zehen. »Nun, ich muss es Euch leider zugestehen. Aber gleichwie: Wenn ich von dem physiognomischen Bild ausginge, das Ihr vorstellt, mein Herr, so würde ich sagen … so seid Ihr ein steirischer Freiherr, den widrige Umstände an den Hof des Kurfürsten verschlagen haben, wo er die Stelle eines fürstlichen Kämmerers versieht, der nun mit einem höchst geheimen Geheimauftrag …«

»Schhhhhhht!«, zischte Waldenfels.

Er sah sich hektisch um, aber sie waren allein. Auch im Baderaum war keine Menschenseele. Der Bader, der im Vorraum saubermachte, würde gegen das Geschwätz seiner Kunden abgehärtet sein …

»Mein Herr, ich glaube, dass der Herrgott wollte, dass wir uns so rasch wie möglich begegneten!«, sagte Vullo, und Waldenfels entgegnete: »Ihr mögt Recht haben, auch wenn ich von der göttlichen Providenz nicht so viel halte, von Berufs wegen, versteht sich, wie Ihr. Bei mir ist es eher die Kurfürstliche Providenz, der ich vertraue. Aber, wenn Ihr mir verratet, was Euch auf den Kämmerer brachte, verrate ich Euch, wie ich auf den Generalvikar kam. Nur lasst uns unseren Dialog leise auf Höhe des Wasserspiegels weiterführen. Das Becken ist leer, so werden wir keine hohen Wellen mit unseren Verlautbarungen verursachen. Doch es ist sicher angenehmer, als zitternd hier zu stehen … bitte nach Euch, Hochwürden!«

Vullo nickte, lächelte, dankte und schoss voran. Sie versenkten die Leiber unter Zurücklassung der Tücher im Wasser.

»Aaah!«

»Oooh!«

Für einige Momente gaben sie sich ganz den lange entbehrten Empfindungen eines temperierten Bades hin. Das Becken war groß genug für ein halbes Dutzend nebeneinanderliegender Leiber, und wie schön, es für sich allein zu haben. Beinahe hätte man schwimmen mögen …

»Ein Satz meines Herrn hat mich auf Euer Hiersein vorbereitet«, gestand Waldenfels.

»Er hat mich gut beschrieben, wie es aussieht …«

Waldenfels kicherte. Ihm war eingefallen, dass der Kurfürst Vullo als *so einen kleinen Dicken* beschrieben hatte … Das war schon alles gewesen.

»Ganz und gar nicht. Er schwor auf meine Intuition, die mich ja auch nicht im Stich gelassen hat. Allerdings, das müsst Ihr mir zugestehen, gehört nicht viel dazu, sich auszumalen, wo man nach langer Kutschfahrt am sehnlichsten hinmöchte: in den Badezuber! Auf Eure Erklärung hingegen bin ich durchaus gespannt.«

»In der Tat hatte ich keinen Fingerzeig von oben, weder vom Verdener Himmel herab noch aus der Sphäre darüber. Ich überlegte mir nur, dass kein gewöhnlicher Kaufmann – und sei er noch so vermögend – eine mündliche Vereinbarung des Werbener Komturs mit dem Bischof von Verden, die Bestallung eines Künstlers betreffend, über den Haufen werfen könnte. Dies vermöchte allein der Landesherr – *ergo* handeltet Ihr in seinem Auftrag.«

So viel kalte und machtökonomische Überlegung hätte Waldenfels dem Herrn neben sich nicht zugetraut.

»Ich ergraue doppelt so schnell vor Respekt Wie viel ist mein Inkognito also noch wert?«

Waldenfels schien leicht panisch, doch Vullo war die Beschwichtigung selbst.

»Ist noch immer voll gültig.«

Sie plätscherten eine Weile.

Im Wettstreit *Wer schweigt am längsten* verlor der Generalvikar:

»Willem van Eyb ist eines raschen neuen Auftrags sehr bedürftig, und er arbeitet sehr versiert und schnell. Ich denke, dass er nur mit etwas Verzögerung in Verden eintreffen wird.«

Vullo kam sich vor, als plansche er in den Caracalla-Thermen. Er fühlte sich wohl, und die Begegnung mit Waldenfels war daran nicht unschuldig. Eine Last war von seinen schwachen Schultern genommen: Er war nicht mehr allein … Und der andere schien nicht weniger verunsichert über seine Mission als er selbst.

»Sagt, wisst Ihr noch mehr über mich? Ich meine, was, glaubt Ihr, habe ich in Soltwedel wirklich zu schaffen?«, fragte Waldenfels.

»Nun, was mich betrifft, ich soll die Diözese inspizieren und nebenbei ein wenig Klarheit in den Soltmann-Fall bringen. Ihr indessen solltet den Maler abwerben und vielleicht … ach, wer weiß, das kann ich ja gar nicht wissen …«, sagte Vullo.

»Aber es stimmt«, konzedierte Waldenfels. »Wir könnten unsere Kräfte bündeln: Der hiesige Syndikus hat an unser beider Herren von Soltmanns Bedrängnis geschrieben.«

Vullo nickte versonnen. So etwas hatte er sich schon gedacht, und da es so selten vorkam, dass man einen fand, dem man nicht auf den ersten Anhieb unsympathisch war, vor allem, wenn man ähnliche Ziele verfolgte, sagte er: »Ich finde, wir sollten tun, was Ihr vorgeschlagen habt – zusammenarbeiten!«

Ohne recht darüber nachzudenken, besiegelten sie ihren Bund mit einem Handschlag und zwei Lächeln.

»Wo werdet Ihr wohnen?«, fragte Vullo, um gleich für sich klarzustellen: »Ich habe mich in der Höhle des recht zahm wirkenden Löwen einquartiert. Leider im letzten Raum, der noch freizuschaufeln war, im Kontor des alten Soltmann!«

Waldenfels war der Neid anzusehen.

»Da bin nun *ich* wohl zu spät gekommen. – Jetzt werde ich doch auf Jenns Merins Angebot zurückkommen müssen. Oder ich gehe auch ins Stift im Perver ... Da werdet Ihr den Fall aber schon gelöst haben, bevor ich auch nur einmal zu Bett gewandert bin. Ihr konntet es nicht besser treffen. Doch merkt auf: Ihr könnt den Maler haben. Dafür lasst Ihr mich an Eurer Stelle im Brauhaus wohnen, wie wär's? Und Ihr zieht in die Propstei.«

Vullo winkte ab.

»Oh nein! Meister van Eyb ist ein zu großer Meister, als dass wir um seinen Kopf spielen dürften. Wir würden schwerlich im Land einen Maler finden, der ihm gleichkäme. Aber mir liegt auch daran, dass Ihr die gleichen Chancen erhaltet, zur Lösung unserer gemeinsamen Rätsel beizutragen. Warum sucht Ihr nicht bei Soltmanns Kompagnon Heiko Kuden Unterschlupf? Ich fand in Kuden einen höchst interessanten Mann. Er ist Buchfanatiker, hat so ziemlich alles auf seinen fein geschliffenen und polierten Brettern an der Wand, was an neuartigen Büchern herausgekommen ist, seit Gutenberg seine Bibel mit beweglichen Lettern gedruckt hat.«

»Beim Kuden wohnen … keine üble Idee. Ich werde Euren Rat beherzigen, glaube ich. Da Ihr mich auf ihn bringt: Habt Ihr Kuden auch schon gefragt, was in der Nacht nach dem angeblichen Tod des Alten im Durchgang zwischen Papiermühle und Druckerei vorgefallen ist?«

»Nein, warum?«

»Darüber erzählte mir vorhin der eine von den Brüdern Merin eine völlig abstruse Mär. Karel Merin ist der Hauptkonkurrent Niklas Soltmanns, und sein Bruder Jenns, heute Innungsmeister der Wandschneider und Bürgermeister, hat Kudens Tochter Kerstin geheiratet.«

»War die nicht mal drauf und dran, Niklas Soltmann zum Ehemann zu nehmen?«

Waldenfels zuckte die Achseln.

»Ich meine, ich hätte so was läuten hören«, sagte Vullo. »Natürlich, Kuden erwähnte es, als wir die Druckerei besichtigten. Aber er schien nicht unglücklich darüber, dass nichts daraus geworden war.«

»Seltsam, so wäre für ihn doch alles übersichtlicher gewesen …«

»Was macht diese Kerstin für einen Eindruck?«

»Einen hübsch gelangweilten. Sie ist eine schöne Frau, aber sie schien mir ihrem Mann gegenüber kühl.«

»Und was zur Hölle will Karel Merin denn nun gesehen und gehört haben?«

Waldenfels erzählte lang und breit – von den ersten Blitzen über Merins Teufelsvision und der drohenden Verfolgung bis zu der späten Soltmann-Sichtung im Durchschlupf zum Kuden-Anwesen. Vullo war fasziniert. Vollends, als es dann an die Szene kam, die Merin vom Badstubensteg aus mit angehört haben wollte.

»Was sagt man dazu, ein toter Brauer noch so lebendig? Einen halben Tag nachdem zur Freude des Sohnes der Blitz in ihn fuhr?«

»Ehrlich gesagt – ich bin ratlos. Indessen weiß ich von einem Leydener Anatom, dass ihm schon mehrfach Totgeglaubte vom Seziertisch sprangen, als er sein Messer ansetzte. Mitunter ähnelt eine tiefe Ohnmacht dem Zustand des Todes so sehr, dass der Laie beides nicht voneinander unterscheiden kann …«

»Ihr meint, der Alte könnte draußen im nassen Gras nur betäubt gelegen haben und später wirklich noch in der Stadt gewesen sein? Alle Achtung. Das ist ein wahrlich umwerfender Gedanke. Aber mein Kopf ist schon sehr träge geworden, ich muss aufs Stroh!«

»Wohl gesprochen. Ich denke, ich werde bei Kuden unterzukommen suchen …«

»Gut«, sagte Vullo, wuchtete schwer an seinem tropfenden Leib, und so entstiegen sie den Alt-Soltwedeler Vullo-Thermen.

»Komische Moral übrigens, ein Fest zu veranstalten, obwohl der Wirt unauffindbar und vielleicht tot ist, findet Ihr nicht?«

»Nun ja, so wie es ja allüberall üblich ist, eine Leiche zu besaufen, ist eine nicht vorhandene Leiche kein Grund zur Mäßigung oder gar zum Verzicht. Laut Akten haben sie den ganzen Abend gesucht. Am nächsten konnten sie nicht wegen des hohen Würzweihfestes. Und später … war's zu spät. Dann hatten sie auch schon länger anderes zu tun, ihre gewöhnliche Arbeit. Sind eben alles gewöhnliche Leute, die haben immer was zu schaffen … Jenns hält die Erzählung seines Bruders für ein nichtswürdiges Bierschaumgespinst …«

Sie kleideten sich mit aller Gemächlichkeit an.

Vullo entsann sich: »Bei den Worten, die Ihr referiert, die im Durchgang gefallen sein sollen, muss ich an den *Rotmann* denken.«

»Nun, wenn Ihr den Soltmann meint, wie nicht?«

»Nein, ich meine nicht den Brauer, sondern das Volksbuch *Rotmann*. Kennt ihr es?«

»Bedaure …«

»Das Wort *Abraxas* hat dort selbst einen sehr eindeutigen Zweck, und zwar dient es als Zauberzeichen, mit dem sich ein Amulett öffnet, das für die Menschen in der Geschichte das

Glück selbst bedeutet. Vielleicht hat derjenige dort im Durchgang nur das Volksbuch vom *Rotmann* zitiert?«

»Denkbar.«

»Da gibt es eine Geheimschrift am Ende des Volksbuchs, die mir erinnerlich ist. Ich weiß nicht, ob es von Nutzen sein könnte, wenn man sie entzifferte ...«

»Eine Geheimschrift? Ich liebe Geheimschriften! Ach, wenn ich sie hätte, ich würde sie entziffern, todsicher!«, sagte Waldenfels.

Vullo hatte seinen *corpus* bereits wieder reich gewandet. Der schwarze Überwurf überm tiefblauen, zobelverbrämten Wams und das schwarze Barett hätten einem Kaiser wohl angestanden. Auch die Maulwurfslederschuhe waren nicht übel ...

Er kramte ein winziges Buch aus einer Innentasche seines Wamses hervor und nickte: »Entschlüsseln wäre unbedingt nötig, glaube ich, sonst kann man mit Geheimschriften eh nichts anfangen ... Da fällt mir noch etwas Kuden-Spezifisches ein ... Ein neuer Knecht, der beim Soltmann angeheuert hat, tauchte bei Kuden auf und verlangte dieses Büchlein zum Kauf. Dies ist es übrigens, lest es. Am Ende steht die Geheimschrift. Ich leihe es Euch!«

Waldenfels nahm es mit Dank und blätterte sogleich die Geheimschrift auf.

Vullo fuhr fort: »Dieser Knecht löste beim Kuden ein Erkennen aus, das war nicht zu übersehen. Auch war er selbst sehr begierig, mir seine Ehre zu bezeugen. Er schien mir weit herumgekommen zu sein.«

»Wollen wir uns später weiter besprechen?«

»Ich erwarte Euch in der Früh beim Soltmann.«

Einundzwanzigstes Kapitel

Frühstück

Montag, 10. März 1488

Er wachte auf, weil der Himmel einstürzte. Irgendwann hatte es ja so kommen müssen. Vullo bekreuzigte sich. Besser jetzt als nie, es hätte auch im Traum geschehen können – besser, man war wach. Doch es geschah nichts von dem, was Vullo erwartete. Keine Posaunen, keine apokalyptischen Reiter. Er erhob sich und lugte durch den Spalt der Tür seines Gastzimmers: Der neue Knecht hatte einen schweren Sack voll Gerste auf den Boden fallen lassen. Das war die Art, wie sie das machten, die Träger. Einfach fallen lassen. Daraufhin ließ sich Vullo nochmals ins Bett fallen, bis der gnädige Gott die nächste Attacke auf seine Nerven bescherte: wieder ein Sack … Nun allerdings war er hellwach und machte keine neuerliche Anstrengung einzuschlafen.

»Ich hoffe, Hochwürden hatten eine gute Nacht?«, erkundigte sich Niklas, als Vullo die Stiege herunterkam, steif wie ein erfrorenes Murmeltier.

»Wie? Oh, ja. Doch, durchaus, danke der Nachfrage! Nur der erste Werktag-Morgen fiel mir auf den Kopf … sozusagen. Nun, ich bin es nicht gewohnt, in einem Geschäftshaus zu schlafen. Eine schöne Erfahrung für einen weltentrückten Kirchenmann. Schulde Euch Dank dafür!«

Das klang nicht eben begeistert, und Niklas wollte gerade etwas Entschuldigendes sagen, als Waldenfels' Stimme ertönte, der schon am Tag nach ihrer ersten Begegnung bei Heiko Kuden Asyl gefunden hatte: »Schätzt Euch doch glücklich! Ich lausche jetzt schon seit mehreren schlaflosen Nächten dem Mühlrad. Das macht keinen Unterschied, ob Sonn- ob Werktag … Fühle mich so, als hätte ich seit einer halben Woche im Mahlwerk selbst geschlafen, obwohl dieses erst heute wieder läuft.«

Sie waren nicht untätig gewesen – trotz ihrer ungewohnten Unterbringung – und hatten schon ganz Erkleckliches *in puncto* Verstellung geleistet. Allerdings war ein wesentlicher Fortschritt in der wichtigsten Frage ihrer Anwesenheit bislang ausgeblieben.

»Mir will einfach nicht beifallen, was das für ein Teufels-Szenario gewesen sein soll«, bekannte Waldenfels, während sie bei heißer Milch, Haferbrei mit Honig, einigen Apfelschnitzen und einem wohlschmeckenden schwarzen Absud von geröstetem Malz und geschroteter Wegwarte gemächlich die Lebensgeister zu neuer Tätigkeit anfachten und bemüht waren, ihre Ergebnisse zusammenzutragen. Sie hatten inzwischen Willem van Eyb und Niklas Soltmann ausführlichst und kunstvollst befragt, anlässlich einer Besichtigung des Stifts im Perver. Jetzt war Waldenfels auch bei Soltmanns Teilhaber zu Potte gekommen.

»Kudens Bericht von seiner damaligen Exkursion auf den Wolfsberg und den zugehörigen Gewitter-Beobachtungen weicht von Merins Version nur unwesentlich ab.«

»Inwieweit genau?«

»Er hat die Szene mit dem Teufelstanz nicht gesehen, er hatte irgendwie Schwierigkeiten, neben Karel Merin eine Stelle in den Büschen zu finden, durch die er linsen konnte, so dass das Erste, was er deutlich sah, eine Gestalt war, die neben dem am Boden Liegenden in die Knie ging. Das wird Niklas, sein Sohn, gewesen sein. Einer nahte von flussabwärts, das war wohl Willem van Eyb, zwei andere bewegten sich weg von diesem Punkt, die eine Gestalt schnell und sich rasch entfernend, einen Hund neben sich, die andere zögernd, geduckt, am Fuße des Wolfberges erst im Hopfen verschwindend, dann weiter vor bis zur Landwehr laufend. Der Schreck war Kuden angeblich tüchtig in die Glieder gefahren und er habe sehr darauf gebrannt fortzukommen. Zwecks helfender Einschaltung dazubleiben, schien ihm nicht nötig, denn es waren scheinbar genug andere bei Soltmann, darunter sein Sohn. Es hätte ihm, nebenbei betonte er das, auch zu sehr widerstrebt …«

Vullo hatte vergessen, dass er den Happen Brot essen wollte, den er zwischen die Lippen des weit geöffneten Mundes gereckt hielt. Er nahm ihn wieder heraus und sagte: »Und dann? Da waren doch noch irgendwelche Teufel in Merins Erzählung, die den Berg hoch auf sie zukamen?«

»Tja, das ist wieder abweichend. Kuden sagt, sie seien, nachdem sie das beobachtet, erst gemächlich zur Hopfenberg-Hütte zurück, wo ihre Pferde gestanden hätten, dann hätten sie sich aber nochmals zur Lugstelle begeben, weil die Neugier doch bei ihnen beiden übermächtig gewesen sei, und erst dann hätte sich von unten etwas genähert. – Kuden beschreibt es im Übrigen gar nicht teuflisch, es war nur einfach so, dass sie nicht gesehen werden wollten, von dem oder denen, die da den Hügel heraufkamen, noch durch die Hopfenstauden verdeckt waren und nur anhand des Raschelns im Laub bemerklich wurden. Sie trennten sich daher zwar nicht panisch, doch durchaus rasch. Er, Kuden, sei schnurstracks nach Hause geritten. Ich habe mich, als ich in Kudens Kontor stand, an die Worte des Malers erinnert, der nebenbei erwähnte, dass er den toten Soltmann gezeichnet hätte …«

»Bitte wie? Warum haben wir das noch nicht gewusst, als wir die beiden so schön beieinander hatten?«

Vullo hatte das Brot gerade essen wollte, aber jetzt vergaß er es wieder.

»Ach, es ist mir wirklich erst jetzt wieder eingefallen. Er hat es in Werben selbst gesagt. Man muss sie auftreiben, die Zeichnung«, sagte Waldenfels.

»Ob der Sohn sie hat?«, fragte Vullo.

»Oder die Ehefrau, respektive Witwe?«

»Schwer, nach so etwas zu fragen …«

»Am besten, ich frage Willem van Eyb heut Abend beim Gastmahl selbst – ich kann mein Interesse an den Konterfeis toter Heiliger vorschützen. Kristof Soltmann stand ja auch im Ruf, mit seinem Bier und dem sorgsam gehüteten Braugeheimnis Wunder zu vollbringen!«

»Weit hergeholt, klingt aber natürlich«, sagte Vullo.

Waldenfels extemporierte, das Lob gelassen wegschluckend wie Zichorien-Malz-Absud: »Und so muss sich im Grunde all unser Augenmerk auf die Frage richten, ob der Tote tot war oder nicht – äh, ich meine, ob der alte Soltmann vielleicht wirklich nur scheinbar tot war, so dass er noch in die Stadt gelangt sein konnte, wo ihn Karel Merin schließlich sah. Ich war versucht, an den Toren nachzufragen, nur … schon allein das Interesse an einem solchen Umstand, der zwölf Jahre zurückliegt …«

»… hätte Euch wie einen Narren aussehen lassen«, griff Vullo den Satz auf, »oder wie einen geheimen Emissär – womit ich nicht behaupten möchte, dass dies zwei austauschbare Bezeichnungen wären … Also ich sehe folgende Möglichkeiten: Erstens, Tod Kristof Soltmanns durch Blitzschlag, Beraubung und Beseitigung seines Leichnams durch den verschwundenen Cleji Schneider. Zweitens, Verschleppung des lebendigen, kurz ohnmächtigen Kristof Soltmann durch Cleji Schneider. Drittens, Ohnmacht oder Scheintod Kristof Soltmanns nach dem Blitz, Verbringung in die Stadt oder Bewegung dorthin aus eigenem Antrieb, später Tod aus ungeklärter Ursache oder Mord; ungeklärtes Verschwinden des Brauknechts.«

»Nicht übel, Hochwürden! Setzen wir noch als Denkmöglichkeit hinzu – viertens, plötzlicher Ausbruch von Wahnsinn bei Brauer und Brauknecht durch den Blitz, anschließend landen beide in der Jeetze und schwimmen mit der Strömung davon, bis sie vor Erschöpfung ertrinken … Seien wir ehrlich: Der interessanteste Fall ist doch der, dass er nicht tot war und in die Stadt zurückgebracht wurde, wo er dann im Dunkeln um die Ecke gebracht wurde, hab ich Recht?«

Waldenfels wandte sich nach diesen Worten genüsslich dem luxuriösen weißen Weizenbrot und dem Schinken zu. Mit einer dicken Schicht gelber holländischer Butter zwischen beidem war das die höchste Seligkeit – ein Vorgeschmack des Paradieses. Vullo, der aus dem Staunen über den stetig wachsenden Hunger seines spindeldürren Gegenübers nicht herauskam, nickte.

»Schie haben Rescht!«, sprach er im selben Augenblick, als er sich endlich final dem Happen Brot zwischen seinen Fingern zuwandte. Er spülte mit Malzabsud nach und sagte: »Nehmen wir also dies einmal an, dass Kristof Soltmann, nachdem ihn erst der Merin'sche Teufel in der Mangel hatte, sich vorm Sohn und dem Maler erst scheintot stellte und dann doch noch – ohne oder mit deren Wissen – in die Stadt gelangte, stehend, gehend oder liegend, gezogen, geschleift, gezerrt oder getragen … und was dann?«

Waldenfels seufzte: »Hier steht nun das Merin'sche Histörchen vom Durchgang zu Kudens Druckerei ganz mutterseelenallein … Indes, dass der angebliche mitternächtliche Geister-Soltmann *Abraxas* gesagt haben soll, ist doch mehr als erstaunlich … Es erinnert mich daran, dass Ihr jetzt noch ein wenig Geduld auf das Anhören meiner weiter ausgreifenden Ausführungen verwenden müsst …«

»Um Gottes Willen, von welchen Ausführungen sprecht Ihr?«

Waldenfels tat sehr geheimnisvoll und nestelte an seinem Wams, bis er aus einer Innentasche einige Papiere hervorgekramt hatte. Dann hielt er inne – eine Übung, die sein Gegenüber in ärgste Seelenpein warf. Er sah misstrauisch in den noch leeren Wirtsraum.

»Hier tauchen sicher bald die ersten Gäste auf, da möchte ich Euch meine Erläuterungen nicht zuflüstern, das sähe seltsam aus. Draußen in der frischen Natur werden wir nur Bäume und Sträucher als stumme Zeugen haben.« Er senkte die Stimme. »Und die frische Luft beflügelt den Geist, die Sonne wirft auch ihr Licht hinzu. Ich finde, wir sollten den Schauplatz des Verschwindens auch einmal *in natura* sehen.«

Zweiundzwanzigstes Kapitel

Chiffren am Wolfsberg – Vullo rennt – Ölweiden

Waldenfels vertrat *a priori* die Ansicht, ein hoher Geistlicher sei des Reitens unkundig, doch *(a posteriori)* weit gefehlt – Vullos gedrungene Figur bekam hoch zu Ross etwas Majestätisches, und er ritt gut. Selbst der berühmte Reiter im Bamberger Dom, den Waldenfels einmal gesehen hatte, sah ungeschlacht und falsch proportioniert aus dagegen.

Sie banden die Gäule an einen dafür in den Boden gerammten Pflock am oberen Ende des Merin'schen Feldes auf der mittleren Ebene der zweigeteilten Erhebung und schauten erst hoch durch Galläpfel und Schlehdorn, wo auf der Hauptkuppe ein Dolmen stand, dann hinab über den behopften unteren Hang zum Fluss. Dort war also Karels kleine lauschige Schutzhütte, in der er Zuflucht suchte, wenn ihm die Decken seines Stadthauses auf den Kopf zu fallen drohten. Niklas Soltmann hatte ihnen genau beschrieben, wie sie zu finden war. Er hatte ihnen auch die Pferde gegeben, nachdem sich der neue Brauknecht unter unzähligen Vorwänden davor gedrückt hatte, sie zu fahren. Am Ende hatte er behauptet, dass Pferde stets durchzugehen pflegten, wenn ihm die Lenkung eines Fuhrwerkes anvertraut würde.

»Bezaubernd!«, sagte Vullo. »Möchte meinen, dass der Herrgott die Idee des *locus amoenus* nach dieser stufig abgeflachten Erhebung geschaffen hat!«

Dies schien Waldenfels nun etwas übertrieben. Natürlich mussten sie sich das Grün des Hochsommers hinzudenken, obwohl die Vegetation des frühen März in diesem Jahr schon allerhand Blättlein und Sprossen vorwies. Waldenfels schien den Weg nur auf sich genommen zu haben, um einen Grund zu haben, das vor einer Stunde erst beendete Frühstück wieder aufgreifen und verlängern zu können. Er hatte eine Umhängetasche mit Delikatessen aus der Soltmann'schen Speisekammer vom Hals genommen und setzte sie am Hang der so gänzlich unalpinen Erhebung ab.

»Wolfsberg heißt das hier. Bitte erklärt mir, was bedeutet *Berg* in einem altmärkischen Verstand?«

Vullo zuckte die Achseln.

»Nicht das, was Ihr kennt, freilich. Ich wage es mir kaum vorzustellen, kenne nur ein paar Zeichnungen und Gemälde und Holzschnitte, nebst Erzählungen. Hier ist man genügsam und freut sich schon über einen kleinen Hügel, der es einem ermöglicht, über die Schultern des Vordermannes zu schauen. Von hier aus kann man den Fluss und die Pappeln und den Fuß der Hopfenanpflanzung genau sehen – auch dann, wenn man sich denkt, es wäre Mitte August und alles noch grün. Ich erblicke förmlich die Merin'schen Teufel vor mir, wie sie den Hang heraufstraucheln und Feuer schnauben …«

»Ich gebe es Euch gerne zu. Laut Kuden sah man gar nichts und hörte nur etwas rascheln … Auch solltet Ihr die Düsternis während des Gewitters hinzudenken und in Anschlag bringen, dass auch der Rauch des brennenden Baumes über den Wiesengründen hing. Manches wird die Phantasie ergänzt haben. Aber es ist schon verflucht weit, die Teufel müssen geschwitzt haben, bis sie hier waren, und haben sicher hin und her eine halbe Stunde gebraucht.«

»Ach nein, eine Viertelstunde, wenn's Teufel waren und sie liefen wie solche!«, mutmaßte Vullo lächelnd.

Waldenfels widmete sich dem Korbinhalt und ließ sich nebenbei den Anfang des Kryptogramms auf der Zunge zergehen. Vullo erstarrte, als sein Blick auf die Waldenfels'schen Entschlüsselungen fiel, die viele Seiten seines kleinen schwarzen Notizbuches füllten. Welche entmutigenden Bilder boten sich da – etwa eine von Buchstabenpärchen überzogene Doppelseite. Die Zeichen standen Spalier, bildeten Zäune, Streifen und Karrees, wie kunstvoll aufmarschierte Soldaten in der Ebene. Die Explikation dieses Buchstabenspaliers konnte ihm gestohlen bleiben. Allein aus Respekt vor der Waldenfels'schen Leistung – so er sie denn tatsächlich vollbracht und es nicht nur auf die Braunschweiger Wurst abgesehen hatte, von der er jetzt eine dicke Scheibe abschnitt und verschlang – ließ er sich ein paar Erklärungen gefallen. Immerhin wollte er dem Entfesselungskünstler das Vergnügen nicht gänzlich nehmen und war gewillt, sich ein paar Lachter weit den Jeetze-Strom seiner Mühsale hinabtreiben zu lassen.

Waldenfels, einen Brotfladen mit Geknirsche zermalmend, begann: »Ich muss dem Herrn Schreiber ein aufrichtig empfundenes Kompliment machen, sollte er die Arbeit, ein so hübsches Rätsel zu kreieren, allein auf sich genommen haben. Eine ausgezeichnete Wurst übrigens, diese Wurst! Warum esst Ihr nichts?«

»Ich muss gestehen, dass ich mir den Appetit für nach der Auflösung aufhebe. Wo packt Ihr das nur alles hin? Bitte, so fangt doch mit dem Enträtseln an, damit Ihr schneller wieder aufhört.«

»Nun ja. Ich stand ehrlich gesagt ziemlich verloren davor. Irgendwann, und ich habe leider einzugestehen, dass mir dieser naheliegende Gedanke erst unverhältnismäßig spät gekommen ist, erinnerte ich mich daran, dass Ihr mir das Histörchen ja als ganz erbaulich ans Herz legtet, und als ich hineinsah und es so überflog – possierlich, in der Tat! –, da stand es ja vorne drin, dass der Schlüssel zur Entzifferung die Methode des Trithemius sei! Manchmal sieht man die Ebene nicht vor lauter Flachland ...«

»Hätte ich Euch gleich sagen können. Aber was nutzt es, wenn man das Werk nicht hat und nicht kennt.«

»Nicht viel, das gestehe ich Euch gerne zu, indes ...«, knispelte und schmatzte Waldenfels, »habe ich jenes Buch des gelehrten Abtes vom Sponheimer Kloster bei Kreuznach, des großen Johannes Trithemius, zufällig vor gar nicht langer Zeit gelesen.«

»Was Ihr nicht sagt«, erwiderte Vullo.

»In der Tat! Und wisst Ihr, was darin beschrieben stand? Unter dem Titel *ars contemplativa complementorum*?«

Er blätterte ein paar Seiten in dem kleinen, in schwarzes Maulwurfsfell eingebundenen Notizbuch zurück, während Vullo still für sich übersetzte: *Von der beschaulichen Kunst der Abfüllungen* und einen Moment lang argwöhnte, der Sponheimer Gelehrte könnte einen Ratgeber für alle diejenigen geschrieben haben, die entweder Fässer vollmachen oder einen anderen unter den Tisch zu trinken beabsichtigten ... Dann aber kam er zu dem Schluss, dass sowohl das eine als auch das andere ein jeder, der es wollte, auch ohne Brevier des Weisen Trithemius zuwege bringen würde, und korrigierte sich und sagte laut: *»Von der beschaulichen Kunst der Ausfüllungen!«*

»Sehr richtig. Mir wurde denn auch bald klar, was damit gemeint war, und dass eben diese Abhandlung, Soltmann dem Alten leicht zugänglich, der Schlüssel sein könnte, den er selbst wird schwerlich erdacht haben.«

Vullo war ganz Ohr.

»Das Werk des ehrwürdigen Trithemius, nicht halb so dick wie mein kleiner Finger und also wohl nur einen halben Bogen stark, ist des Rätsels Lösung gewesen. Der Sponheimer Abt beschreibt eine Art der Kodifizierung zu verheimlichender Nachrichten, die auf dem Gegeneinanderverschieben von zwei Buchstabenstrahlen basiert.«

Vullo konnte nun doch ein Gähnen nicht unterdrücken, bedeutete aber seinem Gegenüber mit Augen und Händen, dass es nicht Desinteresse, sondern bloß Erschöpfung gewesen sei, was diese Regung des Organismus hervorgerufen hätte.

Beruhigt kontinuierte Waldenfels in seinen Erläuterungen: »Trithemius entwarf zunächst eine quadratische Matrix aus den 23 Buchstaben des Alphabets. Die je erste Reihe in horizontaler und vertikaler Richtung enthält alle Buchstaben in der richtigen Reihenfolge angefangen mit a, die zweiten Reihen, mit b beginnend, kreuzen sich im c wie zwei Klingen, die dritten Reihen fangen mit c an und begegnen sich im e – und so weiter, so dass alle entstehenden Reihen jeweils um einen Buchstaben gegeneinander verschoben sind. Ein Karree aus Buchstaben. Schauen Sie, so! Können Sie mir folgen?«

Vullo hätte durchaus wollen können, wollte aber nicht. Doch er nickte eifrig, besah sich den quadratischen Buchstabenblock, den Waldenfels auf sein Notizblättlein gekritzelt hatte, und verblieb ganz Ohr. Mochte Waldenfels bloß beruhigt fortfahren, entscheidend war ja bloß, was hinten herauskam.

»Ich habe nun aus Spaß ein paar Verschlüsselungsversuche unternommen, denn das Verfahren ist recht simpel, wenn man es erst einmal begriffen hat. Auch Ihnen würde es keine Schwierigkeiten machen. Man schreibt die zu verschlüsselnden Sätze hin und setzt darunter eine systematisch zu verlängernde Reihe von Buchstaben, etwa *kikerikikikeriki* oder *lalalalala*. Hauptsache, schön idiotisch und nicht abreißend, bis alle Stellen unter den Zeichen der Botschaft ausgefüllt sind – daher übrigens die Ausfüllung im Titel! Nehmen wir einmal das Wort *BERTHOLD* als Botschaft und ein wiederholtes *OTTO, das heißt OTTOOTTO* als Schlüssel – … Man schneidet also die untereinander verlaufenden Parallelen aus Buchstaben in Zweierpaare: *BO*, *ET*, *RT*, *TO* und so weiter und sucht dann für die einzelnen Komponenten eines jeden Paares in der Matrix die Kreuzungspunkte. Also zunächst für *BO*: Die bei *B* abfallende Vertikale und die von *O* nach rechts laufende Horizontale schneiden sich im Buchstaben *P*. *ET* ergibt *Y* als Schnittpunkt. *RT* führt zu *L*, *TO* zu *H*, *HO* zu *W*, *OT* zu *H*, *LT* zu *E*, und DO schließlich ergibt *R*. Schreibt man jetzt die Resultate hintereinander, ist aus *BERTHOLD* mit Hilfe Eures werten wiederholten Vornamens als Schlüssel das äußerst aussagekräftige Wort *PYLHWHER* geworden.«

Vullos letzter Schnarcher kulminierte in einem Schreckensschrei, als er von Waldenfels mit leicht indigniertem Blick wachgeschüttelt wurde. Der Berichterstatter wiederholte unbarmherzig das zuletzt ungehört Verhallte.

»Der Schreiber wird sich sicher einen besonderen Schlüssel ausgedacht haben. Den Namen seiner Frau vielleicht, den

Vornamen seines Sohnes, ein Wort aus der Bibel oder aus dem Heiligenkalender? Ich habe es spaßeshalber mit *MARIAMARIA* und *VALENTINVALENTIN* probiert, aber es kam doch nur Murks heraus. Bei sämtlichen möglichen Ausgangspaaren pro Buchstabe der verschlüsselten Botschaft hätte ich Jahre zu tun, wollte ich anhand von zufälligen Doppelungen die Springwurzel finden. Ohne Schlüssel keine Aufschlüsse! Tja, ich fürchte, jetzt muss ich Euch doch dem wohlverdienten Schlummer überlassen … Es sei denn, es fällt Ihnen etwas dazu ein …«

»*ABRAXAS*!«, stammelte Vullo, der plötzlich wieder hellwach war. Wiederholte leiser und artikulierter: »*ABRAXASABRAXASABRAXAS*!«

Waldenfels grinste.

»Ich habe Euch diese letzte Chance gegeben, Euer Interesse zu untermalen. Ihr habt sie beim Schopf ergriffen, wie es sich für den Generalvikar eines Bischofs gehört. Ausgezeichnet!«

Vullo sah, dass mit der Waldenfels'schen Neigung zu Unverschämtheiten auch sein Appetit wieder gestiegen war. Gerade hatte sich der kurfürstliche Sonderkommissar eine Ladung Ententerrine aufs Fladenparkett geschaufelt und biss in das Ergebnis dieser Operation. Aber was half es noch, sich über sein gefräßiges Gebaren zu mokieren. Der Herr malmte und schluckte eine kleine Weile munter vor sich hin, bis er neben dem Krachen der Kiefer wieder etwas Bedeutungsvolles verlauten lassen konnte.

»Wir verfügen also über den Schlüssel und die Verschlüsselung. Um die Verschlüsselung rückgängig zu machen, müssen wir die Buchstabenmatrix jetzt nur noch gegen den Strich lesen.«

Vullo fand dies nun in der Tat gar nicht so schwierig, wie es sich anhörte. Zum Beweis dafür, dass er das Prinzip begriffen hatte – und er lernte, wenn er wollte, schnell –, tippte er mit dem Zeigefinger auf die Schlussspalte und fuhr (a, b, c, d, e, f, g, h, i) neun Stellen nach links, wo sich ein R befand. Er fügte die drei bisherigen Resultate zum lesbaren ersten Lösungswort zusammen, das Waldenfels nun *in statu nascendi* kommentierte:

»ZUR ... Die nötigen Wortzwischenräume können wir im Weiteren leicht erraten und einfügen, falls wir keine Analphabeten sind.«

Der jetzt wieder untätige Zuhörer staunte nicht schlecht, als es in der Tat munter verständlich fortging: »*ZUR BEREITUNG* ...«

Nachdem die Methode nun einsichtig geworden war, hielt es der Diener des Kurfürsten für geboten, die lange Prozedur zu kappen, und reichte dem Generalvikar kurzerhand ein beschriebenes Blatt Papier, von dem Vullo erwartungsfroh ablas: »*ZUR BEREITUNG DES SOLTMANNS SIND NÖTIG* – ...«

Vullo ächzte, und alle seine hochfliegenden Hoffnungen schlugen auf dem Boden der Mark auf wie abgeschossene Trapp-Gänse. Von wegen Elixier für die Springwurzel – stattdessen trübes, rötliches Bier und die Stiernackigkeit des toten Herrn Soltmann ...

Haarklein waren die Mengen an Gerste, an Grünmalz, an Malz, an Hopfen, an Würze aufgelistet, damit der Soltmann auch in Äonen noch in unveränderter Qualität nach dem väterlichen Reinheitsgebot gebraut werden könnte.

»Ein schöner Scherz, fürwahr ...«, konstatierte Vullo.

»*Abraxas! Abraxas! Abraxas!*«, sagte Waldenfels und lachte leise. »*Abraxas – ars braxandi* – die hohe Kunst des Brauens! Das Rezept des Soltmann-Bieres in einem Volksbuch, ist das nicht stark? In einer Region, wo jeder Dritte sich Bürger und Brauer schimpft und alle ihre Geheimnisse haben? Da hat einer, nicht dümmer und nicht klüger als die um ihn herum, das *ars est celare artem* auf seine dummdeutsche Art ausgelegt und die Kunst seines Handwerks darin gesehen, dieselbe im Verborgenen auszuüben, aber ein anderer wenigstens, der treffliche Autor des Volksbuchs, hat dies Tun aufs Korn genommen und sich auf höchst kunstvolle Weise über das gemeine Brauervölkchen mit seinen Springwurzeln und Zaubersprüchen lustig gemacht.«

Vullo stutzte und begriff im selben Moment, was Waldenfels da suggerierte und was ihm unbewusst sogleich aufgefallen war: Wenn das ein Scherz war, dann war der alte Soltmann gar nicht der Verfasser – eine so geschäftsschädigende Indiskretion konnte nur von einem anderen stammen.

»Der Alte hat die *historia* gar nicht geschrieben! Er hätte ja nie und nimmer sein eigenes Familien-Bierrezept veröffentlicht!«

»Allerdings«, sagte Waldenfels. »Zumindest haben wir uns die Zeit ganz hübsch vertrieben, was meint Ihr?«

»Ach, wisst Ihr«, entgegnete Vullo, »ein ungestörtes Mittagsschläfchen hätte mir besser gefallen! Lasst uns noch die Strecke zum Ufer hinabreiten und dort ein wenig Umschau halten.«

»Wollte ich auch gerade vorschlagen ...«

Ein Dutzend Jahre verändern eine Stelle in Wald und Flur derart gründlich, dass es schwierig ist, sie überhaupt wiederzufinden. Vullo und Waldenfels kannten alles ohnedies nur aus Erzählungen. Die verkohlte Pappel war verschwunden, und vom alten mehrstämmigen Weidenbaum, unter dem die zu weit Gefahrenen zunächst angeblich gerastet hatten, kündete bloß ein einfacher Stumpf. Der Fluss hatte sich der kleinen stillen Bucht vor jenem Baum längst wieder bemächtigt. Jetzt strömte alles viel rascher dahin, als es Niklas und Willem zufolge einst der Fall gewesen war.

»Hier steckt nur noch ein modernder Stumpen im Grund. Von hier aus startete Kristof Soltmann seinen – vermutlich – letzten Gang. Zunächst einmal bis irgendwo da hinten, wo die Pappeln stehen. Pappeln wachsen so rasch, damals dürften sie wenig mehr als doppelte Hopfenstangenlänge gehabt haben, und viel dünner gewesen sein. Wenn eine davon jetzt brennen würde, Gewitterdüsternis vorausgesetzt, wäre alles hell. Eine kleine wie einst wird kaum das halbe Umland erleuchtet haben ...«

»Mich interessiert doch eines sehr ...«, sagte Waldenfels.

»Nämlich?«, forschte Vullo.

»Wie lange benötigt man von hier, von der einstigen Bucht, bis zu den Pappeln? Wie lange brauche ich im Vergleich zu Euch und wie schnell sind wir von dort wieder hier, und beides im Vergleich beim Schreiten und beim Laufen?«

Beim Wort *laufen* überlief es Vullo heiß und kalt. War Waldenfels einer teuflischen Ausströmung des Ortes erlegen?

»Wozu um Himmels Willen soll denn das gut sein?«

»Auf diese Weise können wir besser einschätzen, wie viel Zeit den Teufeln blieb, auszubüxen, wie schnell Niklas an Ort und Stelle war und wie lange er bis hierher zurück brauchte, wo der Maler wartete.«

»Falsch – der ging, nachdem er eine Weile gewartet hatte, zu der Stelle, wo er Niklas und den Alten vermutete.«

»Richtig. Ihr entsprecht Willem, ich gehe für den Part des Niklas durch ... vom Körpergewicht und der Statur, meine ich!«

»Ich verstehe jetzt durchaus, was Ihr beabsichtigt ... doch frage ich mich: Wie zum Henk ... äh, lieben Gott, wollt Ihr das vergleichen?«

»Oh, nichts einfacher als das: Seht einmal her, das ist die neueste Schikane aus der Werkstatt des kurfürstlichen Waffenschmieds ... auf Seiner kurfürstlichen Gnaden höchsteigenes Geheiß erdacht, um seine Untertanen besser schurigeln zu können!«

Vullo sah, wie Waldenfels aus der Innentasche ein kleines Quadrat aus hölzernen Streben mit feinen Gelenken hervorholte und es durch ein paar gekonnte Griffe zu einem Quader auseinanderzog. Zwei Kugeln von Haselnussgröße hingen nebeneinander an feinen Sehnen in dem zierlich-transportablen Würfelgerippe. Er platzierte es auf den Baumstumpf und zog die eine Kugel bis zum Anschlag nach rechts oben. Dann ließ er sie los: Sie traf auf die zweite, blieb abrupt unten stehen, wohingegen die zweite nach links oben schnellte. Dann fuhr sie wieder nach unten und stieß die andere hinauf. Und immer so fort: klick, klick, klick ...

Es dauerte einige klickende Pendelschübe, bis Vullos Mund sich langsam wieder schloss.

»Raffiniert. Woraus sind die Kugeln, und woraus die Fäden?«

»Aus Silber die Gehänge, aus Rosshaar die Sehnen. Man lässt es klicken, zählt die Ausschläge und kann Zeitdauern viel präziser vergleichen als mit den üblichen Sand- und Wasseruhren. Das liefert prächtige Dienste bei der Bedientenausbildung für das Gerenne an der kurfürstlichen Tafel … Auch wenn mein Herr selbst nicht gut zu Fuß ist mit seinen Wasserbeinen, so achtet er doch peinlichst darauf, dass seine Diener keine Zeit verlieren.«

Und so kam es, dass erst Vullo ging, dann Waldenfels, dass erst Vullo ritt, dann Waldenfels, dass erst Vullo rannte, dann Waldenfels. Schließlich war der kurfürstliche Emissär mit ihren Übungen zufrieden, da er alle Ergebnisse zusammengetragen hatte, die ihm von eventueller nachheriger Wichtigkeit zu sein dünkten.

Der keuchende Generalvikar, dem der Schweiß übers Gesicht rann, besah sich die neuerlichen Zeichenkolonnen, die sie abwechselnd mit Hilfe des sehr dienlichen Waldenfels'schen Reise-Skriptoriums in das Notizbuch gemalt hatten, und konstatierte: »In knapp zehn Schwüngen ist man mit dem Pferd vom Hügel hier unten, von dem alten Baum bis zu den Pappeln dauert es zu Fuß 30 beziehungsweise … äh … 50 … Der Maler, den ich verkörperte, wird dies wohl nicht rennend bewerkstelligt haben, genauso wenig wie Niklas Soltmann. Was sollte also noch der Schnelldurchlauf?«

»Nun, ich wollte, wenn wir schon einmal hier sind, die Genauigkeit der Konstruktion im Gelände testen … Ihr verzeiht«, grinste Waldenfels.

»Na, das ist doch …«, schäumte es in Vullo auf. Dann aber lächelte er. »Ach, eigentlich tut es sogar dem Leib ganz wohl. Ich glaube, eine Messung fehlt noch: Wir müssen noch zum Wolfsberg und zurück.«

Wieso er dies gesagt hatte, wusste er selbst nicht. Er hätte sich verfluchen können dafür. Aber manchmal war sein Geist eifriger, als er sein sollte.

»Interessanter Gedanke. Warum nicht…, auf diese Weise wird sich zeigen, ob der Apparat für so lange Zeiten noch tauglich ist.«

Vullo lag japsend im Gras an der Merin'schen Hütte. Er war nicht noch einmal nach unten getorkelt, von wo jetzt Waldenfels mit den Pferden herauftrabte.

»240 zu 160, beziehungsweise 500 zu 220. Selbst bei den 500, als Ihr mit dem Hopfenwimpel wie ein Sterbender Signal gabt, war der Ausschlag noch kräftig. Interessant immerhin, was ein paar Pfunde für eine Auswirkung auf die Laufzeiten haben. Wir sehen das schon immer bei den Köchen, die – wenn sie einmal an der fürstlichen Tafel bedienen müssen – immer den anderen hinterherhinken.«

Vullo war zu erschöpft, um zu diesen Flegeleien etwas Geistreiches zu bemerken.

»Indes gab mir die Zeit, die ich hatte, Gelegenheit, meine Augen ein wenig abschweifen zu lassen, denn man bekommt erstaunlich rasch Routine beim Taktzählen, so dass man nicht ständig auf das Pendel zu blicken braucht. Bei so langen Zeiten *muss* man die Augen geradezu kurz abwenden, um nicht in einen Paroxysmus des Starrens zu verfallen…«

Der Generalvikar schnaufte, was ihm Kommentar genug zu sein schien.

»Südlich der Pappeln, von der Stelle an, wo die vermeintliche Leiche gelegen haben könnte, beginnen seltsame Sträucher zu wachsen – bis etwa an die Landwehr. Sie sind recht groß, kleine Bäume fast, zwei bis drei Lachter hoch, dicht sparrig verzweigt und bedornt, mit breiten Kronen. Ich nahm mir ein paar junge Zweige für die kurfürstliche Sammlung mit. Seht Ihr? Das ist doch weder Schlehe noch Weiß-, Schwarz-, Feuer- oder Sanddorn…«

Vullo hatte sich hinreichend erholt, um den Oberkörper aufzurichten. Der Zweig, den Waldenfels ihm gab, hatte dicke Knospen, die kurz vorm Aufplatzen waren. Er war dünn berindet, rotbraun und dicht mit silbrigen Schildhaaren besetzt. Darüber lag wie ein Schmierfilm ein gleichfalls silbrig glänzender, leicht abwischbarer Überzug.

»An dem hier ist schon das Grün raus!«, sagte Waldenfels und gab ihm einen zweiten.

»Wechselständig gestielt, die Laubblätter schmal, lanzettlich, ledrig – sogar schon, wenn sie noch ganz jung sind … äh … es liegt mir auf der Zunge … ah! Jetzt weiß ich es: Das ist ein Zweig von *salix olea* – Cosimo Lupo hätte ihn nicht besser wiedergeben können. Ich habe die Abbildung jetzt ganz treulich wieder im Kopf.«

Nun war Waldenfels sprachlos.

Vullo freute sich, die weltliche Kryptographie-Lektion mit einem geistlichen Botanik-Exkurs vergelten zu können.

»Lupo war Supernumerar und Hofbotaniker des früheren Erzbischofs in Florenz. Der Vater des gewaltigen Lorenzo il Magnifico förderte ihn einst, indem er ihm ein 24-bändiges illustriertes Werk mit dem Titel *plantarum mundi* finanzierte. Ein Exemplar davon kam 1478 nach Verden, im Austausch gegen 50 Hannoveraner.«

»Wie bitte?«

»Pferde! Ferdinand von der Pfalz hatte sie dem Verdener Domstift geschenkt, doch sie wurden zu teuer im Unterhalt, so dass der Amtsvorgänger des Vorgängers meines …«

»Verzeiht, Hochwürden, wenn ich Ihre hochgradig interessanten Ausführungen unterbreche … Doch was ist das nun für eine Pflanze?«

»Das hier? Das ist ein Zweiglein von der Ölweide, auch Paradiesbaum genannt. In Asien beheimatet, doch bereits vom großen Polo zu uns gebracht und im gelobten Italien längst heimisch, wie Lupo berichtet. Die Blüten sind gelb, duften stark und aromatisch, das Holz ist bei Ebenisten für Furnier-Einlagen begehrt, und die Früchte, kleine hellgelbe Steinbeeren, oval bis zylindrisch, wenn ich es recht entsinne, werden getrocknet als Gewürz verwendet, für süße Küchlein, aber auch für Wein. Soll angeblich ein bisschen wie Galgant schmecken, aber süßlicher.«

»Höchst aufschlussreich!«, sagte Waldenfels, warf dann die Zweige bis auf einen fort, von dem brach er ein kleines Stück ab und legte es in sein Notizbuch.

»Ich weiß, es ist noch lange hin bis zum Gastmahl, ich muss aber unbedingt sofort etwas essen! Und einen Durst hab ich plötzlich bekommen, wo Ihr von Gewürzen erzähltet ...«

»Wir haben nichts mehr ...«

»So machen wir, dass wir zu Soltmann kommen!«

Nun verspürte plötzlich auch Vullo einen so unbezwinglichen Hunger, dass er mit dem Pferd von Mittelschritt in versammelten Schritt, dann in versammelten Galopp und schließlich in starken Galopp verfiel. Waldenfels kam erst weit nach ihm vorm Bockhorner Tor an. Vullo hatte gewartet und machte ein sehr nachdenkliches Gesicht, als der andere neben ihm Halt machte.

»Wisst Ihr, was mir eben auffällt? Es ist doch merkwürdig, dass dort draußen an der Jeetze Exemplare von *salix olea* wachsen!«

»Und ich dachte schon, das viele Laufen hätte Euer Gehirn ausgetrocknet, Hochwürden ...«, sagte Waldenfels und lächelte ganz arg impertinent.

Dreiundzwanzigstes Kapitel

Zwei Stammtische – Die unheimlichen Kuriere – Bierkriegsbericht

Jenns Merin saß im Ratskeller, in einem kleinen Kreis von Ratsherren. Auch wenn sie alle zum Abend in den Soltwisch eingeladen worden waren – von dem Wirt, von dem Wandschneider Waldenfels und dem Generalvikar Vullo –, so hieß dies noch lange nicht, dass sie sich dieses tägliche Vergnügen nehmen ließen. Natürlich bildeten die edlen Spender und Gastgeber den Kern ihrer Gespräche …

»Wenn der feine Herr von Waldenfels ein Wandschneider ist, will ich Wende sein …«, sagte Jenns Merin.

»Warum? Was lässt Euch zweifeln?«, wollte Wittkop wissen.

»Die Art, wie er sich gibt. Misst seinem Geschäft nicht eben viel Gewicht bei. Kauft ein paar Ballen feine Seide und das war's. Auch die Art, wie er sich eingeführt hat, war sehr komisch … Und dann hat er eine geradezu aufdringliche Gier nach Einzelheiten des alten Soltmann-Casus an den Tag gelegt. Wenn Ihr mich fragt …«

»Himmel noch eins!«, donnerte Wittkop. »Wir fragen dich!«

»Also ich glaube, er ist ein Abgesandter des Schöppenstuhls!«

»Unsinn – er kommt wirklich aus den Alpen, das hört man«, sagte Wolter. »Und wieso soll ein Abgesandter des Schöppenstuhls hier herumgeistern, wo es gar kein reguläres Verfahren gibt?«

»Dann ist er ein Spitzel des Papstes, der die Soltwedeler Wandschneider untersuchen soll … ob sie ein Geheimbund sind, wie die Neider in anderen Hansestädten tönen«, sagte Jenns Merin, der hierüber als Innungsobermeister am meisten hätte bestürzt sein müssen.

»So ein Blödsinn ...«, setzte Munter an, fuhr aber nachdenklicher fort: »Aber dass er andauernd mit dem Generalvikar Vullo zusammensteckt, das würde dazu passen. Nein, wirklich, wenn ich es genauer bedenke ...«

Sie sahen einander verblüfft an.

»Der Papst hat doch auch Älpler als Gardisten!«, brabbelte Bröwitz, Schaum auf der Oberlippe.

»Tumber Narr«, wies ihn Wittkop zurecht, »der Papst hat doch Schweizer! Waldenfels ist Steirer.«

Wo da der Unterschied wohl wäre, fragte sich Bröwitz, doch er fragte es immerhin nicht laut.

»Wer weiß eigentlich Genaueres über die neue Hansestadt Graz?«, fragte Jenns Merin.

»Na, na, lieber Herr Bürgermeister – jetzt fangt bitte nicht auch Ihr noch an mit den Narreteien!«, empörte sich Hinrich Dorheide, der bei aller Verstocktheit doch stets genauestens Bescheid wusste in der großen Politik. »Graz in der Hanse? Nimmer!«

»Nie davon gehört«, bestätigte Hans Werkmeister, und auch die Übrigen schüttelten nun einmütig den Kopf.

»Dann hat er sich verraten, schon am ersten Tag ...«, sagte Jenns Merin und trank hastig, in ihr Kopfschütteln einstimmend. »Mir kam das gleich verdächtig vor, aber er sagte es so glaubhaft, dass ich es ihm abnahm.«

»Was also tun?«, fragte Wittkop.

»Abwarten und Bier trinken«, meinte Bröwitz stoisch, der gar nicht mitzubekommen schien, worum es ging.

»Vorsichtig sein bei allem, was wir sagen«, riet Wolter, auch Wandschneider, wie alle am Tisch, außer Dorheide, der Kleinkrämerseele.

»Warum? Haben wir etwa was zu verbergen?«, fragte Werkmeister.

Das beredte Schweigen der anderen deutete an, dass vielleicht nicht jeder so unbeschwert oder ohne Heimlichkeiten war.

Zwei Gestalten in Reitmänteln kamen herein und besprachen sich kurz mit dem Schankwirt, dann traten sie zur Stammtischgesellschaft.

Der eine verbeugte sich leicht und sagte erst zur Runde, dann zu Jenns Merin: »Wohl bekomm's, die Herren! Bürgermeister? Wir sind Kuriere Seiner landsherrlichen Gnaden, des Kurfürsten Johann. Hier habe ich eine Depesche von unserem Herrn. Seine Gnaden möchten, dass dies umgehend bekannt gegeben wird. Würdet Ihr mir den Erhalt bitte bestätigen, damit alles seine Richtigkeit hat!«

Dies war keine Frage, sondern der Hinweis auf eine notwendige Formalität, gegen die es keinen Widerspruch gab. Jenns unterschrieb, die beiden Kuriere empfahlen sich und waren in Windeseile wieder weg. Es war wie Spuk. Nur die Depesche war dageblieben und sprach eine andere, höchst irdische Sprache.

»So muss ein Feme-Urteil überbracht werden!«, sagte Wittkop mit Ehrfurcht und Anerkennung in der Stimme.

Alle starrten ihn an wegen des abseitigen Gedankens, doch schon im nächsten Moment konzentrierte sich ihr Interesse auf Jenns, der sein Messer vom Gürtel nahm und sich an der Versiegelung zu schaffen machte.

Am Stammtisch im Großen Kaland dagegen zerbrach man sich derweil ebenfalls die Köpfe über die beiden ungleichen Besucher – diesen kleinen Bischofsgehilfen und diesen großen Wandschneider, den dicken Verdener und den dünnen Grazer, den leutseligen Generalvikar und den abweisend wirkenden Tuchkaufmann. Aber keinem, der sich den Mund über sie zerriss – und das taten sie alle, durch die Bank –, wollte es gelingen, stimmig ihre Vorliebe füreinander zu erklären.

»Sind fast wie Unzertrennliche!«, sagte Cord Schwichelt.

Der Ort hatte etwas Anheimelndes in den Zeiten des allgemeinen Niedergangs, der alle Brauer erfasst hatte, außer freilich den Karel Merin, dessen Haus mit reich geschnitzter und ausgemalter Prunkfassade durch die kleinen Fensterscharten herüberstrahlte. Mit dem war es in den letzten Wochen beständig aufwärts gegangen. Er saß auch am Tisch, denn mitunter gelüstete es ihn doch danach, zu hören, was in der Stadt geredet wurde.

Die Luft war stickig von den Ausdünstungen der massigen Leiber, denen vor allem der Grund- und Urstoff allen Lebens, das Bier, in feiner, charakteristischer Transpiration entströmte. Der Rauch aus dem großen offenen Herdfeuer mischte sich hinein, mit all den letzten überwältigenden Duftnoten, welche ein sich am Spieß drehendes Schwein setzen konnte, die beileibe nicht vollständig vom Schlot abgezogen wurden, da diesen die Trümmer eines langsam zerbröselnden Storchennests spürbar einengten. Das große Haus der Kalander war trotz dieses Umstandes nicht etwa baufällig. Es brauchte nicht den Vergleich mit den besten Häusern der Stadt zu scheuen. Schließlich zählten die obersten Kleriker zu den Mitgliedern, und die Gelder, die sie in die Gildekasse einbezahlten, waren recht erklecklich. Es herrschte nur im Lebenswandel der Brüder eine gewisse Nonchalance den Fährnissen und Erfordernissen des Alltags gegenüber ...

»Ach, lieber Bader, erzählt uns doch noch einmal, wie sie bei dir aufeinandertrafen!«, sagte der Mühlenaufseher Hans Rodensee.

»Haha, das war 'n lustiges Bild, fürwahr!«, willfahrte ihm Ludger Holtorf. »Stand da also der kleine Fettwanst von Generalvikar – mit nichts an außer 'nem Tuch, das ihn wie die Pelle die Blutwurst umspannte – und wollte eben in den Trograum, als ihm dieser hochnäsige Lulatsch von einem steirischen Wandschneider und Edelmann in die Seite stach. In die Quere kamen sie sich ja nich', sondern der Lange kam dem Kleinen in die Breite!«

»Hahaha!«, grölte alles im Chor, bei jeder vom Bader genau belauschten und abgeschilderten Station im allerersten Zusammentreffen der beiden. Und wie er die Situation schilderte, bis sie dann endlich im Wasser waren, ließ ihnen die Sache sehr plastisch und sehr komisch erscheinen.

»Ich kann Euch sagen, die haben ein Süßholz geraspelt, da hat's mir leider die Ohren verkleistert. War schier nicht herauszukriegen, was sie eigentlich gemeint haben, was sie gesagt haben, mir brummte so der Kopf, dass ich sie für sich hab plätschern lassen im Trog. Aber, was ich gehört habe, und was ich mir hab merken können, ist, dass sie um den Kopf des Malers würfeln wollten!«

»Tebel och!«, fauchte Schwichelt, dessen Schwester Tremelle schließlich mit Willem van Eyb verheiratet war.

»Das bestätigt, was mir ohnehin schon geschwant hat!«, murmelte laut hörbar der Mühlenaufseher Rodensee, der auch ein bisschen braute, aber nur für den Eigenbedarf. »Deswegen wohnen sie auch beim Soltmann und beim Kuden, das sind ja beides Freunde von Willem van Eyb. Die wollen sie bereden, dass sie auf den Maler einwirken.«

»Unsinn, der hat sich doch schon entschieden – ist doch vom Wandschneider geworben, gegen klingende Münze, hehe!«, sagte Grotian. »Hat er mir gestern Abend selbst erzählt.«

»Aber vielleicht überlegt er es sich noch? Trotzdem find ich's eigentümlich, dass der Steirer nicht gleich mit ihm abgezogen ist«, sagte Rodensee.

»Das ist nun so verwunderlich gar nicht – der Willem wollte halt den Niklas noch mal sehen und ihm auf Wiedersehen sagen. Wer weiß, ob er jemals wieder hierherkommt? Wenn der Grazer Kaufmann ihn mitnimmt, dann verschwindet er vielleicht irgendwann dahin, wo der Papst wohnt, das wollte er doch schon immer!«, meinte Schwichelt.

»Der hat scheint's Geld, das geht auf keine Kuhhaut! Kommt einfach durch die Gegend und schnappt sich einen Maler, weil dessen Bilder ihm gefallen. Ließ ihn den Kopf des Johannes kopieren, den Kopf einer heiligen Leiche! Kauft bei deinem Bruder die teuerste Seide ballenweise, und gibt heute ein Fest beim Niklas, für alle, die sich ohnehin die Katzen mit Geld stopfen…«, murrte Bruder Josef, der die Wirtschaft versah.

»Bist ja nur neidisch, dass sie nicht hier auftischen lassen, in Eurer feinen Wirtschaft, und Euch das Geld säckeweise bringen!«, feixte Schwichelt und sagte in abruptem Themenwechsel: »Was sagt Ihr zum neuen Braugehilfen vom Soltmann?«

»Ich sah ihn«, sagte Grotian, »und ich konnte mir nicht helfen, aber ich glaubte ihn sofort zu kennen. Das Dumme ist nur, dass ich trotzdem noch immer nicht weiß, wo ich ihn hintun soll …«

»Mir ging und geht es genauso«, sagte Rodensee. »Ich war noch sehr jung, als ich anfing, die Mühlen und die Brauer zu kontrollieren, aber irgendwie denke ich, ich hätte diesen Brauknecht schon damals gesehen. Es ist natürlich schwierig, einen, den man sah, als er vielleicht 15 war, mit 35 wiederzuerkennen und beschwören zu wollen, dass er es ist …«

Grotian hatte sinnierend zu diesen Worten genickt, jetzt sagte er: »Ich habe ganz ähnliche Schwierigkeiten mit der Erinnerung. Er mag wohl schmaler und schmächtiger gewesen sein, ein hochgewachsener, weder zu dünn noch zu dick geratener junger Mann. So ist mir der in Erinnerung geblieben, an den ich unweigerlich denken musste … Verrückt, Ihr wart damals noch ein, zwei Jahre jünger, als er von zu Hause wegging, was red' ich – als er vom Vater vertrieben wurde …«

»Wollt Ihr damit sagen … Aber nein, das ist doch ganz unmöglich!«, sagte Holtorf, der Bader. »Indessen … je mehr ich es bedenke: Ihr könntet Recht haben. Allerdings … wie verändert doch alles an ihm ist. Nein, ich will es noch nicht glauben.«

»Foltert uns nicht! Wen meint Ihr denn überhaupt?«, fragte Schwichelt.

»Ihr wiederum könnt ihn nicht kennen. Wir reden von Soltmanns älterem Sohn. Ich weiß den Vornamen nicht mehr …«, sagte der Bader.

»Kornelius!«, sagte der Münzwardein.

»Kornelius!«, echote Ludger Holtorf.

»Kornelius …«, stammelte Karel Merin entgeistert.

Es schien, als kröche langsam etwas durch seine Erinnerung. Als würde sich plötzlich eine Erinnerung einstellen, die einiges in neuem Lichte erscheinen und ihn etwas verstehen ließ, was bis zu diesem Moment unverstanden dagelegen hätte …

»Das war der, mit dem er … damals im Durchgang … konnte schon immer gut Stimmen machen, und hat daher gelacht wie ein Mädel, wie ein Kind …«

»Merin, was ist mit Euch? Ihr seht aus, als könntet Ihr Eure Gebühren für die Braupfanne nicht bezahlen.«

»Jetzt ist er vor lauter Erfolg irre geworden«, kicherte Rodensee. »Jetzt kommt wieder die Geschichte mit dem Geist vom ollen Soltmann …«

Sie lachten, und Karel stimmte verhalten mit ein, als er ihre neugierigen Blicke mit einem Mal auf sich vereint sah. Rasch ließ er seine Erinnerung fortgleiten und erzählte etwas Abseitiges, um sich selbst zu beruhigen und ihre Neugier zu stillen.

»Ach, nichts, ich entsann mich nur lebhaft meiner letzten Begegnung mit dem Knaben. Es war an einem der Steingräber – der alte Soltmann hatte ja einen Narren an den Kästen gefressen und grub und stocherte daran herum, weil er goldene Wendengötzen oder sonstige Schätze da zu finden hoffte. Ich werde damals kaum sechs Jahre alt gewesen sein. Es war am Fuß des Wolfberges, gen Cheine zu. Dort erzählte er uns Geschichten, denn das war sein Metier, da hatte er in der ganzen Stadt keinen, der es ihm gleichtat.«

»Ich begreife gar nichts mehr, kann mir nur denken, dass Ihr Euch irrt«, sagte Cord Schwichelt, das eigentliche Thema wieder aufgreifend. »Ein verloren geglaubter Bruder, der sich als Knecht ausgibt? Müsste Niklas ihn nicht erkennen? Was ist mit Mutter Marie? Was mit Kuden …?«

»Niklas kann ihn nicht erkennen, war noch zu klein, als er wegging. Aber Kuden und die Mutter, die würden ihn freilich erkennen. Sie schweigen, warum – weiß der Himmel …«

Zwei Männer traten ein, gefolgt von einem Schwall kalter Luft. Jetzt drehten und reckten die Sitzenden die Hälse und erkannten den Bürgermeister Jenns Merin und den alten Wittkop.

»Also ich bin dabei, wenn's drum geht, sie aufzumischen!«, sagte der eben – ein Ausspruch, der in ohren- und augenfällig komischem Widerspruch zu seinem Alter stand. Wenn der noch was aufmischte, dann bloß einen Trank gegen die Altersklapprigkeit. Aber irgendwas hatte ihn tatsächlich belebt.

»Jenns!«, fuhr Karel Merin hoch. »Was ist geschehen?«

Der erste Bürgermeister machte eine bedeutungsvolle Pause, bevor er verkündete: »Der Kurfürst hat seine Drohung wahr gemacht und will Biergeld erheben!«

»Wie viel?«, riefen alle, wie aus den Wolken rasselnd.

»Zwölf Pfennig die Tonne!«

Auf diese bedeutungsschwangere Verlautbarung hin herrschte lange vollkommenes Schweigen.

»Sapperlot!«, bemerkte der Münzwardein und seine Kiefer knackten wie eine Prägezange, wenn sie ganz durchgedrückt wurde.

»Da wird es nicht beim Murren bleiben, schätze ich…«, meinte der Bader.

»Werden Köpfe rollen!«, raunte Sluge.

Jenns Merin nickte mit betrübtem Blick.

»Wie schon in Tangermünde und Gardelegen und Stendal! Vom Altperver Tor kam die Nachricht, es sei einer von Gardelegen hier. Wollte sich hierher verfügen in den Großen Kaland…«

Wie auf Befehl öffnete sich die Tür, und Jenns Merin sprach: »Ja, das muss er sein, muss er in eigener Person sein, einen abgekämpfteren Burschen gibt's schwerlich: Bruder Wirt, eine Kanne für den Ankömmling und was zu beißen! Kann er's uns doch gleich selbst erzählen!«

Der Bursche war wirklich am Ende. Wie er da mit tiefen Schlucken einen Krug nach dem anderen leerte und wild um sich blickte, als kämen die Menschenhaufen mit den lodernden Fackeln, den Mistgabeln, Knütteln, Dreschflegeln und Piken, von denen er ihnen hastig nebenbei erzählte, jeden Moment durch die Fensteröffnungen gesprungen, ihm den Trunk streitig zu machen – nun, das war schon sehenswert.

Er war von Brandenburg gekommen und hatte den Aufstand miterlebt, als er in Tangermünde ausbrach.

»Kann's den Kurieren nicht verdenken, kann ihre Hast durchaus verstehen!«, verkündete er unheilvoll, während er mit einer ungestümen, nervösen Hast das Bratenstück verzehrte, das für ihn von dem im Hintergrund schmorenden schweinischen Spießgesellen abgesäbelt worden war.

»Was habt Ihr es denn so eilig? Was fürchtet Ihr? Was will denn der Haufe? Gegen wen ziehen sie?«

Eben war der letzte Fetzen reich gesalzenen und gepfefferten Fleisches im Mund dieses zweiten Gargantua verschwunden, dazu ein kleiner Wolfsberg von reich gewürztem, mit Petersilie ordentlich grün-braun gefärbten Linsen-Sellerie-Eintopf, doch er verlangte lebhaft nach mehr, so als sei es die letzte echt-irdische und *hout goute Spise*, die er zu Lebzeiten zu sich nehmen würde, bevor er sich ganz auf fade, indessen himmlische Unsterblichkeit verleihende *ambrosia* verlegen müsste.

»Fürchte, die machen keinen Unterschied mehr zwischen Gut und Böse, wissen es vor lauter Bier und Gegröle nicht mehr zu unterscheiden. Bin in Sorge um meine Familie, die draußen in Cheine sitzt. Will so schnell es geht raus und zu ihnen, aber vorher wollt' ich Euch noch sagen, was auf Euch zukommt!«

»Jetzt erkenne ich Euch – Ihr arbeitet beim Forstwart von Huene.«

»Ja, mein Name ist Mücke, Philipp Mücke. Also, ich bin in Tangermünde gewesen, wo mein Schwäher Wern Winneken Tuchmacher ist. Ich sage Euch, die wollen bloß die Gelegenheit nutzen, mal so richtig auf den Putz zu hauen!«

Und Mücke – der bei dieser Verlautbarung ausgesehen hatte, als hätte er in einen sauren Apfel gebissen – schilderte nun, munter fürderhin in sich einspachtelnd, wie es in Tangermünde angefangen hatte.

»Die Tangermünder Schicht hat nun vor zwei Tagen begonnen. Nachdem die Kuriere ihre frohe Botschaft im Rathaus abgeliefert hatten, waren die Räte erst völlig konsterniert. Keiner hat gewusst, wie das Volk reagieren würde, wenn ihr Bier von heute auf morgen fast ein Drittel mehr kosten sollte – und darauf läuft die Ziese praktisch hinaus ...«

»Zur Nachtzeit haben sich einige Räte und Bürger im Rathaus getroffen, zu einer verschwörerischen Versammlung – hinter dem Rücken der Bürgermeister und des übrigen Ratskollegiums. Wie man sich leicht denken kann, blieb die Versammlung nicht unbemerkt, denn das Tangermünder Rathaus steht ja völlig frei auf dem Markt. Die ehrlichen Räte haben sich dann auch morgens gegen die Verschwörer gestellt und das nächtliche Treiben scharf verurteilt, denn es störte den erhöhten Frieden der Nacht, der besonders für das Rathaus gilt. Ein wunderschönes Haus, fürwahr ... So ein Anblick ist stets geneigt, die Gemüter weiter aufzuputschen. Die Fassade mit ihrem Schmuck war denn auch wie eine Herausforderung für die Bürger, die sich gestern davor versammelten. Gut die Hälfte der Bürgerschaft stand auf dem Marktplatz und vor den Lauben im Erdgeschoss, angelockt durch ausgestreute Parolen, dass etwas im Gange sei und dass der Kurfürst ihnen eine Steuer verkündet, die dazu geeignet sei, sie gänzlich an den Bettelstab zu bringen.«

»Oh, das hört sich nicht gut an«, stöhnte Jenns Merin, und die anderen stimmten ihm zu. »Erst mal eine Runde zur Beruhigung!«

Mücke brauchte das Bier wie ein Fluidum, das ihn am Leben erhielt. Er goss den Inhalt des Kruges in sich hinein und fuhr fort, während die Zuhörer an seinen feuchten Lippen klebten: »Als jetzt die Räte zerstritten aus dem Ratssaal kamen, schwang sich einer der Bürger, der Clos Snider, ein kleiner Brauer, der seit zwölf Jahren in der Stadt lebt, zum Redner auf. Hach – wie malerisch das war!«

Mücke geriet kurz ins bierselige Schwärmen, als er sich dieser Szene entsann: »Er hing förmlich wie eine lebendig gewordene

Schnitzerei an der reichen Fassade und hatte nur eine Hand zum Gestikulieren. Einmal hat er die andere hinzunehmen wollen und wäre fast zu Tode gestürzt in seinem Eifer. Der Snider gewann schnell die Achtung und das Vertrauen aller, denn was er da von sich gab, berührte die Zuhörer. Der Unmut über alles Bestehende hatte sich so lange aufgestaut, und es gibt viel davon, das wird bei euch nicht anders sein. Die Geschäfte der bisher wohlhabenden Kaufleute und Handwerker stagnieren, die kleinen Leute und Armen sind ärmer als je zuvor, alle klagen und schäumen vor Wut, wenn irgendwo Reiche sich zeigen in ihrem Prunk – das war Wasser auf ihre Mühlen. Plötzlich sagte ihnen einer, dass sie ja nur die Waffen holen und schießen, schlagen, hauen, stechen müssten. Er hat es geschickt angestellt, denn er sagte nichts von *Krieg führen*, sondern nur von *Angst machen* und *Einschüchtern* und *Drohen*. Snider also verlangte von ihnen, dass sie sich mit Gewalt empörten, und jeden, der sich auf Kosten der bürgerlichen und unteren Stände bereicherte, in die Schranken wiesen. Das ging gegen den kurfürstlichen Erlass, aber auch gegen die Kanoniker und Mönche und Edelleute, die keine Steuern zahlen und mit höherem Profit brauen.«

Mücke setzte einen vollen Humpen an und trank ihn in einem Zug aus, um sich dann genüsslich mit dem dichtbehaarten Handrücken den Schaum vom Mund zu wischen. »Ihr könnt euch nicht vorstellen, was damit losgetreten wurde … Die vier Bürgermeister handelten, wie es für sie vorgeschrieben war: rote Köpfe, schrille Stimmen, vom brodelnden Unmut der Bürger zu letzter Anstrengung gezwungen, denn drunten auf dem Marktplatz brodelte es wie in einer Würzpfanne. Die Leute machten ein Geschnatter, dass es kaum zu übertönen war. Die Bürgermeister riefen umgehend – dies alles von den Fenstern der Ratsdiele aus – sämtliche Amtsträger der Stadt sowie die gemeinen Bürger, also die Nachbarschaftsaufgebote, dazu auf, den Aufrührer Snider und die nächtlichen Verschwörer zu packen und in' Turm zu werfen.«

Mücke machte eine dramatische Pause.

»Es kam ganz anders!«

Jenns und die anderen konnten kaum atmen vor Anspannung. Doch Mücke – in der kühlen Ruhe desjenigen, der um die Dinge weiß, während alle um ihn her in der Unwissenheit schmoren – ließ sich erst noch ein paar gekochte Eier, eine Blutwurst zu einem dick mit Butter bestrichenen Brotfladen sowie einen weiteren Humpen Bier schmecken, bevor er sich vom Schaum befreite und sprach: »Sie johlten und schrien und reckten die Knüttel und Piken, und nicht wenige hatten auch Büchsen dabei!«

»Oh Herr! Auch das?«

»Ja, man hätte sich zuvor nicht ausgemalt, wie viele Büchsen im Volk waren. Nun gut, sie waren da, hochgereckt in den Händen von ehrbaren Bürgern und Brauern. Und das, wo es doch normalerweise verboten ist, in der Stadt Waffen zu tragen. Die ehrlichen Bürgermeister und das nicht verschworene Ratskolleg verschwanden von der Bildfläche, kaum dass man mitbekommen hätte, wie … Der Snider war der Anführer, er sagte fortan, was Sache war. Tja, so hat das in Tangermünde angefangen!«

»Hing er denn immer noch mit einer Hand am Rathaus?«, wollte Cord Schwichelt wissen.

»Nein, er hatte es sich etwas bequemer gemacht und war auf den Marktplatz herabgestiegen. Ein Wagen mit Fässern voller *Taubentanz* stand da plötzlich, und obenauf der Snider und verkündete mit einer Stimme, die bis Gardelegen oder Stendal drang: Der Fürst ist in Soltwedel – dahin lasst uns jetzt ziehen!«

»Um Gottes Willen!«, entfuhr es allen.

»Was brachte ihn denn auf diesen grundverkehrten Einfall?«, fragte Karel Merin entgeistert. »Hier ist ja doch im Augenblick weit und breit kein Fürst zugegen …«

Mücke sonnte sich in der Rolle des Besserinformierten und schwadronierte weiter, bevor ihm klar wurde, dass auch er nicht alles wusste: »Irgendeiner hat ihm wohl erzählt, dass des Kurfürsten Diener nach Soltwedel unterwegs sei … fragt mich nicht, wer und wieso. Wieso? Ist er denn nicht hier? Der Fürst? Der Diener? Es soll ein Steirer sein …«

Vierundzwanzigstes Kapitel

Gastmahl im Soltwisch – Willem van Eyb über seine Kunst –
Eine aufschlussreiche Tatortskizze –
Lesung – An- und Überfall

Der Soltwisch glänzte in aller Wirtshausstubenpracht. Dampfende Altmärker Tiegelbraten standen auf den Tafeln. Fässer waren angestochen, und das Soltmann-Bräu war bereit, sich in die Humpen zu ergießen. Noch waren der Gäste nicht viele, und die Braten liefen Gefahr zu erkalten. Neben all den vielen Ratsmitgliedern und Gildenobersten waren die Pröpste von Soltwedel, der Propst Werner von Bortfelde und der Prior Johannes vom Stift zum Heiligen Geist eingeladen worden. Darüber hinaus waren die Bänke für jedermann frei, komme da, wer wolle.

»Lasst uns einfach beginnen, meine Freunde!«, sagte der Wirt und Hausherr. »Ich wünsche Euch einen gesegneten Appetit!«

»Und ich segne unser aller Appetit!«, ergänzte Vullo grinsend. »Mir ist es ganz recht, wenn nicht so viele kommen – denn mein Appetit ist der gesegnetste überhaupt.«

In diesem Moment kamen der Propst und der Prior vom Stift zum Heiligen Geist herein.

Niklas Soltmann erhob sich, die beiden wirklich sehr hohen Herren zu begrüßen, Vullo tat es ihm gleich, Waldenfels ebenfalls. Etliche niedere Geistliche mit hohem Durst und eine Menge gleichgearteter Bürger erschienen binnen kürzester Zeit, und so waren immerhin schon mehr als die Hälfte der Sitzplätze im Soltwisch belegt, als sie zu essen begannen.

Der Raum war langgestreckt und von den Herdfeuern und Unschlittlampen, den Kienspänen und Fackeln nur notdürftig erwärmt. Jetzt stieg die Temperatur mit jedem Ankömmling. Der Düsternis ward auf Waldenfels' ausdrückliches Geheiß durch rasch herbeigeholte Kerzen abgeholfen. Eine teure Angelegenheit, fand Niklas Soltmann, aber der Herr brauchte aufs Geld nicht zu achten. Vullo wollte nicht nachstehen und ließ ebenfalls mehr Licht in die Angelegenheit bringen.

»Jetzt haben wir es ja schon richtig luziferisch hell. Leider fehlt fast der ganze Rat«, raunte Waldenfels Vullo ins gerötete Ohr. »Diese Helligkeit ist verschwendet ohne die Herren Räte.«

»Selbst schuld, wenn sie nicht kommen«, meinte Vullo. »Überhaupt nicht trocken, nicht die Spur, dieser Tiegelbraten!«

Waldenfels ließ sich nicht vom Thema abbringen.

»Ob es einen tieferen Grund gibt für das Ausbleiben der Räte?«

»Ja, ihre Stammtische! Niklas Soltmann hat es vorhin gesagt: Sie zechen täglich des Nachmittags im Ratskeller und bei den Kalandern. Sie werden schon noch kommen.«

Vullo erzählte Waldenfels halblaut ein paar Einzelheiten über den Prior Johannes, dessen bürgerlicher Nachname Lammel war. Gebürtig in s'Hertogenbosch war er in die Schule des dortigen Fraterhauses gekommen und damit auch in die geistige Sphäre der Devotio Moderna und der ihr verbundenen Reformorden. Nach kurzem Schulbesuch in Deventer hatte Lammel die erste Profess im zur Windesheimer Kongregation gehörenden Kloster Höningen abgelegt und hatte einige unglückliche Stationen in den Klöstern Böddeken, Möllenbeck, dem Mutterhaus in Windesheim und Gnadenthal am Niederrhein hinter sich, bis er nach Soltwedel strafversetzt worden war. Angeblich hatte er seine Laufbahn fast im übermäßigen Biergenuss ersäuft, doch 1476, als er nach Soltwedel kam, schien er sich eines Besseren zu besinnen. Er stand sich gut mit Niklas Soltmann und dessen Freund, dem Maler, der schließlich ein Landsmann von ihm war. Sein Bier, das er im Perver braute, wurde von Kennern gleich hinter Soltmanns eingeordnet. Vom *Wallrapp* an dieser Stelle einmal nicht zu reden …

Über den Propst Werner von Bortfelde konnte Vullo nicht viel erzählen, er schien ein Landjunker von ziemlicher Borniertheit zu sein und nur in die Stadt zu kommen, wenn es etwas umsonst gab, wie an diesem Abend. Dabei bezog er vom Stift eine Geldsumme, die jenseits aller Vorstellung lag und deshalb von Vullo auch nicht erwähnt wurde. Er war eine massige, im Gesicht borstige und irgendwie wildschweinartige Kreatur, die in Samt und Seide höchst verkleidet wirkte. Dabei gab er sich fein und zart und stocherte in seinem Tiegelbraten herum, als müsste sich die Köchin persönlich bei ihm für ihren Angriff auf seinen Feingeschmack entschuldigen.

Willem und Niklas, die in den letzten Tagen nahezu unentwegt zusammen gewesen waren, hatten einander noch immer viel zu erzählen, und man sah, dass Soltmann aufblühte in Gegenwart seines Freundes. Des Malers Mäzen und der Generalvikar schienen beide ganz in ihre Braten vertieft.

Und völlig beiläufig klang daher Vullos Frage: »Sagt, Meister van Eyb, Ihr habt für Euren neuen Mäzen eine Reliquie gezeichnet…?«

»Ist das verwerflich?«, fragte Willem und erblasste.

»Seid unbesorgt, nein, nein… Ganz im Gegenteil – der Herrgott will Euch wohl, wie es scheint, dass er es Euch gestattet, solche getreulichen Skizzen zu verfertigen. Wollte er es nicht, würdet Ihr es schon zu spüren bekommen, da bin ich sicher. Nun habt Ihr gar ein Angebot erhalten, das Ihr schwerlich ausschlagen werdet, hab ich Recht?«

Waldenfels beugte sich vor und sagte, ein Bratenstück drohend auf dem Messer: »Hört nicht auf ihn, Meister, er will Euer Talent für den Bischof von Verden requirieren. Erklärt mir lieber, wie Ihr es empfandet, einen frisch Gestorbenen aufs Papier zu bannen.«

Willems Blässe, kurz entfleucht, kehrte zurück und intensivierte sich.

Niklas ließ vor Schreck fast das Messer fallen. Vullo starrte Waldenfels entgeistert an. Mit weniger Taktgefühl hätte man das Thema ja schwerlich anschneiden können…

»Oh, mein Gott! Wie konnte ich nur so gedankenlos sein – verzeiht!«

Niklas Soltmann, käsebleich, zwang sich ein Lächeln ab. »Ich bitte Euch, so tragisch ist es gar nicht. Auf nüchternen Magen wäre es was anderes gewesen. Da wir mit dem Essen so gut wie fertig sind, mag mein Freund ruhig über das Konterfei meines toten Vaters sprechen.«

Willem blickte ihn ernst an, bis Niklas ihm durch Augenschließen und schwaches Nicken zu verstehen gab, dass es schon in Ordnung sei. So sprach er: »Ich war ganz aufnehmend, ohne mich von Gefühlen beirren zu lassen. Nun kannte ich auch den Mann, der dort vor mir lag, nicht näher. Die wenigen Stunden unserer Bekanntschaft zählten kaum. Meine Zeichnungen sind so wenig Produkte des Zufalls, dass man in jeder einzelnen feststellen kann, wie das entsprechende Licht des jeweiligen Tages noch die Zeichnung durchdringt. Der Künstler muss die Natur besitzen. Er muss sich mit ihrem Rhythmus identifizieren. Wenn ich mir heute die Zeichnung wieder anschaue, die ich damals von Niklas Soltmanns Vater anfertigte, so steht wieder alles vor mir, als sei es gestern gewesen. Meine Zeichnung war kalt, war nicht von jener Einfühlungskraft getragen, die der Malerei unabdingbar ist. Sie war nur eine mechanische Wiedergabe, die man auch mittels Regiomontans Pantographen von jenem Corpus hätte abnehmen können.«

Vullo nickte, doch Waldenfels wiegte das Haupt.

»Wo ist diese Zeichnung, ich würde sie zu gerne einmal sehen.«

»Wenn Ihr sie zu kaufen beabsichtigt, so muss ich Euch enttäuschen«, sagte Willem. »Ich habe sie dem Sohn des Gezeichneten geschenkt.«

»Potztausend, Willem – du hast sie damals nicht einmal mit deinem Namensinitial versehen ...«, sagte Niklas. »Heute dünkt mich der rechte Zeitpunkt, dies nachzuholen, denn ich werde sie mir zur Mahnung ins Kontor hängen, wo schon so viele Bilder von dir hängen.«

Vullo und Waldenfels konnten ihre Neugier kaum mehr bezwingen, als Niklas aufstand und die Gesellschaft verließ, um die Zeichnung zu holen.

»Die Räte kommen nicht«, raunte Waldenfels.
»Doch, sie werden kommen, da bin ich sicher«, erwiderte Vullo und setzte leise hinzu: »Mir fällt seltsamerweise dauernd dieser Ölweidenhain wieder ein …«
»Geduldet Euch noch einen Augenblick. Gott würfelt nicht, wenn es darum geht, unsere Aufmerksamkeit zu lenken. Es hat seinen Grund, dass Ihr Euch das gerade jetzt fragt. Ich glaube, dieser Teil unseres Rätsels löst sich gleich …«
Unterdessen war Niklas Soltmann wiedergekommen, und mit ihm Heiko Kuden, sein Kompagnon. Vier Augen tasteten sogleich zur Zeichnung in Soltmanns Hand, um indes erst nur zu sehen, dass das Papier gebräunt und an den Ecken runzlig geworden war.
»Hättet von meinem Bütten haben müssen«, lachte Kuden, der einige kleine Bücher in der Hand hatte. »Sähe heute noch so aus wie damals!«
Willem begrüßte ihn freudig.
Kuden sagte: »Verzeiht meine Verspätung, ich habe noch etwas ganz Frisches mitgebracht, aus dem wir auch noch einen Auszug hören werden! Mein Drucker ist eben erst damit fertig geworden. Die Schwärze feuchtet noch, daher Vorsicht …«
Damit gab er den vieren seine Mitbringsel.
»Oh, riecht das gut!«, sagte Vullo, die frische Druckschrift unter der Nase, und las laut den Titel: »*Der Bierkrieg.*«
»Lest nur noch die Dedikation auf der folgenden Seite!«, forderte der stolze Verleger ihn auf.

Für den Generalvikar
seiner Magnifizenz des Bischofs von Verden,
Hochwürden Dechant Vullo, zur Erinnerung an seinen
höchsteigenen Aufenthalt in der alten Stadt Soltwedel
Anno Domini 1488

Vullo war zutiefst gerührt und bedankte sich mit einer überschwänglichen Umhalsung Kudens.

»Das nenne ich eine treffliche Überraschung! Ich bin sehr begierig zu erfahren, was darin steht und von wem es stammt.«

»Zwei Fragen, die sich gleich von selbst beantworten, denn ich habe den Verfasser selbst gebeten, etwas daraus vorzutragen.« Und damit erhob er die Stimme: »Hannes Genz! Lest uns etwas zum Thema! Zum Thema, das uns hier alle beschäftigt – dem Bier! Euch allen ein Prosit – das Broschürchen ist übrigens zum Preis von einem Groschen bei mir käuflich zu erwerben!«

Vullo starrte Waldenfels an, der die Schultern hob. Er hätte jetzt auch gerne die Zeichnung in Augenschein genommen, aber für den Moment konzentrierte sich aller Augenmerk auf den neuen Brauknecht, dessen Talent für Sprache und Dichtung längst in aller Munde war. Der Torwächter, der ihn in die Stadt eingelassen, hatte seinen Ruf bereits verbreitet, denn er hatte seine Ankündigung wahr gemacht und einigen Wachen drei Tage zuvor *alles über die Damen von Paris und über die Huren von ganz Frankreich* erzählt. So waren nun alle gespannt, was er ihnen aus Kudens neuer Schrift vorlesen würde. Blass sah er aus. Unsicher schaute er zum Prior des Stifts zum Heiligen Geist. Johannes blickte ihn ernst, aber keineswegs unfreundlich an. Schreckte ihn die Gegenwart so vieler hoher Herren und kirchlicher Würdenträger?

Genz stockte, und in die Mienen seiner gespannten Zuhörer, die nach diesem schönen Beginn strahlten vor Wohlwollen und froher Erwartung, kam ein Bruch. Was hatte er? Er sah den Prior Johannes an. Der hochgewachsene, schlanke Mann war schon im weit fortgeschrittenen Alter. Für gewöhnlich sah man Johannes Lammel nur ausgeglichen und ruhig. Jetzt hatte er sich erhoben, glutrot im Gesicht.

»Dieb!«, zischte er Hannes Genz an. »Gemeiner Dieb!«

Vullo hatte es als Erster bemerkt und stieß Waldenfels in die Rippen.

»Was geht da vor?«, fragte Niklas. »Was hat er?«

Der Prior schwankte. Es konnte kaum am Trunke liegen, denn er schien sein Bier gar nicht angerührt zu haben.

»Was will er damit sagen?«, fragte Vullo.

Der Brauknecht war abrupt zu Boden gesunken, wo er höchst eigenartige, zuckende Bewegungen vollführte. Dann begann er, fürchterliche, höllische Laute auszustoßen, so dass sich alle bekreuzigten.

»Er ist vom Teufel besessen!«, schrie einer.

»Heiliger Valentin, wir erbitten deine Hilfe!«, sprach dagegen Vullo und sprang eilends dem Fallsüchtigen bei.

Er riss sich sein Wams vom Leib und schob es unter den wie wild über den Boden schlagenden Kopf.

»Maria Mutter Gottes, der du bist voller Gnaden!«, sprach Marie Soltmann und assistierte dem Generalvikar, der bemüht war, den am Boden Rasenden von den Tischen fernzuhalten, damit ihn kein herabfallender Bierkrug erschlüge.

»Es ist Euer erster Sohn Kornelius, nicht wahr?«, fragte Willem van Eyb, der ebenfalls herangekommen war und das Geschehen genau beobachtete, mit der gleichen unpersönlichen Manier, mit der er alles betrachtete.

Sie nickte, während ihr die Tränen über die Wangen liefen.

»Mein Bruder?«, stammelte Niklas Soltmann, der seiner Mutter zur Hilfe geeilt war.

»Wie seid Ihr darauf gekommen?«, fragte Waldenfels, der jetzt neben van Eyb und Niklas Soltmann kauerte.

»Cleji Schneider mit seinem englischen Hund, mit dem ich am Morgen jenes Tages am Wolfsberg frühstückte, erzählte mir von Niklas' fallsüchtigem, verstoßenem Bruder.«

»Ich glaube zu begreifen«, murmelte Vullo, »warum er damals verstoßen wurde. Wegen seiner heilig-unheiligen Krankheit.«

Marie Soltmann lachte.

Heiko Kuden kniete plötzlich neben ihr, legte ihr den Arm um die Schultern und sagte: »Kornelius hat den *Rotmann* geschrieben und dem Alten darin einen hübschen Streich gespielt ...«

»*Abraxas*«, sagte Waldenfels. »Ich habe die Geheimschrift im *Rotmann* spaßeshalber entschlüsselt.«

»Er hat natürlich nicht die richtige Bierrezeptur veröffentlicht, er wollte nur, dass der Alte sich ärgert. Schließlich hatte er es geschrieben, bevor der Vater ihn von sich wies.«

»Er hat es Euch direkt gegeben, nicht dem Vater, der es weiterverkaufte?«

»Stimmt. Ich hab es mit Freuden gedruckt. Kristof Soltmann hat den Spaß Zeit seines Lebens gar nicht mitbekommen.«

»Da gibt es andere Beobachtungen«, widersprach Waldenfels. »Karel Merin will ihn in jener Nacht im Durchgang zu Eurem Grundstück vom Stabensteg aus gesehen und zu einer Frau *Abraxas* sagen hören haben ... Er müsste also in dem Fall von dem Scherz gewusst haben.«

Kuden lachte.

»Unfug. Karel trank sich damals einen Pelz, damit ihm der Narr nicht erfror ...«

»Wie bitte?«, fragten Vullo und Waldenfels.

»So sagt man, wenn einer so viel trinkt, dass er zum Fass- oder Bockreiter wird.«

Die Zuschauer und Zuhörer im Raum tranken und schnauften, tuschelten und zeigten und konnten sich kaum einkriegen über all die Dinge, die da plötzlich aufs Tapet kamen ...

»Dürfte ich jetzt einmal die Zeichnung sehen?«, bat Waldenfels.

»Bitte, hier!«, sagte Niklas Soltmann und reichte sie ihm.

»Sieht friedlich aus, eher bewusstlos, als sei er noch am Leben. Habt Ihr damals bemerkt, dass er noch atmete?«

»Nein«, sagte Niklas Soltmann. »Ich nicht, du etwa?«

»Nein, das wäre mir beim Zeichnen aufgefallen.«

»Es gibt Zustände, in denen der Ohnmächtige eine ganz flache Atmung hat, die keiner sehen kann, der nicht ein Stück Glas oder eine Klinge benutzt, um sie dem vermeintlich Toten vor den Mund zu halten. Lebt derjenige noch, so beschlägt sie.«

»Seht nur, das Amulett! – Etwa das ... Abraxas-Amulett?«, fragte Vullo.

»Sieht ganz danach aus«, meinte Waldenfels.

»Was aber sind denn das da überall für merkwürdige Knittel?«, sinnierte der Generalvikar, die Zeichnung mit den Wurstfingern aufnehmend und nahe vor sein von Tiegelbraten und Bier gerötetes Gesicht haltend.

»Keine Ahnung, sie lagen überall an der Stelle. Nun, da Ihr's sagt … deucht mich's auch absonderlich«, meinte Willem van Eyb. »Beweis dafür, was ich vorhin sagte: Beim Zeichnen verhalte ich mich rein aufnehmend, ohne zu denken.«

Vullo schlug sich vor die Stirn: »Die Ölweiden!«

Alle starrten ihn an.

»Ganz genau die! Hochachtung, Hochwürden! Ich wusste, dass Ihr noch von selbst draufkommt«, sagte Waldenfels. »Der Komtur der Johanniter in Werben erzählte mir von einem Sack Paradiesbaumbeeren, der an einem der Tage unmittelbar vor der Würzweihe 1476 gestohlen wurde. Der Dieb ist damit bis vor die alte Stadt Soltwedel gezogen, wo er am 14. August 1476 zwei Augustiner-Chorherren beraubte. Was Heiko Kuden eben verlegte, ist eine Geschichte, die dem Prior Johannes gehörte. Daher empört er sich jetzt. Und da liegt der Dieb.«

Kuden zuckte zusammen. Johannes nickte und sah auf den augenscheinlich schlafenden Kornelius hinab.

»Kornelius Soltmann traf am Nachmittag des folgenden Tages im Gewitter auf Kristof Soltmann. Aus Schreck oder Nachlässigkeit, im Handgemenge oder durch einen Sturz bekam der Sack Paradiesbeeren, den er gestohlen hatte, einen Riss, woraufhin er die kleinen Samen verstreute. Die hierzulande bis dahin unbekannte Baum- oder Strauchart wächst draußen noch heute! Kornelius lief in Richtung Stadt und bog dann in die Ringbahn der alten Landwehr ein. Er pflanzte unabsichtlich eine Ölweidenspur, die von Jahr zu Jahr mächtiger und höher wird.«

Der am Boden Liegende ächzte.

»Seinem nominellen Erzeuger …«, sagte Kornelius, der schon mit offenen Ohren dagelegen hatte, und drehte sich langsam auf den Rücken, verschränkte auch, als döse er an einem Sommernachmittag am Flussufer, die Hände hinter dem Kopf.

»Kristof Soltmann war so wenig mein wahrer Vater, wie er der deine war, mein lieber Bruder!«, sagte er zu Niklas.

»Was willst du damit sa…«, stammelte Niklas.

»Es ist das, was ich ihm damals im Gewitter am Ufer ins Gesicht sagte, nachdem ich ihm erschienen war wie ein Geist und«, er kicherte, »so tat, als hätte ich gerade das Fallen… Darob traf ihn der Schlag – nicht der Blitz, sondern der Nervenschlag. Er fiel in eine merkwürdige Starre, aber er war nicht tot, als ich ihn verließ.«

»So halt doch ein…!«, sagte Heiko Kuden flehentlich.

Marie Soltmann dagegen nickte Kornelius aufmunternd zu: »Es ist an der Zeit.«

Marie Soltmann und Heiko Kuden hielten sich umschlungen, als fürchteten sie, dass die versammelte Geistlichkeit sie umgehend wegen perennierenden Ehebruchs ins offene Herdfeuer schöbe.

Kornelius stand zitternd auf und sagte mit fester Stimme: »Was ich ihm eröffnete, war schlicht, dass nicht er unser Vater ist. Ich erkannte an seiner Reaktion, dass er dergleichen nie zuvor vermutet hatte.«

Ein Raunen ging durch die Menge der Anwesenden.

»Hast du ihm auch gesagt, wer dein Vater ist?«, fragte Heiko Kuden, und aus der Art, wie er es fragte, konnte jeder ablesen, dass er es war… Darum hatten Marie und er Kornelius nach so vielen Jahren nach außen als Wildfremden behandelt. Sie hatten es freilich weiter verheimlichen wollen.

»Dann warst du der Teufel, den Kar…«, stotterte Kuden.

Er stockte, und alle fragten sich, was er wohl hatte sagen wollen, doch die Aufmerksamkeit hatte keine Zeit, sich auf diese Frage zu konzentrieren, denn unvermittelt stürzte ein Mann in die Wirtsstube, in dem nun alle, bis auf Vullo und Waldenfels – die ihm nie zuvor begegnet waren –, Cord Schwichelt erkannten.

»Was ist mit Cleji? Wer hat das Geld genommen?«, kam wispernd Vullos Stimme, aber keiner hörte ihn.

Alle hörten und sahen nur den aufgelösten Schwichelt.

»Ihr müsst Euch retten! Der Haufe kommt, Euch alle totzuschlagen!«

»Schwäher Cord – was redest du da?«, fragte Willem van Eyb.

»Bierziese … Mücke … Snider …«

Schwichelt rang nach Luft und musste erst mit sanfter Gewalt auf einen Hocker gedrückt und mit einem Humpen Bier versehen werden. Alle hatten sich um den Trinker geschart, der in großen Zügen den gewaltigen Krug bis auf den Grund leerte, wobei ihm ein Gutteil übers Wams lief.

»Der Kurfürst hat eine Biersteuer ausschreien lassen, vorhin kamen die Kuriere aufs Rathaus, als einige Herren Räte, darunter Bürgermeister Jenns Merin, dort noch saßen, bevor sie gemeinsam hierher zu Euch gehen wollten.«

»Herrgott! Wie viel?«, kam es aus allen Mündern, denn das fiel ihnen zuerst zu fragen ein, weil sie es für das Wichtigste hielten.

»Zwölf Pfennig die Tonne!«

»Maria hilf! Jetzt ist's geschehen … Die Apokalypse!«

In ihr allgemeines Gemurre, Gejaule, Geheule hinein setzte Schwichelt seine Erzählung mit erhobener Stimme fort: »Mit der Nachricht ist Merin mit Gefolge dann aber erst zu seinem Bruder Karel in den Großen Kaland. Da kam dann eine weitere Hiobsbotschaft!«

Er trank hastig aus.

»In Tangermünde ist ein Aufstand losgebrochen, schon vor zwei Tagen. Einer, der vor den Aufständischen floh und beim kurfürstlichen Forstaufseher von Huene arbeitet, im Cheiner Holz, hat es dann haarklein berichtet. Und dann … und dann … u …«

»Bring noch einen Krug! Rasch, es klemmt ihm die Rede«, rief Niklas seiner Mutter zu, die sogleich mit dem schäumenden Elixier herannahte, welches unverzüglich den Weg allen Bieres ging, das Cord Schwichelt vor Augen gestellt wurde. Kornelius wurde währenddessen allseits bestaunt wie ein Weltwunder.

»Euer Herr, hä? Augenmaß – Nähe zum Volk – rechter Zeitpunkt, hä?«, höhnte Vullo flüsternd Waldenfels zu.

»Die Wege des Herrn sind unergründlich, Hochwürden. Hätte Gott das nicht ohnehin alles besser abwenden sollen … Ich kann mir nicht helfen – Schlagfluss klingt so suspekt wie Blitz …«

Vullo wiegte den Kopf.

»Vielleicht ist es nicht die ganze Wahrheit? Oder doch die Wahrheit, soweit Kornelius sie kennt. Aber was hilft es überhaupt, jetzt noch an den Soltmann-Fall zu denken? Ich denke, nach außen hin ist alles klar: Er sah den vermeintlichen, verstoßenen Sohn, der wie ein Geist auftauchte, bekam den Fluss und aus!«

Sie hatten beide keine Zeit zum weiteren Plausch, denn der Trinker hatte auf dem Grund des Kruges seine Rede wiedergefunden und schloss jetzt hastig seinen Vortrag ab, der ja schließlich eine Warnung sein sollte.

»Die Herren argwöhnen in Euch allen eine einzige Verschwörerbande aus Adel«, sagte er zu von Bortfelde hin, »und Geistlichkeit«, damit wandte er sich an die anwesenden Kanoniker, den Prior Johannes und an Vullo. »Und Euch, Niklas, sehen sie in augenfälliger Verbrüderung mit dem Generalvikar und dem … kurfürstlichen Diener Waldenfels!«

»Was? Der Teufel! Hol mich doch! Der was? Diener des Kurf…?«

Ein Aufschrei torkelte, vom Bier verlangsamt, durch die Menge. Um Waldenfels bildete sich ein deutlicher Freiraum.

Nur Vullo blieb bei ihm stehen und sagte bedauernd: »Jetzt ist zu allem Unglück Euer Inkognito noch zum Kognito geworden!«

Waldenfels verlor deutlich an Farbe, wie Willem van Eyb bemerkte, bevor er sie selbst verlor und in die allgemeine erste Verblüffung hinein fragte: »Oh Gott! Sagt, hat wenigstens der Bischof ein echtes Interesse an meinen Bildern?«

Waldenfels sagte mit deutlicher Resignation in der Stimme: »Jetzt ist sie also raus – die Ziese-Erklärung … Es hätte wahrlich keinen besseren Zeitpunkt geben können. Wo wir doch noch keineswegs am Ende sind mit unseren Ermittlungen.«

Wieder so ein gemeinnütziges Stichwort...

»Ermittlungen?«, fragten Niklas, Marie und Kuden wie aus einem Mund.

»Das nenne ich ausgefeimt... halten zu Gnaden, Hochwürden... aber Ihr seid ein Fuchs! Ausgefuchst...«, sagte Niklas. »Uns so hinters Licht zu führen.«

Alles rannte zu den Fensterläden, die aufgestoßen wurden. Von draußen drang flackernder Lichtschein. Waldenfels gelang es, einen Blick hinauszuwerfen. Es näherte sich ein größerer Haufe Volks mit Fackeln.

»Sie sind noch weit weg! Man sieht nur den Widerschein und hört ihr Johlen. Es sind sehr viele...«

Vullo, zu dem Waldenfels dies gesagt zu haben glaubte, war im Gedränge abgetaucht.

»Wenn Ihr Euch jetzt nicht bequemt zu fliehen, dann kann man Eure Bälge morgen am Tor zum Kornspeicher bewundern!«

Schwichelt hatte damit ein gutes Schlusswort gesprochen, das alle Anwesenden verstanden. Draußen in der Gasse brauste es. Lichter flackerten an den gegenüberliegenden Hauswänden.

»Oh Herr, sie kommen vom Haken her in die Mühlenstraße, andere übern Stabensteg... Oh Herr, meine Papiere, meine Druckerei, mein...«, heulte Kuden.

Niklas rüttelte ihn.

»Mensch, komm zu dir! Sie stecken nichts an, so blöd können sie nicht sein. Es wär ja ihr eigenes Verderben, denn die ganze Stadt würde niederbrennen. Was sie verwüsten, werden sie ersetzen müssen, denn sie tun Unrecht...« Laut sagte er zu allen: »Hinten raus, schnell, schnell! In den Hof! Weg von den Fensterlöchern! Verbarrikadiert sie mit Tischen und Bänken! Rollt die Fässer in den Einlass!«

Niklas Soltmann befahl wie ein zweiter Alexander: »Wir gehen am Kornhaus vorbei durch den schmalen Schlauch! Wir nehmen die großen Leitern, die dort liegen, und steigen über die Mauern ins Feld, dann laufen wir Richtung Perver, beeilt Euch!«

Der Prior Johannes visierte schon die Luftlinie zu seinem Stift an. Es leuchtete unmittelbar ein, dass es unter den gegebenen Umständen keinen anderen Weg gab.

»Mein Gott, wo ist Vullo?«, entfuhr es Waldenfels, als er schon auf der anderen Seite der Wehrmauer im Feld stand.

»Noch nicht! Der Generalvikar fehlt noch!«, rief er dem oben hockenden Kuden zu, der als vermeintlich Letzter eben begann, die Leiter von der Innenseite der Mauer hochzuziehen, während ihm die Tränen über die Wangen liefen, denn er hörte die Meute johlen, hörte sie klopfen und hämmern, und sah im Geiste vor sich, wie die Meute Niklas' und sein eigenes Lebenswerk zu Klump schlug…

»Ich sehe ihn – da unten kommt er!«

Es war ein Bild für die Götter, fand Waldenfels, wie sich die gedrungene Gestalt Vullos mühte, über die Mauerkrone zu kommen. Endlich hatte er es geschafft, wobei er nur um Haaresbreite den Absturz ins Feld vermied.

»Uff!«

»Was habt Ihr denn noch so dringend holen müssen? Euer Reisebesteck?«

Waldenfels war wütend.

»Verlangte es Euch nicht nach spannender Lektüre? Das hier musste mit – ich fand es vor Tagen schon, als ich das Kontor des alten Soltmann einer gründlichen Durchsuchung unterzog. Es ist eine kleine Abhandlung, die zur Abwechslung mal wirklich vom Alten zu stammen scheint. Ich fand, es durfte nicht verloren gehen.«

»Lasst mich raten: Es handelt vom Bierbrauen?«

»Falsch – das ratet Ihr nie: Es dreht sich um die Wenden und ihre Götzen. Er hat wirklich Forschungen betrieben. Scheint druckreif zu sein. Aber…«

Vullo vergewisserte sich, dass Kuden weit genug voraus war, um zu den Übrigen aufzuschließen, und sie somit nicht hören konnte.

»... sein Nachbar Verleger hat's anscheinend nicht drucken wollen!«

»*Über die Götzen der Wenden und ihre Zauberpraktiken und wie man sie sich zunutze mach'*... Komischer Titel!«

Sie kamen an die Landwehr, wo sich der Pulk der Flüchtenden kurz staute. Der Propst von Bortfelde zog es vor, seinen Landsitz aufzusuchen. Die meisten der übrigen Gäste, die es nicht geschafft oder gewagt hatten, vor Ort zu bleiben und sich auf die Seite der Aufwiegler zu schlagen, blieben an seiner Seite.

»Gott schütze meine Pfründe!«, sagte er zum Prior Johannes, bevor er sich mit seinen Gefolgsleuten in die Büsche schlug.

Fünfundzwanzigstes Kapitel

Bierpredigt in der Stiftskirche zum Heiligen Geist – Braupfannensitzung – Das Brausen auf den Stiegen – Der Geheimgang – Mücke aus Cheine

Nicht alle waren beim Klettern so glücklich unbeschadet geblieben wie Vullo. Tremelle van Eyb hatte sich beim Sprung von der Leiter den Knöchel verstaucht und ihr Mann hatte sie den ganzen Weg bis ins Stift im Perver getragen. Dort kümmerten sich Marie Soltmann und Hanna Slaberndorp im Domestikenhaus um sie, wo der Maler mit Frau und Kindern einquartiert war. Prior Johannes sah sich somit von der leidigen Pflicht befreit, die Frauen und Kinder gestrenge aus dem Bannkreis der Klausur weisen zu müssen.

Im kalten Rondell der Heilig-Geist-Stiftskirche, unter einem pittoresken eng stehenden Pfeilersystem, saßen der Prior, die übrigen Konventialen, der Generalvikar des Bischofs von Verden – den sie alle bereits von seinen sehr oberflächlichen Visitationen kannten –, der ominöse, allen plötzlich unheimlich gewordene Waldenfels sowie Niklas und Kornelius Soltmann, Heiko Kuden, Willem van Eyb, Cord Schwichelt und Kurt Slaberndorp. Sie hatten gleich nach dem Eintreffen schwer geschuftet und die Zugänge zum Stift so gut es ging verrammelt.

»Das ist höchst kurios«, hatte Vullo gekeucht, neben Waldenfels ein Barrikadenfass hinters geschlossene Tor des Wirtschaftshofes rollend. »So haben sich die Brüder vor bald zwanzig Jahren gegen ihre Ordensoberen abgeschottet, die ihnen vorwarfen, zu saufen, zu huren und das Gebet zu vernachlässigen statt zu leben, wie der Saubermann Augustinus es vorschreibt!«

»Und – hatten sie? Zu wenig gebetet und so weiter?«

»Nun … ich kann es nicht sagen, ich war nicht dabei. … Schade eigentlich«, fügte er nach einer kleinen Pause hinzu.

Jetzt froren sie seit einer halben Stunde im kalten Rondell, wo Prior Johannes eine Bierpredigt gehalten hatte, in der er zuerst die Segnungen der flüssigen Götterspeise *ambrosia* beschrieben – selbige mit dem Soltwedeler Bier gleichgesetzt – und dann Gott um Vergebung angefleht hatte für allen Missbrauch und alles Elend, das aufgrund der menschlichen Torheit und Sündhaftigkeit daraus hervorgehen konnte. Der Prior hatte die Gelegenheit wahrgenommen, für seinen *Bierkrieg* vor Gott Abbitte zu leisten, in welchem die Bierstädte der Altmark unter den Fahnen ihrer jeweiligen gewichtigsten Biere gegeneinander aufmarschierten, wie Waldenfels im Kienspanlicht heimlich und vergnügt in der Kirchenbank gelesen hatte – wobei natürlich Soltwedel mit dem Soltmann allen obsiegte. Der vorzeiten so gewaltsam bestohlene Johannes verzieh Kornelius den einstigen Überfall und bettete somit – nachdem Vullo in Vertretung des Bischofs in einem Schnellgericht dem Reumütigen eine inskünftig zu entrichtende Geld- und Gebetsstrafe auferlegt hatte – allen Streit und Unfrieden innerhalb der Stiftsmauern zur Ruhe. Damit war der wichtigsten Regel des Augustinus Genüge getan: Eintracht halten. Das war jetzt auch sehr nötig, denn die Zukunft sah nicht rosig aus. Johannes bat den Allmächtigen um Beistand. Sie beteten gemeinsam das Vaterunser, bevor sie das tempelartige Gotteshaus verließen. Die Märznacht war kalt, über die Pfützen wuchsen Eishäute.

»Setzen wir uns ins Brauhaus!«, sagte der Prior Johannes. »Nach der Aufregung haben wir uns einen Schluck verdient. Außerdem ist es dort warm. Unter den Pfannen ist Glut, denn der dritte Märzen-Brau muss noch kochen.«

Der Prior war noch immer bei seinem Thema, dem Bier. Auch wenn der Titel seines humoristischen Werkes seit Stunden auf so schreckliche Weise handfeste Bedeutung bekommen und er bereits die durchaus schädlichen Wirkungen des Bieres in seiner Predigt hinlänglich zur Sprache gebracht hatte, konnte er nicht umhin, sich ganz verliebt über seinen Nutzen, seine richtige

Anwendung und über die Gelehrsamkeit auszulassen, die zu seiner Bereitung notwendig waren.

»Vor allem muss es aus gutem Malz gebraut sein! Auch muss es wohl gekocht haben, wenn es unserm Leibe wohl bekommen soll. Man muss es weder zu frisch noch auf die Neige trinken, damit es nicht den Magen beschwere und Durchlauf oder Kolik hervorrufe. Besonders müssen die, welche vom Steine geplagt werden, sich sehr dafür in Acht nehmen, denn das frische Bier verursacht viel Wind und dehnet die Eingeweide aus. Wer frisches Bier trinkt und dazu etwas Blähendes isst, wird eine unruhige Nacht haben, wenn er nicht gar Schlimmeres erlebt. Fette haben schon den Löffel abgegeben, weil ihr Herz es nicht geschafft hat. Fetten ist es nicht dienlich, viel Bier zu trinken, dagegen bekommt es Mageren und Ausgetrockneten wohl. Indes, wenn man einmal im Überfluss gesündigt hat, so ist die Gefahr von gutem Bier geringer und leichter zu überwinden als von Wein. Hieraus erhellt, wie viel Kunst, Erfahrung und Aufmerken erfordert wird, auch aus guten Materien gutes Bier zu machen. Bei uns gibt es viele, doch nur wenige halten Stand. Das *Garlei* stopft stark, der träge *Klaus* macht uns müde und schlaff, die *Mumme* aus Braunschweig dient zur Mattigkeit und nimmt die Säure, aber sie schadet den Nerven. *Breyhahn* macht die größte Wassersucht, und … ach, reden wir nicht vom *Einbecker* … Der *Wallrapp* wird zu hoch gelobt, der *Soltmann* geht doch über alles! Kommt aber jetzt, Meister Soltmann, und gebt Euer Urteil über unser Gebräu ab … Es ist nicht die Welt, aber wir mühen uns ehrlich!«

Und so kamen sie endlich ins Warme.

»Ich beginne diese Braupfannensitzungen langsam zu schätzen – erst bei Merin, jetzt hier – es hat so was Urchristliches«, sagte Waldenfels.

»Ein flüssiges Abendmahl …«, führte der Prior den Gedanken fort, während sie die stark gehopfte Atmosphäre des Sudraums betraten, »… an geweihter Stätte. Und alles, was hier brodelt, ist bei der Würzweihe des göttlichen Segens teilhaftig geworden.«

Sie holten sich einige einfache Holzbänke und rückten an die gelinde Wärme, die von der Sudpfanne ausging, genüsslich den überwältigenden Duft inhalierend, der aus den trüben Würzfluten aufstieg.

»Am 14. August vor zwölf Jahren … Man entkommt diesem Datum nicht. Tut mir leid, aber es gibt da etwas, das ich einfach erfahren muss …«, sagte Waldenfels und wandte sich an Kornelius: »Was geschah, nachdem Ihr Kristof Soltmann durch Euer Erscheinen und Eure Offenbarung zu Boden gezwungen hattet? Wir wissen, dass Cleji Schneider, der damalige Brauknecht, bei Euch war, dies wird durch die Aussage Eures wahren Vaters, Heiko Kuden, und Karel Merins bestätigt.«

Bevor Kornelius antworten konnte, fragte Niklas: »Was hattet ihr beiden da eigentlich wirklich zu schaffen? Das frage ich mich, seit Ihr im Rat davon erzähltet.«

Kuden druckste herum.

»Keine Ahnung, das ist schon so lange her, es ging um künftige Geschäftsverbindungen. Wir hatten einen Ausritt unternommen zu Merins Hütte am Wolfsberg. Ich habe dich gesehen und Willem, außerdem Cleji, Kornelius – wie ich inzwischen weiß – und Soltmann senior, wie er am Boden lag.«

Niklas lächelte.

»Ich weiß schon, du wolltest Kerstin und Karel zusammenbringen. Darüber hast du mit ihm geplaudert, gib es endlich zu!«

»Woher willst du das denn wissen?«

Niklas Soltmann überging die Frage, fragte selbst indes seinen älteren Bruder Kornelius ernst: »Was hast du dort mit Cleji gemacht? Habt ihr den Alten gemeinsam totgeschlagen?«

»Kann nicht sein, denk an die Zeichnung!«, wandte Willem van Eyb ein und gab sie noch einmal herum. »Sieht nicht erschlagen aus. Du und ich, Niklas, kamen zu ihm, als die beiden schon weg waren. Sie sind fort, als sie dich kommen sahen. Du warst anschließend eine kurze Zeit allein mit … *ihm*.«

»Kann ihn also auch nicht erschlagen haben …«, murmelte Niklas Soltmann.

»Genau gesagt wart Ihr cirka fünfzig Pendelschläge lang allein bei ihm, dann kamt Ihr, Meister van Eyb, dazu und habt gezeichnet«, orakelte Waldenfels, Kornelius ermunternd, die Frage nach seinem und Clejis Tun nicht unbeantwortet zu lassen. Das Pendelgeschwätz verstand freilich bloß Vullo und griente. Waldenfels und seine technische Narretei, die ihn so viel Schweiß gekostet …

»Richtig, wir sahen, besser ich sah Niklas kommen, und so sind Cleji und ich abgehauen. Ich hatte ihm all das Geld gegeben, das ich – Herr, steh mir bei in meiner Not und vergib mir, denn ich habe gesündigt – Euch, Prior, und Eurem Ordensbruder und meinem nominellen Erzeuger abgenommen, damit er, Cleji, sich aus dem Dienst befreien konnte. Er hatte so seine Pläne, aber ohne diesen Zufall hätte er es nie geschafft. Ich für meinen Teil behielt nur den falschen Pfeffer. Nun, was aus dem wurde, wisst Ihr ja – Ölweidenbäumchen.«

»Es stimmt«, ließ sich Willem van Eyb vernehmen, »Cleji Schneider sagte mir in der Frühe an jenem Tag, er wollte weg, hätte aber kein Geld.«

»Gelegenheit macht Diebe«, sagte Vullo, den in dieser Hinsicht erfahrenen und von den Stacheln des Gewissens nun peinigend rot gestochenen Volksbuchautor scharf ins Auge fassend: »Wohin wollte dieser Schneider damit, mit diesem unverhofften *stipendium*?«

»Sagte was vom Süden. Alle, die ihn nicht kennen, wollen ja in den Süden. Es blieb dann für ihn aber bei Tangermünde. War da schon sehr bescheiden, der Knabe. Ich habe immer mal schauen wollen, was aus ihm geworden ist, hab es auch einmal fast … Aber dann sah ich ihn von Weitem, mit seiner Frau und seinen Kleinen … Hab das nie verstanden, dieses Familiengedöns, ist bloß was für schöne Geschichten.« Er lachte und dachte an seinen *Rotmann*. »… musste weiter fliehen … Weiß nicht, was aus ihm geworden ist, da in Tangermünde …«

Die Pause, die daraufhin entstand, hätte bierseliger nicht sein können. Die Krüge klickten aneinander, die Gesichter strahlten einander grundlos an. Immerhin tranken sie schon den halben Tag.

Ganz und gar nicht ernüchternd wirkte daher der plötzlich hörbare Ruf: »Prior Johannes! Oh Gott! Prior Johannes!«

Wie durch dichten Nebel, der durch die Hopfenbüsche am Wolfsberg zog, hörten sie das Begehr des unscharf wahrzunehmenden Ordensbruders.

»Bruder Philippus, was ist Euch begegnet?«, bequemte sich endlich der Prior reichlich angeschwiemelt zu fragen.

»Bisher nur der Fackelschein, aber es wird nicht mehr lange dauern und mir begegnet ein Knüttel. Draußen rumort es, es ist eine Menge aufgebrachtes Volk vorm Tor! Sie rütteln daran und setzen Stangen an. Ich glaube, sie wollen es aufhebeln!«

Einige wurden schlagartig nüchtern. Beim Prior und bei Niklas dauerte es etwas länger.

»Verdammt – gerade wo es ein bisschen gemütlich wird …«, brummelte Vullo. »Wer führt sie an?«, fragte er.

»Bin mir nicht sicher, ob sie überhaupt einen Anführer haben. Die Stimmen gehen so durcheinander.«

»Lassen wir die Frage auf sich beruhen und machen wir lieber, dass wir wegkommen!«, sagte Willem van Eyb. »Niklas, Kornelius – wir müssen die Frauen holen. Wo können wir hinaus?«

»Es gibt einen Gang für Notfälle«, sagte der Prior. » Der geht vom Brunnen aus unter der Stiftsmauer hindurch und kommt drüben hinterm Krug wieder heraus, da gibt es eine Türklappe im Boden, in der kleinen Wegkapelle.«

»Perfekt!«, staunte Waldenfels.

»Wir sollten verhandeln!«, sagte der Prior.

»Wir flüchten!«, entschied Vullo. »Kein Risiko eingehen. Nach dem, was ich gehört habe, sind Steuerzahler zu allem fähig, wenn es ihnen an die Geldkatze geht.«

»Wir sollten sie gehörig in die Irre leiten – lasst oben im Turm des Priorhauses Licht aufstecken, dann …«

Jenns Merin führte einen wilden Haufen von Aufständischen an, allesamt entschlossen, den steuerfreien Brüdern zu zeigen, was eine steuerpflichtige Harke war. Aber sie hatten alles durchsucht und keinen gefunden.

»Wo ist der Prior? Wo steckt die ganze faule Bande? Wo saufen sie sich die Hucke voll?«

»Ich glaube, die haben eher die Kutten voll – sitzen droben im Turm beim Prior Johannes und hoffen, dass wir sie nicht finden!«, schrie Rodensee, die Forke in der Rechten drohend zum Himmel gehoben wie ein Kreuzzugsbanner. »Im Turm blakt ein Licht!«

Die Männer, die dort standen, keuchend, die Fackeln ihres Zornes in den Fäusten, sahen sich der Erfüllung ihrer geheimsten Träume nahe: Soltmann und seine Unterstützer müssten fallen, damit es ihnen selbst endlich besser ginge! Der Sterne Blinken schien unwirklich und kam ihnen vor wie ein schelmisches Zwinkern des Teufels. Angesichts der Leere und Kälte, die ihnen allen bedrückend nahe gerückt waren, empfanden sie es als große, kosmische Verhöhnung. Womit hatten sie das verdient? Waren sie nicht alle nur immer die Gebeutelten? Warum saßen die einen ruhig da und kassierten, während die anderen rackern und blechen mussten?

»Auf geht's! Rauf! Holen wir sie runter!«, entschied Jenns Merin, der sich in seiner Anführerrolle gefiel.

Der von Tangermünde, Gardelegen und Stendal hergezogene Tross hatte sich zum größten Teil auf dem Marktplatz gelagert, nachdem klar war, dass man die gesuchten Abgesandten nicht so einfach zu fassen bekam. Ein Teil war zum Perver hinausgezogen, ein anderer in Richtung Cheine, wo der Kurfürst einen Wald hatte. Wenn schon gefackelt werden sollte, dann so, dass die Stadt nicht abbrannte ... Der Anführer, Clos Snider, war eine Überraschung gewesen, für viele. Er schien einen privaten Feldzug zu führen, wollte es allen zeigen, dass er es zu etwas gebracht hatte. Eigentlich war er kein Schlechter, hatte nichts von einem Draufgänger, so wenig wie Karel Merin ... Doch die

Situation verwandelte sie… machte verborgene Seiten an jedem sichtbar. Jenns spürte, wie sein Herz pumpte, wie ihm das Blut am Hals pulsierte, wie ihm der Kamm schwoll.

War er nicht stets ein ergebener Diener des Herrn gewesen? Hatte er nicht durch seine mildtätigen Werke Menschenliebe genug bewiesen? Warum taten sie ihm das an? Er zitterte, zog die Decke enger, die er sich umgelegt hatte. Vom Wall drang Gejohle und Gebrüll herüber, auch war ihm, als loderten Hunderte von Fackeln im Rund. Er regte sich nicht, als das Holz des Tores unter den Axthieben splitterte. Ein verstärktes Brüllen zeigte den Fall des Tores an.

Das Licht der Lampe flackerte – die gelbe Flamme schwand bis zu ihrem innersten bläulichen Kern. Sie blakte noch mehrmals auf, als ringe auch sie nach Luft, bevor sie gänzlich erlosch. Ungerührt hörte er das Krachen der Werkzeuge an der bereits nachgebenden Tür. Draußen in der Dunkelheit flammten die Lichter der Fackeln bis fast an den Rand des Ausgucks hinauf. Schweiß rann ihm übers Gesicht, das sich in der Angst, die ihn beherrschte, zur Fratze verzog. Im Krampf schlug seine Hand das Tintenfass vom Tisch, dessen Inhalt das Geschriebene auslöschte. Ein Testament hatte es sein sollen. Aber warum sollte er seinem Leben ein Ende setzen? Sollten sie es doch erledigen. Er war sich keiner Schuld bewusst. Wie eindringendes Wasser brausten jetzt die Schritte auf der Stiege. Sein Blick war auf die offene Luke im Boden gerichtet.

»Jetzt geht's dir an den Kragen, Soltmann! Euch allen, ihr Speichellecker, Fürstendiener und Bischofshörige, Steuer-Läuse! Fette Mönche!«

Jenns Merins Kopf erschien.

»Wo zur Hölle sind sie?«, fragte er entgeistert, als er außer dem Prior keine Menschenseele entdeckte.

»Augustiner-Chorherren sind weder fett, noch sind sie Mönche! Das solltet Ihr eigentlich wissen, Herr Bürgermeister«, sagte Prior Johannes mit einer ihm selbst unheimlichen Ruhe.

Jenns Merins Furor loderte hell auf: »Verdammt, wo ist das Verräterpack?«

Stimmen der Aufständischen gingen durcheinander:

»Soltmann will sich doch nur gutstellen mit Bischof und Fürst!«

»Bringt ihn runter!«

Die Rufe, die von der Treppe heraufdrangen, wurden lauter. Ungestümer klangen jetzt die Drohungen. Rodensees Organ war vernehmlich. Der Brau- und Mühlenaufseher sah rot:

»Jetzt werdet ihr aufgespießt, ihr Luderbrüder!«

»Sie sind uns entwischt«, rief Jenns Merin nach unten. »Soltmann, du feiges Aas, der du mir Hörner aufsetztest, du Hurensohn... Wo hast du dich verkrochen?«, murmelte er. »Aber warte, ich krieg dich noch! Und dann hat es sich was mit dem Verführen und dem heimlichen Getue. Dann wird abgerechnet. Und der Name Soltmann wird verschwinden...«

Kurz und irritierend schwirrte der Gedanke an Kornelius durch seinen Kopf, aber er gewann gleich wieder Sicherheit. *Einer nach dem anderen*, dachte er, *immer schön eins nach dem anderen.*

Vullo war stinksauer und fluchte in einer Tour. Nicht nur, dass ihn langsam die Kräfte verließen nach all den Anstrengungen dieses Tages und er sich nach seinem Bett sehnte – sei es auch das spartanischste Lager in einem alten Büro und würden auch Kornsäcke direkt neben seinem Haupt auf den Dielenboden geschleudert –, er hatte auch überdies allergrößtes Leid zu tragen.

»Schaut Euch nur den Zustand meines Gewandes an! Der schöne Samt, die schöne Seide – zuschanden gerissen von ein paar rostigen Haken in diesem schmutzigen Höhlengang! Kann man Notausgänge nicht so bauen, dass man ohne Not hindurchgelangt? Man kommt heraus, in einer Kapelle, die dem Heiligen Geist in seiner makellosen Pracht gewidmet ist, und hätte die barmherzige Jungfrau als Näherin nötig! Oh Herr, es ist ein Kreuz! Warum hast du dies über mich verhängt? Mich erst so zu erheben und auszustaffieren und reich zu gewanden, um mich dann, über Nacht, fallen zu lassen und zu erniedrigen, auf dass ich mich aufreibe in den tiefsten Stollen der Hölle?«

»Ach, die Hölle ...«, seufzte Waldenfels an seiner Seite. »Die wäre schön ... schön warm im Vergleich. Es war leider bloß ein kaltes märkisches Viadukt. Ihr heult über etwas bunten Stoff, wo Euer kleiner Leib doch wunderbar ungeknickt hindurchgelangt ist. Ich bin der, der Grund hat zur Klage: Mir tut der Rücken weh!«

»Kleiner Leib?«, fauchte Vullo erbost, lachte aber sogleich: »Kleine müssen härter sein. Ihr habt Recht, was regt mich das bisschen Stoff auf. Ich kann es immer noch mit jedem Aufständischen aufnehmen!«

»Gut, dass Ihr so denkt. Ich glaube, der ganze Spuk gilt uns beiden. Wir sind es, die sie hängen sehen wollen. In Vertretung für unsere Herren!«

»Nebst Soltmann und Kuden, so sieht es aus«, bestätigte Vullo, raffte die Fetzen seines Kleids enger um sich und stapfte unerschrocken vorwärts auf dem leicht gefrorenen Weg der alten Landwehr. Vor ihnen liefen die Konventionalen unter Leitung des vom Prior Johannes instruierten Subpriors Melchior, der den kürzesten Weg in das Dorf Cheine kannte, das dem Stift gehörte. Sie wanderten abseits des Fahrwegs, den sie freilich meiden wollten, zunächst auf dem Rundkurs der Landwehr. In Cheine lag auch der kurfürstliche Forst, dessen Aufseher von Huene eine kleine Herberge betrieb, in der die Flüchtigen unterzukommen hofften.

»Setzt mich doch einfach hier ab und zieht unbeschwert weiter«, schluchzte Tremelle, die abwechselnd von den Männern getragen werden musste.

»Lass es dir doch einfach gefallen, wenn du schon mal bedient wirst. Ich kann das Gejammer nicht mehr hören! Keiner bleibt hier zurück, ich glaub, du spinnst ...«, sagte Marie Soltmann, die sich mit Hanna die jüngsten Kinder teilte.

»Der Auszug aus Ägypten war ein Klacks dagegen«, schimpfte Vullo leise vor sich hin, als er einen der van Eyb'schen Sprösslinge aufgehalst bekam, damit Hanna Slaberndorp sich etwas erholen konnte.

Van Eyb, seine Frau auf dem Buckel, wurde von den Emissären flankiert. Zweige streiften die an der Seite Gehenden, und die Kinder jauchzten, wenn sie daran zogen und ihre Träger immer wieder fast zum Straucheln brachten. Die übrigen Männer des Zuges, die Soltmann-Brüder, Kuden, Slaberndorp und Schwichelt, bildeten die Nachhut und hielten nach eventuellen Verfolgern Ausschau. Auf jeden Fall konnten sie nicht hören, was vorne gesprochen wurde.

»Ich habe aus den Akten nur ersehen, dass Ihr damals, als das Gewitter schon am Fortziehen war, mit Niklas Soltmann auf den Wolfsberg hochgelaufen seid, aber unverrichteter Dinge wieder umkehrtet. Sind Euch denn Heiko Kuden und Karel Merin oben nicht begegnet?«

»Nein, da waren nur nasse, tropfende Hopfenstauden.«

»Kuden!«, gluckste Vullo halblaut. »Kuden hat sich in die Stauden geschlagen, um so schnell es ging in die Stadt zu reiten. Wir haben selbst ermittelt, dass man in Windeseile mit dem Pferd wieder unten an der rauchenden Pappel sein konnte, vor der Soltmann lag, wahrscheinlich betäubt oder nach dem Bier und Essen und dem Schrecken mit Kornelius und seiner Verlautbarung gar bereits am Rande des Todes.«

»Bringt nur noch den Blitz mit herein, und er war schon so gut wie tot ...«, bläffte Waldenfels.

»Aber Kuden kann ...«

In diesem Moment drangen von vorne Rufe. Die Ordensbrüder hatten angehalten. Eine ganze Familie – Mann, Frau, Großeltern, Kinder, Gesinde – war ihnen entgegengekommen. Beide Seiten erschraken fast zu Tode, als sie im Dunkeln aufeinandertrafen. Die Nerven waren bis zum Zerreißen gespannt. Sie drängten sich alle auf dem engen Pfad, verbreiterten ihn gewaltsam, um die anderen in Augen- und Ohrenschein zu nehmen.

»Mücke, aus Cheine. Arbeitete bis heute bei von Huene, dem Forstaufseher.«

Waldenfels wusste, von wem die Rede war.

»Da wollen wir hin. In Soltwedel ist Aufruhr, wir sind unsres Lebens nicht sicher.«

»Dann hütet Euch, nach Cheine zu gehen! Dort ist die Hölle los!«

»Wie das?«

»Die Aufständischen haben den kurfürstlichen Wald besetzt. Ich glaube, sie hatten es eigentlich auf Euch abgesehen, Hochwürden! Und auf Euch, mein Herr! Und jetzt spielen sie verrückt, da sie Euch nicht kriegen!«

»Jetzt sitzen wir in der Patsche«, sagte Waldenfels. »Wir können Euch ebenso wenig zu diesem Weg raten, die Aufständischen haben sich geteilt. Der andere Pulk ist im Perver und folgt uns vielleicht bereits.«

»Bleibt nur der Wolfsberg. Von dort können wir sehen, was passiert. Können abwarten«, sagte Mücke.

»Und wären endlich wieder am Ort des einstigen Geschehens!«, sagte Vullo, der sich über diesen Umstand ebenso kindisch zu freuen schien wie das kleine Mädchen auf seinen hüpfenden Schultern.

Sechsundzwanzigstes Kapitel

Das Lager am Dolmen – Über die Wendengötzen –
Kriminalrevue – Fast ein Ende –
Erzengel Johann von Brandenburg – Abraxas

Dienstag, 11. März 1488

Kornelius Soltmann hatte sie geführt, denn es war nun der gleiche Weg, den er 1476 eingeschlagen hatte, am Tag vor Mariä Himmelfahrt. Sie hatten den Dolmen zum Lagerplatz erkoren, den jetzt hinwiederum Willem van Eyb als den Ort seines einstigen Nachtlagers erkannte. Der Steinkasten war das ideale Versteck – derart hünenhaft, dass alle darin Platz fanden und ein Feuer entfachen konnten, ohne Gefahr zu laufen, dass es von Weitem gesehen würde – aus Richtung Chüttlitz, Brietz oder Cheine.

Es hatte keiner langen Reden über die besonderen Erfordernisse der Stunde bedurft. Alle waren umstandslos zu Räuberbandenmitgliedern geworden. Sogar die Kinder verhielten sich still und schliefen nach den Anstrengungen der zurückgelegten Wege steingleich im Schutz der gewaltigen Felsplatten.

Vullo, Waldenfels, Kuden, Mücke und die Soltmanns teilten sich in die Nachtwachen. Feindliche Annäherung erfolgte nicht. Nur ein neugieriger Waldkauz ließ sich hören, um dann lautlos abzustreichen, als Vullo einen Stock nach ihm schmiss, weil ihm das ständige Eulengeschrei aufs Gemüt drückte.

Am Morgen, kalt und klamm, saßen sie am frisch entzündeten Feuer und aßen das Wenige, das ihnen Prior Johannes als Wegzehrung mitgegeben hatte. Den Frauen oblag es, in Chüttlitz Nachschub aufzutreiben. Kornelius und die größeren Knaben Mückes und van Eybs begleiteten sie.

Leichter Nieselregen setzte ein, aber es wurde wärmer.

Die Glocken der Stadt läuteten und Melchior, der Subprior der Augustiner-Chorherren, übernahm es, den Vaganten vorm Heiden-Tempel die Frühmesse zu lesen. Zur None kam die Sonne heraus. Um dem Knurren der Mägen entgegenzuwirken, erschien es dem Generalvikar Vullo angesagt, geistige Nahrung zu liefern. Er hockte sich auf den flachen Hünenstein der Heidenburg und las allen, die zuhören wollten, aus Kristof Soltmanns Manuskript *Über die Götzen der Wenden und ihre Zauberpraktiken* vor, immer wieder große Teile überspringend, da sich der Autor vielfach wiederholte und das Manuskript im Ganzen so wirkte, als sei es nur eine grobe Vorfassung.

Der Wenden-Götzen Wirken sitzt bevorzugt an den Orten ihrer Weihe, den Heidenkästen, Hünenkästen oder Hühnerkastellen … Bei den wendischen Heiligtümern, tief verborgen in den Hölzern und undurchdringlichen Forsten, auch auf den Kuppen der Hügel und Randberge … haben die windischen Volksstämme seit alters her im Havel- und Elbeland ihr kultisch Leben geführt, die heiligen Feste ihres Kalenders gefeiert und dabei die Riten und Gebräuche im Verborgenen gepflegt, so ihre fremde Herkunft ihnen vorschrieb, selbst dann noch, als längst der Bär Albrecht die Germanen zum Sieg über die Hühner geführet. …

Vullo lachte:

»Da hat er Heiden und Hünen mit Hühnern verwechselt, und es geht ihm überhaupt bunt durcheinander.«

Warum die Steine so groß und schwer, ist leicht durch die Annahme erkläret, dass die Seelen der vor ihrer Zeit Gestorbenen, vornehmlich der im Kampfe Gefallenen, denen noch das umtriebige Lebens-Elixier durch die Adern geschossen, als sie getötet wurden, an schwere Gewichte gebunden oder durch Brocken beschweret werden mussten, um nicht zu Wiedergängern oder ziellos herumirrenden und die Lebenden ängstigenden Kreaturen zu werden. Dazu hat man ihnen nicht nur Speis und Trunk in die Gräber gestellt und an den Festen der Ahnen daselbst verzehrt zu ihrem Besänftigen, sondern auch die oberwähnten Amulette oder Zauberkleinodien in die Gräber bei die

Gestorbenen gelegt, um die Seelen der Toten zu beruhigen. Die Anhängsel wurden durch Kochen und Eintauchen in die gärenden Säfte der Heiden geweiht und erhielten so eine dauerhafte Wirkung …

»Ach, aber das ist putzig! Das mit den Wiedergängern betrifft irgendwie den Alten selbst … denn er soll ja tatsächlich noch gesehen worden sein …«

»Unfug«, murmelten Kuden und Soltmann.

So auch an der Heidenburg am Wolfsberg, woselbst es mir selbst vergönnt war, ein Amulett auszugraben, welches dem Abra und der Xas geweiht ist. Dieses nun hat seine magische Wirkung über viele Jahre bewiesen, weshalb ich nur jedem anraten kann, an den Orten der Kraft, so in der Mark sich dem kundigen Sucher vielfach darbieten, nach derlei Wundern und Talismännern zu forschen. Namentlich in den großen steinernen Betten der Hünen, den Ritzen und Erdstellen in den eigentlichen Steinwannen unter den deckenden Kissen-Platten, sind solche Zauberketten und Anhänger gar häufig anzutreffen, vielleicht auch bei den Herolds-Steinen oder Wächterfelsen, welchselbige stets in einigem Abstand zum Tempel aufgerichtet stehen, damit Vorbeiziehende auf die heiligen Stätten hingewiesen werden, wo ich auch noch darnach trachten werde, sie zu finden, was aber voraussetzet, dass bis zu dem unteren Ende gegraben wird, was freilich mit vielerlei Mühe verbunden, die ein einzelner Mann nur schwerlich alleine aufzubringen im Stande ist.

»Uff! Jetzt kommt ein längeres Exzerpt aus den Abhandlungen des Augustiner-Chorherrn Krüger, der scheint's auch einen Narren an den Wendengötzen gefressen hatte, sich über *Xas* und *Abra* auslässt – anscheinend hatte der Verfasser seine Kenntnis dieser beiden überhaupt von Krüger, mit dem er ausgiebig im Perver gezecht haben wird – und ausführt, dass diese Steine hier …«, dabei klopfte er auf den Fels, »den genannten Götzen geweiht seien, die eigentlich und im Ursprung einmal die honigsüße *ambrosia* der Wenden hergestellt hätten – jene Götterspeise, der das Soltwedeler Bier am nächsten kommt – … *den ameth, mehdu, maddhu, Medd, Met, Mit oder auch Mut (weshalb man auch noch heute sagt, sich Mut antrinken)*. Das ist zu köstlich, auf diese Weise kann man alles aus allem herleiten. Aber diese … Hühnersteine … haben schon was … vor allem, diese … großen stehenden Menhire oder Steinzeiger …«

Vullo war verstummt und hatte die Papiere nachdenklich umgewendet. Er begann mit einem Stückchen Rötel, das er von Willem van Eyb erbat, auf die letzte freie Seite zu kritzeln. Sie schenkten ihm weiter keine Beachtung, hatten sich rundherum gelagert und genossen die ersten warmen Sonnenstrahlen des noch frischen Jahres. Bis Vullo sie plötzlich aufzumerken bat.

»Meine Herren, wir werden kaum jemals wieder so schön beieinanderstehen, und es könnte jetzt die letzte Gelegenheit gekommen sein, noch einmal über die Ereignisse 1476 zu sprechen, bevor uns die Zeitläufte wie Hünenfelsen überrollen … Wir haben fünf verschiedene Versionen des Geschehens, von denen nur zwei deckungsgleich sind – nämlich die von Euch, Herr Soltmann, und Euch, Meister van Eyb.«

Die Umstehenden stöhnten auf.

»Muss es wirklich sein?«, fragte Niklas Soltmann kläglich. »Können wir ihn jetzt nicht ruhen lassen?«

»Wollt Ihr denn gar nicht wissen, wo er ruht – wenn er ruht?«, sagte Waldenfels, damit bekundend, dass es ihn auch noch gab, wofür ihm Vullo sehr dankbar war.

Waldenfels begann zusammenzufassen: »Die Aussagen von Euch, Herr Soltmann, und von Euch, Meister van Eyb, decken sich. Ihre Version unterscheidet sich indes von derjenigen Karel Merins und von Eurer, Herr Kuden. Es ist ein Unterschied von«, er blickte in sein Notizbuch, »sechzig ganzen Pendelschwüngen.«

»Was? Wieso?«, staunte Vullo.

»Nun, weil nach der Erzählung Karel Merins, des Beobachters vom Berge, Niklas Soltmann den Vater suchen ging und Meister van Eyb dem Sohn des Brauers dann einfach folgte, nach der Doppelversion der unten Agierenden aber Niklas Soltmann erst allein zum Vater ging, dann zu Euch, Meister van Eyb, zurückkehrte, um schließlich mit Euch gemeinsam wieder an die Stelle zu gehen, an der Kristof Soltmann lag. Wir haben das ja ausgemittelt.«

»Das ist richtig«, ereiferte sich Vullo, mühsam in der Erinnerung kramend. »Hat nicht Karel Merin gesagt, dass Ihr, Herr Kuden, erst mit einiger Verzögerung wieder beim Beobachten wart?«

»Was wollt Ihr damit behaupten? Dass ich in der Zwischenzeit hinuntergeritten wäre, um mir Soltmann senior aus der Nähe zu betrachten? Ihr vergesst, dass die beiden hier«, dabei deutete er auf Soltmann und van Eyb, »ihn ja danach noch sahen und sogar eine Zeichnung von ihm angefertigt wurde.«

»Leider. Stimmt.«

Vullo klang völlig verzagt. In diesem Moment kamen Kornelius, die Frauen und die Kindern und wurden mit Freude begrüßt, denn sie hatten nahrhafte, wenngleich äußerst spärliche Mitbringsel dabei – Dörrobst, Nüsse, Trockenfisch. Das Wenige wurde verteilt, wobei sich die abseits lagernden Augustiner-Brüder glücklicherweise enthielten. Sie ergriffen die Notlage beim Schopf und fasteten wirklich einmal, wie es der Heilige Augustinus durchweg von ihnen verlangte. Vullo knabberte an einem filigranen Dorn von Dörrfisch. Es wirkte, als klammere er sich an einen rettenden Strohhalm.

Die Frauen waren außer Hörweite, so sagte er: »Ich bitte Euch, Kornelius Soltmann, noch einmal ausführlicher zu schildern, wie das ablief – aus Eurer Sicht. Zeit genug, Eure herzbedrohliche Vorstellung vor Eurem Nenn-Vater ins Werk zu setzen, bevor Euer Bruder herankam, hattet ihr ja. Der Alte kam, um seine Blase an den Pappeln zu erleichtern, vielleicht von diesem Punkt an? Doch vorab: Warum habt Ihr eigentlich diese Enthüllung nicht schon früher angebracht, als er Euch von sich stieß?«

Kornelius sah erst Kuden und seinen Bruder an, die sich schulterzuckend ins Unvermeidliche ergaben. Der bischöfliche

Hochkommissar wäre nur mit vielen weiteren Worten sattzubekommen …

»Vor zwölf Jahren wusste ich das von meiner Mutter und meinen echten Vater noch gar nicht. Wie und wann ich es erfuhr – ich komme noch dazu. Ich sah ihn also vom Abhang aus. Ich hatte ihn schon längst erwartet. Nein, ich muss schon früher ansetzen«, unterbrach er seine Rede mit bedauerndem Blick zu Kuden und dem Bruder. »Ich trieb mich ja schon seit dem Vortag hier herum. Ich sah Euch, Meister, abends hier einstromern und zwischen den Steinen zur Ruhe legen, reichlich übermüdet. Ihr zwangt mich förmlich, unter freiem Himmel zu schlafen. Nach Sonnenaufgang dann hörte ich, verborgen im Hopfenhain, wie Cleji ganz weit unten ankam, mit dem Fuhrwerk. Er stellte es dorthin, wo es bis nach dem Gewitter stand, vielleicht 100 bis 200 Schritt vom Steinzeiger. Er versorgte die Pferde, indem er ihnen Hafersäcke umhing, dann ging er zum Wächterstein und grub. Er hatte offenbar schon tagelang an dieser Grube geschuftet, und hatte den sicheren Stand des großen Steins auf einer Seite schon so weit untergraben, wozu auch immer das gut sein sollte, dass er ihn mit langen Holzstangen abstützen musste. Es sah so aus, als wollte der Alte, dass das Trumm von Stein umfiel – was beim Gewitter dann ja auch wirklich geschah, wohl weil das Loch voll Wasser lief und der Standfels den Halt verlor. Die Ästchen konnten ihn da nicht mehr halten, als sein Fundament erst einmal umspült wurde und er sich zu neigen begann …«

Er machte eine Pause, denn er musste sich auf das besinnen, was dann gekommen war, um keinen Fehler zu machen.

»Aber noch stand der Stein, gut abgestützt, und Cleji grub unten eine Weile, dann ging er hier herauf, um Vesper zu halten – und traf Euch, Meister Willem. Ihr schwatztet, woran ich mich auf Rückseite des Steinkastens liegend sehr freute. Denn auch ich wurde erwähnt und der Aberglaube des Alten, ja selbst das Amulett, woraus ich ihm im *Rotmann* eine Nase drehte, seine Heidengötzen und überhaupt so vieles … Ich war so ins Zuhören versunken, dass ich gerade noch einen Sprung zwischen die Bäume machen konnte, als Ihr aufgebrochen seid und um die Ecke kamt …« Er lachte auf. »Tja … Cleji fing an, Hopfen zu schneiden, und ich rang mit mir: Sollte ich mich ihm zu erkennen geben? Wie würde er es auffassen? Denn im Gegensatz zum Alten wollte ich ihn keinesfalls erschrecken. So verging der halbe Tag. Er hat schwer geschuftet, zwischendrin grub er wieder, ging auch zu den Pferden, tränkte sie, stellte den geschnittenen Hopfen für die Zierkrone ins Wasser, damit er nicht mau würde und schrumpelig, kam wieder herauf, aß und trank – was ich dann nutzte, um mich ihm zu nähern. Er erkannte mich nicht gleich, schließlich aber doch, und wir feierten ein herzliches Wiedersehen!«

Kornelius schien vollkommen entrückt zu sein und wieder ganz an jenem Tag zu leben – was zweifelsohne ein Kennzeichen des guten Schriftstellers war, wie Vullo anerkennend vermerkte. Er drückte ihm eine Trockenpflaume zur Stärkung in die Hand.

»Ich erfuhr von Cleji alles, was über die Jahre seit meinem Fortgang oder Verbanntwerden in Familie und Stadt geschehen war, auch vieles über dich, mein Bruder, was mich sehr betrübte, sah ich doch deutlich, dass du jenes Martyrium durchleiden musstest, das mir durch meinen Abgang erspart geblieben war … Die Liebe zu Kerstin machte mir ein wenig Sorge, denn … ich vermeinte zu diesem Zeitpunkt noch, dass ihr zur Hälfte Bruder und Schwester … wärt. Doch das stimmte gar nicht … wie mir Cleji gestand, denn er … So erfuhr ich … dass …«

Hier sah Kornelius flehentlich zu Heiko Kuden, der nach einem Seufzer der tiefsten Überwindung bekannte: »Wohlan denn … Es scheint an mir zu sein, wenigstens dieses Bekenntnis zu übernehmen. Meine Frau, Gott hab sie trotzdem selig, hatte sich aus Gram, aus Trotz, aus heftigem Schmerz oder allem zusammengenommen mit Cleji Schneider eingelassen, nachdem sie hinter meine Liebe zu Marie gekommen war. Sie hat mir diesen nachgerade höchst verständlichen und verzeihlichen Fehltritt auf dem Sterbebett, das zugleich Kindbett war, gestanden. Ich hab ihr verziehen und versprochen, es nie preiszugeben. Doch nun, so kurz vor unser aller Ende, ist scheint's alles drauf und dran, an die Oberfläche zu kommen. Kerstin ist Cleji Schneiders leibliche Tochter. Sie ist daher halb wendisch …«

Hier atmete Niklas heftig auf, denn jetzt erst konnte er sich selbst von der Schmach der Blutschande freisprechen, der er sich seit Kornelius' erster Offenbarung in der Schankstube des Elternhauses unablässig hatte bezichtigen müssen.

Kornelius setzte seinen Bericht nun ebenfalls wesentlich befreiter fort, so kam es Vullo und Waldenfels vor.

»Erst so erfuhr ich das, was ich *ihm* schon binnen Stundenfrist an den verdutzten dicken Kopf schleudern sollte: dass ich selbst ein Kind meiner Mutter Marie und Heiko Kudens bin … Ich machte Cleji mit meinem Plan vertraut, den Alten zu überraschen und gehörig mit Worten vor den Kopf zu stoßen, was ich dank dieser neuen Nachrichten nur umso besser ins Werk zu setzen hoffte, und er fand ihn vortrefflich. Jetzt erst bekam meine Absicht scharfe Kontur, und was als Scherz begann, gewann alle Züge blutigen Ernstes … Cleji schien sich schon seit geraumer Zeit mit dem Gedanken zu tragen, aus dem Dienst zu laufen und das Weite zu suchen – indes gebrach es ihm an den nötigen Mitteln. Ich war mit Geld gut versehen, wie Ihr wisst, und versprach ihm daher Unterstützung. Alles, was ich als Gegenleistung von ihm verlangte, war, dass er bezeugte, was ich dem Alten eröffnen wollte – dass Mutter ihn betrogen …«, hier blickte er kurz zu Kuden, »und mit wem.«

Kuden stöhnte auf. Es wurde ihm schier zu viel. Vullo und Waldenfels dagegen vergingen fast vor Neugier, bis Kornelius endlich fortfuhr.

»Wir sahen einen Kahn vorbeifahren, auf dem er saß. Seine Gestalt und sein Organ waren unverkennbar. Irgendetwas lief nicht so wie gedacht, sie fuhren zu weit. Ich konnte meine Aufregung nur schwer bezwingen, denn es war beileibe nicht so, dass dies nur ein Spaß war, das begann ich einzusehen. Es war eigentlich eine Begegnung, die ich genau so zu fürchten hatte wie er. Denn meine Anfälle … ich meine: Was wäre gewesen, wenn ich einen wirklichen bekommen hätte? Es war nicht wahrscheinlich, denn ich hatte bereits am Mittag des Vortages einen gehabt, aber ich war deswegen in Unruhe und streifte noch einmal am Hang entlang. Bewegung half mir stets, wieder ins Reine zu kommen. So kam ich auf die Kuppe, genau hierher … und da lagen Kerstin und Jenns beieinander …«

»Oh nein!«

Sein Bruder Niklas wand sich wie ein Wurm unter diesen Worten.

»Es tut mir leid«, sagte Kornelius und seiner Stimme war anzuhören, dass er ehrliches Mitgefühl mit dem Gepeinigten empfand. »Doch ich glaube, du hast später den Sieg davongetragen …«

»Ich bitte dich, schweig!«, sagte Niklas schwach. »Wie kommst du dazu, so etwas zu sagen?«

Kornelius lächelte. »Heute wird alles ausgesprochen. Wo die Weltenwende so nahe ist, sollte uns kein Blatt vor dem Mund mehr daran hindern.«

»Hattet Ihr später ein Verhältnis – oder habt Ihr eins – mit Jenns Merins Frau?«, fragte Waldenfels den aschfahlen Niklas, und Heiko Kuden, der ja selbst in dieser Hinsicht nicht unerfahren war, schüttelte wie besinnungslos den Kopf.

»Ich kann und will das alles nicht mehr hören … Niklas – sag mir, dass es nicht wahr ist …«

Doch Niklas Soltmann schwieg, was als Antwort eindeutig war.

»Bitte sagt uns, was wir noch nicht wissen«, forderte Vullo. »Was geschah, nachdem Ihr, wie ich doch annehme, endlich Soltmann senior gegenüberstandet?«

»Sollte ich je zu einem Wiedergänger werden, so werden die, welche mir begegnen, eben diesen Ausdruck im Gesicht zeigen: erst starr und ausdruckslos, dann hysterisch und dem Irrsinn nahe. Er schrie, wie ich es wohl in meinen Anfällen tue. Erst war es ein spitzer, hoher Schrei, wie abgebrochen, dann griff er sich ans Herz und röchelte. Aber er sah mich weiter an, und ich sagte ihm, was ich sagen wollte: *Ich hoffe, dass du in der Hölle schmorst, Soltmann! Nie wirst du gutmachen können, was du an mir verdorben. Und wenn du es an meinem Bruder verdirbst, so mögest du in der Hölle die doppelte Pein erleiden! Denn wisse: Nicht du bist mein leiblicher Vater, nicht dich auch hat Gott zum Erzeuger deines Nachfolgers Niklas gemacht – du bist nichts als ein unfähiger dicker Mann … Und mein Fluch begleite dich bis an die Pforte der Hölle, wo dich Satan selbst freudig in Empfang nehmen wird!*«

Alle atmeten hörbar aus.

»Da klappte er zusammen. Ich hörte Niklas kommen. Ich hatte ganz vergessen, meinen Tanz vor dem Alten aufzuführen, war ja auch unnötig gewesen. Und Cleji hatte sich vor Angst in die Hosen gemacht und war nicht als Zeuge an meiner Seite gewesen, wie wir es vereinbart hatten. Stand weit weg. Ich zog mich in den Regen zurück, sah Niklas an der Seite des Alten knien. Als er wieder umkehrte, zu der vielstämmigen Weide, von der er hergekommen, trat ich erneut zum Alten und führte statt des falschen Anfalls einen echten Freudentanz auf. Dann nahm ich dem Alten das Geld ab. Cleji stand jetzt unbeweglich neben mir. Ich gab ihm trotzdem, was ich ihm versprochen hatte, denn ich war so erleichtert und in gehobener Stimmung: Ich hatte mich gerächt. Der Alte hatte bezahlt … Cleji machte, dass er wegkam. Und als ich Niklas und seinen Begleiter – Meister van Eyb – kommen sah, suchte auch ich das Weite, sozusagen Ölweiden säend, warf keinen Blick zurück … tja, dann ereilte mich doch noch ein echter Gruß des Heiligen Valentin … Ich lag eine Weile flach und ohne Möglichkeit, etwas zu hören oder zu sehen, wie lange, weiß ich nicht. Was mich wieder ganz wach machte, war ein furchtbarer Schlag. Der Boden erzitterte. Ich hörte noch, als ich wie von der Tarantel gestochen über den Hang lief, wie sich ein Reiter entfernte. Ich sah in der Ferne noch meinem Bruder und Meister van Eyb, die den Hang wieder hinuntergelaufen waren, wo sie am Ufer standen, ratlos.«

Vullo war so weggetreten vor Anspannung, dass er glatt das Holzstück verspeist hätte, das er inzwischen in der Hand hielt, wäre es ihm von Waldenfels nicht vorsichtig abgenommen worden.

»Das war alles. Von Kerstin und Jenns, hier, ganz oben am Hügelgrab, keine Spur.«

»War Soltmann tot, als Ihr ihn zurückgelassen habt?«, fragte Waldenfels.

»Ich dachte schon, er lag da wie leblos.«

»Einen Reiter habt Ihr gehört, sagt Ihr?«, fragte Vullo.

»Ja, er ritt wie ein Wahnsinniger gen Soltwedel.«

»Habt Ihr das etwa bezweifelt?«, fragte Kuden entgeistert den Generalvikar des Bischofs. »Natürlich habt Ihr«, beantwortete er sich die Frage selbst.

»Ihr vergesst«, sagte Vullo, »dass inzwischen eine ganze Weile vergangen war. Euer Sohn hatte noch einen Anfall – und wir haben in der Wirtsstube ja erlebt, wie lange es dauert, bis er wieder zu sich kommt. Ihr hättet also Zeit genug gehabt, nachdem Ihr Euch von Karel Merin getrennt hattet, zu Soltmann hinunterzureiten und ihn, den Bewusstlosen, zu töten und zu beseitigen. Und zwar …«, marterte sich Vullo.

Schließlich leuchteten seine Augen.

»Ein schwerer Schlag, sagtet Ihr, hat Euch wieder auf die Beine gebracht? So schwer, dass der Boden ringsum erzitterte?«

Kornelius nickte. »Im ganzen Umkreis. Als sei noch ein Blitz in der Nähe eingeschlagen!«

»Wiewohl das Gewitter längst abgezogen war …«, konstatierte Vullo strahlend.

»Dann engt sich alles sehr ein. Was meint Ihr?«, fragte Waldenfels, der Vullos Mimik anscheinend ganz vortrefflich deuten konnte.

»Merklich. Zusehends. Fast schon so weit, dass es uninteressant würde«, gab Vullo zu.

Kornelius und die Zuhörer spitzten ihre Ohren, namentlich auch Niklas, Willem van Eyb, Heiko Kuden und Cord

Schwichelt, nicht zu reden von Philipp Mücke, dem Subprior Melchior und den Augustiner-Brüdern, die aus grassierender Langeweile schon seit geraumer Zeit auf kurze Distanz herangerückt waren.

Wie schön der Tag begann! Reif, aber kein klirrender, vielleicht der letzte weiße Anflug im Frühjahr, überzog das Vorjahreslaub am Boden. Schnatternde Gänsezüge am Himmel, Glockenrufe ziehender Kraniche, die sie so liebte … In einem Gallapfelbaum saß und zwitscherte eine ganze Stieglitzbande. Im Osten vor der Stadt, über Bleich- und Schlammwiesen stand glutrot der Sonnenball, als Kerstin Kuden die Merin'sche Hütte am Wolfsberg erreichte. Aber es wollte ihr nicht gelingen, den Anblick zu genießen wie sonst. Wie oft hatte sie mit Niklas Nacht und Morgen hier draußen verbracht, wenn Jenns auf Handelsreise war und von Karel keine Gefahr drohte! An diesem Morgen war alles anders. Die Tränen liefen ihr übers schmale, feingezeichnete Gesicht mit der ein wenig spitzen, kurzen Nase, den großen blaugrünen Augen und den überaus vollen Lippen, die das ganze Gesicht in ein Lächeln verwandeln konnten. Sie strich sich die langen braunen Haare von den hohen Wangen. In ihrem Kopf gingen die Gedanken wild durcheinander. Schwer war's ihr ums sonst so tapfere und leichte Herz.

Als Jenns und Karel sich zu Anführern der Ziese-Verweigerer aufschwangen, hatte es begonnen. Sie hatte ihren Mann angefleht, es nicht zu tun. Warum wollte er es unbedingt darauf ankommen lassen, sich ins Unrecht zu setzen? Sie hatte plötzlich so starke Angst um Niklas gehabt. Was würde geschehen, wenn sie jetzt offenen Krieg begännen? Sie hatte aufgeatmet, als es heraus war, dass Jenns mit den Seinen zu spät gekommen war. Karel ließ sich vom hitzigen Bruder anstecken. Wieso wollte er alles, was er sich so hart erarbeitet, in einem Anfall von Wut und Hass verströmen? Der immer vorsichtige, dumpfe Karel, den sie alle den Spökenkieker nannten, gefiel sich auf einmal in der Rolle des Volkstribunen. Er war überhaupt wie verwandelt, da er auf so wundersame Weise die erste Stelle unter den Brauern einnahm, seit Niklas unter diffuser öffentlicher Anklage stand. Er zeigte sich leutselig und saß oft in der Stammtischrunde, was früher viel seltener vorgekommen war. Dass er und Jenns den Doppelkopf des städtischen Unwillens gegen die Ziese bildeten, war so grotesk…

Und dann das mit Cleji… der sich als Clos Snider zwei Dutzend Jahre lang in Tangermünde verborgen und dort Familie hatte, die er jetzt im Stich ließ… Kerstin konnte es nicht begreifen, konnte und wollte die Menschen nicht mehr begreifen. Dabei wusste sie noch gar nicht, dass dieser Cleji Schneider ihr Vater war… Sie setzte sich auf die alte, trockenrissige Holzbohle, lehnte sich an die Hüttenwand, zog den weiten Rock und den wärmenden Überwurf enger um sich und hielt die Knie mit den Händen umschlungen. Sie weinte.

Sie musste eingeschlafen sein, denn als sie die Augen aufschlug, war es schon hoher Mittag. Sie wischte sich über die Wangen und blickte sich um. Es wurde Frühling, jetzt sah sie es noch deutlicher als am Morgen. Überall kam das Grün heraus, die ersten ganz begrünten Zweige sah sie. Der Seidelbast stand in voller Blüte. Von oben, vom Hügelgrab kamen Stimmen, aber auch von unten, von der Landwehr her… von der Stelle, wo der umgefallene Steinwächter lag…

Sie ging etwas weiter vor, bis zu der Stelle, von der man etwas sehen konnte, schaute zum Feldweg am liegenden Menhir. Kniff die Augen zusammen, erkannte sie an der Farbe ihrer Kleidung, Jenns trug Gelb… Karel Rot… Johann, der Augustiner, war groß und schwarz! Und das Herz schlug ihr bis zum Hals! Da stand der Prior des Stifts im Perver neben Jenns und Karel, und ein Pulk von Aufständischen kam noch dazu. Was wollten denn die jetzt dort? Kerstin schlich zitternd etwas den Hang der Hauptkuppe hinauf, um zu sehen, wer dagegen droben am Dolmen wäre…

Vullo hatte sich auf die Steinplatte des Hünengrabes gestellt und verkündete triumphierend der kleinen Versammlung, zu der selbst die als Wachen aufgestellten Kinder und die Frauen hinzugetreten waren:

»Der Fall Soltmann ist gelöst! Darf ich Bruder … äh … Euch, lieber Waldenfels, Bruder im Geiste, die Ehre überlassen, uns die letzten Schritte Soltmanns, respektive seines Mörders, zu schildern?«

Waldenfels, ohnehin blass, hatte die Farbe sonnengebleichten Granits angenommen. Für diesen schlauen Schachzug hätte er Vullo am liebsten auf dem Felsen ausgeweidet. Den anderen vorzuschieben, wenn man sich selbst noch nicht sicher ist … Doch Kneifen galt nicht …

Er blieb vor dem Steintisch stehen, da er oben neben dem winzigen Vullo doch ein zu hünenhaft-komisches Bild abzugeben fürchtete, und begann: »Kuden hatte mit Karel an jenem Tag über die wendischen Forschungen Soltmanns und über diverse Drohungen gesprochen, die unklare Familiengeschichte der Merins betreffend. Es musste für Karel Merin so aussehen, als würde Soltmann der Ältere nur darauf brennen, ihn und die Seinen inskünftig bei der ersten Gelegenheit über die Klinge des Echtzeugnisses springen zu lassen. Auch wenn die Wendenklausel erst zehn Jahre später im Rat zur Verabschiedung kam und sich nicht ganz so dramatisch auswirkte wie gedacht – zu jenem frühen Zeitpunkt schien alles möglich.«

Er tat, was er besonders gut konnte, er hielt inne; dann sagte er schließlich sehr nachdrücklich: »Die beiden fernen Beobachter trennten sich, als Niklas Soltmann und Willem van Eyb, nach Cleji suchend, bis auf die Höhe der Hütte heraufgekommen waren. Nun … Karel war es, der nach unten ritt, während Heiko Kuden nach Hause eilte! Denn der Verleger und Papierfabrikant, der Großkaufmann, ist ein Mann, der Gott liebt, nach seinen Geboten lebt (vom siebten einmal abgesehen) und den Teufel fürchtet wie nur je ein Christenmensch!«

Heiko Kuden war erleichtert über diesen Wahrspruch. Vullo applaudierte gestisch und spitzte den Mund, wohingegen Waldenfels mit fester Stimme weitersprach: »Karel Merin fand den Leblosen, und alles, was ihm Soltmann an Drohungen entgegengeschleudert, wurde zum Holzprügel in seiner Hand. Er erschlug ihn und beseitigte seine Leiche auf die denkbar einfachste Weise, indem er ihn in die Jeetze stieß, die – vom Gewitterguss aufgeschwemmt, den schweren Körper rasch fortspülte. Wasserleichen tauchen erst einmal unter, bevor sie wieder hochkommen. So wurde er weit genug weggetragen, dass man ihn nicht mehr abtreiben sehen konnte. Kudens Davonreiten war es, das Kornelius Soltmann beim Erwachen hörte. Unten standen nun Niklas und Willem und schauten auf den leeren Fleck im niedergedrückten Gras.«

Vullos Klatschen kam träge und endete schon schlapp nach drei Schlägen. Sein zugehöriges Lächeln diabolisch zu nennen, wäre untertrieben gewesen. Es war stattdessen dämonisch …

Er wartete, bis die melodiöse Amsel, die über ihm in einem der Gallapfelbäume saß, mit ihrer Strophe zu Ende kam, und begann nun seinerseits mit beinahe flötender Stimme: »Blendende Vorarbeit, mein Freund! Ich folge Euch beschwingt als ein zweiter Karel Merin durch gewitterschauernasses Gras bis zum bewusstlos daliegenden Brauer. Aber da ist kein Knüppel, auch kein Stein in meiner Hand … Was auch, wenn ich ihn getötet hätte? Erschlagen, erstochen, erwürgt, erstickt? Sollte ich seine Zentnerlast etwa von meinem Pferd fortschleifen lassen? Hochheben könnte ich ihn nicht. Ich denke noch gar nicht so weit, denn ich bin abgelenkt von etwas, das ich da sehe – zum Greifen nahe vor mir …«

Das Innehalten hatte er von Waldenfels gelernt.

»… das Amulett an Kristof Soltmanns Hals. *Es* zu besitzen, danach trachte ich jetzt, danach steht mein ganzer Sinn. Den Dicken seines Talismans zu berauben und so seines Glückes, das ist alles, was mir durch den Kopf geht. Vielleicht würde das Ding ja auch bei mir wirken? Wenn ich es genau bedenke, wendisch wie ich zur Hälfte bin – denn meine Mutter, Rybba Hörwelker, war dem überaus sprechenden Namen nach eine waschechte Wendin –, würde das den wendischen Gottheiten geweihte Kleinod in meinem Besitz wohl noch größere Wunder tun … Hatte nicht Cleji von der Springwurzel des abergläubischen Brauers erzählt? Hatte nicht Heiko Kuden über die schrulligen Wendenforschungen Soltmanns berichtet? Hatte ich nicht im sehr glaubhaft geschriebenen Volksbuch vom *Rotmann* gelesen, wie sich das Glück durch so ein Amulett beeinflussen lässt?«

Vullo sprang vom Steintisch und tat so, als reiße er einem am Boden Liegenden eine Kette mit Anhänger vom Hals.

»Da hatte ich es also plötzlich in meiner Hand. Hatte es ihm fortgenommen, sein Glück, einfach so! Ein Hochgefühl durchströmt mich, ich lodere wie zuvor die längst nur noch rauchende Pappel. Aber schon kommt der dämpfende Guss: Der, den ich für tot und vom Blitz erschlagen halte, wird wieder lebendig! Und wie! Durch mein Kettenabreißen habe ich ihn wieder zu Bewusstsein gebracht. Soltmann sieht erst mich an, dann das Amulett in meiner Hand, das für ihn das Höchste ist. Er rafft seine Stöcke, rappelt sich hoch, ja, springt förmlich auf wie ein Tanzbär. Und ich gehe rückwärts, lache vielleicht, unsicher noch, was zu tun ist … spreche mit ihm, ziehe ihn auf … sage etwa: *Na, du alter Narr, glaubst du wirklich, dass ich dir so einfach dein Glück zurückgebe? Glaubst du, ich lasse dich weiter die erste Stelle unter den Soltwedeler Brauern einnehmen, wenn ich doch nur dieses alberne Ding hier zertreten oder ins Feuer schmeißen muss?* Ich schwinge mich auf meinen Gaul und belächele diesen vormals reichen, jetzt so armen, armseligen Mann, der flucht, bittet, bettelt, ich möge ihm zurückgeben, was seins ist, der droht und …«

Kerstin erblickte die bedrohlichen Ankömmlinge durch eine Ritze zwischen den Steinen, hinter denen sie sich noch immer verborgen hielt, den Ausführungen Vullos lauschend: Karel und

Jenns und ihr unheiliges Gefolge. Prior Johannes, der gefesselt bei ihnen war, hatte sie wohl – sicher nachdem sie ihn zu foltern gedroht hatten – auf die Fährte gesetzt. So viele Menschen machen ja unübersehbare Spuren, wenn man erst einmal weiß, in welche Richtung sie gelaufen sind.

Sie handelte, ohne nachzudenken: schlich sich den Hang hinunter, fand ein Pferd von einem der Aufständischen, das neben dem Pulk der gut bewachten Tiere graste, und trieb es zur Eile an … Bald schon traf sie auf das kurfürstliche Heer, welches den Cheiner Forst befreit hatte und auf dem Marsch nach Soltwedel war.

Vullo sah den Schatten, sah, wie er sich anschlich, ihm an den Beinen hochlief, ihn schließlich ganz umschloss. Er hörte auf zu sprechen, musste aufhören, obwohl er so gut in Fahrt gewesen war. Er blickte ärgerlich auf. Dann klappte ihm die Kinnlade herunter, als er Karel und Jenns Merin auf Pferden vor sich sah.

»Jetzt bin ich aber sehr gespannt, Hochwürden, wie Euer Märchen fortgeht«, sagte Karel Merin. »Wir können die Szene förmlich fortspinnen und spielen … als sei es ein Osterspiel.«

Er und die Aufständischen hatten alles mit angehört – auf der gegenüberliegenden Seite, hinter den Chorherren, hatten sie am Hang gelauert.

»Bis Ostern ist es noch etwas hin …«, sagte Vullo verdutzt über diesen Einbruch der Realität in seine Erzählung.

»Da haben wir ja die ganze Bande am richtigen Ort beieinander!«, tönte Jenns, der nominell noch immer einer der Alt-Soltwedeler Bürgermeister war.

»Was wollt ihr?«, fragte Niklas Soltmann herausfordernd.

»Ein kleines Osterfeuer wollen wir hier am gut-heidnischen Ort machen«, sagte Jenns.

»Holt Holz!«, tönte Karel. »Möglichst viel und möglichst lange Stücke – nehmt einfach die Soltmann'schen Hopfenreiser und die Pfähle, an denen sie kleben, das macht gutes, würziges Feuer!«

»Und auch für die Handlanger von Fürst und Bischof!«, fiel Rodensee ein. »Für die Blutsauger und die Blattläuse, die Augustiner-Chorherren, die auch zapfen und ihre Pfründe herausziehen aus uns! Wir sind die, die bezahlen müssen und immer mehr zur Kasse gebeten werden! Wir bezahlen Fürst und Bischof! Nicht länger! Nie mehr!«

Das Unglaubliche geschah: Sie zogen trockene Gallapfelbäume heran, und entwurzelten weit unten tatsächlich eine Menge Hopfen vom Soltmann'schen Flurstück, rissen aus, was sie konnten, zogen es während der nächsten Stunde herauf und schichteten die Äste, die Stämmchen und das Tragwerk rund um den Dolmen auf, bis er aussah wie ein großer Holzstoß. Wo zuvor freie Stellen wie Ein- und Ausschlupfe gewesen waren, lag das Reisig jetzt mindestens ein Lachter hoch.

Vullo und alle anderen zitterten und hockten, noch immer sprachlos, von den wild gewordenen Biersteuerverweigerern umstellt. Es sah nicht so aus, als ob sie auf Frauen und Kinder Rücksicht nehmen würden. Sie hatten mit ihnen zu reden versucht. Doch der Hass hatte alles erstickt. Niklas Soltmann und Heiko Kuden hatten erfahren wollen, was mit ihrem Besitz geschehen war, worauf ihnen nur Hohnlachen entgegengeschallt war.

»Fürstenknechte! Bischofsmützen! Bierziese-Säcke!«

Der alte Wittkop hatte die Lebendigkeit einer in Zauberelixier erfrischten Springwurzel gewonnen. »Jetzt wird Feme-Gericht gehalten, da kommt's auf einen Vatermörder unter den Volksschädlingen gar nicht weiter an.«

»Gutes Stichwort, Wittkop. Jetzt kommen wir zu unserem Volksstück«, sagte Karel.

Der einst so träge und unentschlossene Mann war kaum wiederzuerkennen. Wie er da in seiner Reitkluft steckte und Befehle gab, hätte man denken können, er wäre als Raubritter geboren worden und nicht als halb-wendischer Brauerssohn.

»Habt Ihr das mit seiner Wendenmutter wirklich einfach so aus dem Namen geschlossen? Das würde mich schon interessieren«, fragte Waldenfels, im Grunde bloß, weil er Angst hatte und Konversation machen wollte …

»Ich habe auf dem Rand von Soltmanns des Älteren Manuskript eine ganze Liste von Brauern gefunden, die seiner Meinung nach unter Wendenverdacht stehen. Eigentlich alle außer ihm selbst … Aber nur bei Schwichelt und Merin hat er genauer nachgebohrt. Die Merins kamen nach Soltwedel, als es noch keinen interessiert hat, ob Wende oder Deutscher … Da scheint die gute Rybba Merin so durchgerutscht zu sein …«

Karel hatte nur den Namen *Rybba* zu hören vermeint und kurz gezuckt. Dann grinste er breit und trat vor Vullo.

»Ein schöner Schwank wird das! Ihr seid also ich gewesen, Hochwürden. Jetzt bin ich selbst der auf dem Pferd, und Ihr wollt den alten Soltmann spielen … hm … Da müsstet Ihr aber noch zulegen!«

Die Aufständischen lachten schallend, doch Vullo dachte nicht daran, sich seinen Auftritt durch billige Scherze kaputtmachen zu lassen.

»Ihr habt ihn mit seinem Amulett geködert und ihn …«

Jenns Merin war neben den Bruder getreten und stellte klar: »Ihr seid ein Laffe. Es hat sich ausgespielt! Los, da rein! Alle!«

»Das ist die rechte Darre für eine prälatengespickte, fürstenhörige Schandbrauer-Sippschaft!«, kam es von Wittkop, der eine Forke in den Himmel reckte.

Die Eingekreisten machten einen verzweifelten Versuch, die gegnerischen Reihen gemeinsam zu durchbrechen, scheiterten aber kläglich an der feindlichen Überzahl.

»Verdammt, was geschieht hier? Im Namen Gottes, des Allmächtigen! Haltet ein in Eurem Tun! Der Herr wird …«, schrie Vullo, während ihn Zweie gepackt hielten wie ein leichtes Möbelstück.

»Halt den Schnabel!«

Ein derber Knüppelhieb beendete sein Aufbegehren. Waldenfels und der Prior Johannes, den man seiner Fesseln entledigt und zu den Übrigen geschubst hatte, schleppten ihn mit hinein

– durch eine letzte Öffnung im Stapel, vor die dann ebenfalls Holz geschoben wurde. Drinnen war es duster und stickig. Die Kinder heulten und schrien wie am Spieß. Männer und Frauen schwiegen oder schrien vor Wut. Kornelius bekam einen Anfall und zuckte zwischen den Beinen der anderen am Boden. Sie standen so gedrängt, dass sie ihrerseits nicht umfallen konnten…

»Das ist das Ende!«, schluchzte Marie Soltmann, die Arme um Heiko Kuden geschlungen.

Tremelle gab den Versuch, die Kinder zu beruhigen, auf. Hanna versuchte es wenigstens bei den Kleinsten und drückte sie an sich. So standen sie eine geraume Weile, Kornelius kam wieder zu sich und legte sein schmerzendes Haupt auf die Schulter des Bruders. Vullo erwachte mit schmerzendem Schädel und war unfähig, seine Empfindungen in Worte zu fassen. Sie standen eng gedrückt wie die Heringe in der Mitte des Innenraums, um von den Wänden wegzukommen, von denen sie glaubten, dass sie heiß würden.

Waldenfels indes sagte: »Bevor das passiert, sind wir schon erstickt…«

Prior Johannes begann so laut, dass es auch draußen gehört werde, das Vaterunser zu beten, und sie stimmten alle ein. Dann sangen sie gemeinsam, bis sie das Knistern hörten und die ersten Rauchschwaden nach innen drangen. Sie husteten, keiner sang mehr, sie keuchten, pressten sich Kleidungsteile vor Mund und Nase… Prasselnd fing das trockene Reisig Feuer – alles schien auf einmal zu einer Feuerwand vor den Steinen zu werden, und sie rangen nach Luft… wo war die Luft… die L…

Waldenfels, der sich als Letzter aufrecht hielt, sah dunkle Stangen, die in dem Feuer vor dem Eingang rührten. *Jetzt fachen sie es noch einmal richtig an*, dachte er und schloss mit dem Leben ab. Es war sicher nicht das schlechteste Leben gewesen, das er gelebt hatte, er hätte es schlimmer treffen können, viel schlimmer…

Da flog der Stapel auseinander. Die Stangen stocherten nicht, um Glut zu erzeugen, sondern rissen den verderblichen Brand fort. Gestalten tauchten auf im Rauch, dick vermummt um den Kopf. Wo sie hineingeschoben worden waren, kamen Hände und packten die Ersten ganz vorne, zogen sie zwischen den Steinplatten heraus. Sie zogen einen nach dem anderen nach draußen. Die verrußten Leiber hatten schon alles Leben verloren, wie es schien, und mussten an den Armen hinausgeschleift werden. Immer mehr Vermummte mit Tüchern um Münder und Nasen stürmten hinein, zerrten hinaus. Sie ließen keinen zurück. Die Reihe kam an Waldenfels, an Vullo ...

Als Vullo ins Freie kam, regten sich seine Augenlider, und er sah eine beeindruckende Gestalt, ganz verschieden von den apokalyptischen Reitern, die zuvor dort das Sagen gehabt.

»Oh ja, ich erkenne dich! Du bist der Erzengel Michael, der starke Mann Gottes, der Fürst der himmlischen Heerscharen! Der Bekämpfer der rebellischen Engel und der Drachen in der Johannes-Offenbarung ...«

Vullo stutzte aber. Michael ritt nicht, im Gegensatz zu Georg. Und – wenngleich auch seine Ritterrüstung durchaus stimmig erschien – wo waren seine Flügel? Diese Widersprüche in der Ikonographie brachten den Generalvikar wieder vollends ins Reich der Lebenden zurück. Sein Geist erstarkte, seine Augen, tränend vom Rauch, sahen deutlicher. Waldenfels, der eben herausgezerrt wurde, fiel zu Boden wie ein Sack.

Der vermeintliche Erzengel saß ab und kniete neben dem Gefallenen, schüttelte ihn: »Waldenfels, mein Bester! Seid Ihr es oder ist es ein Stück Räucherspeck?«

Er lebte. Vullo seufzte vor Erleichterung und sah um sich. Überall regte es sich, wurde eifrig und allseits sehr lebendig gehustet, gehechelt, gejapst. Die Kinder keuchten, einige weinten plärrend, dass ihnen die Tränen helle Strahlen über die Rauchgesichter malten ...

»Mein Fürst!«, kam es aus Waldenfels, tief und verkohlt wie aus einem Steinofen.

Vullo begriff endlich, wer der rüstige Herr war, der da neben ihm kniete, mit dem dekorativen Kreuz auf dem Brustharnisch und den Ringellocken, die unterm Eisenhut hervorquollen.

»Sieht so aus, als ob Ihr heute noch Gelegenheit erhaltet, eine Gerichtsverhandlung unter Gottes schönem Märzenhimmel abzuhalten«, krächzte Waldenfels. »Der qualmende Herr hier … ist der Generalvikar des Verdener Bischofs, und ich glaube, er wäre zu unglücklich zu sterben, wenn er nicht zu Ende führen dürfte, was er begonnen. Er könnte zum Wiedergänger werden, wenn Ihr es nicht gnädig verstattet …«

Vullo qualmte nicht nur, er war auch – wie sie alle – reichlich angeschwärzt vom Rauch, und als er lächelte, wirkte er wie aus Ebenholz geschnitzt, mit weißen Zähnen und Augäpfeln.

»Ach, jetzt hätte ich Euch beinahe nicht mehr erkannt, Hochwürden Vullo!«, sagte der Kurfürst. »Natürlich dürft … äh … müsst Ihr mir berichten! Keine Frage, na klar!«

Sie standen unten am Hügel, Jenns und Karel Merin in Fesseln, Cleji Schneider (alias Clos Snider) ebenso. Dass er ihr Vater sein sollte, bestärkte Kerstin, die Retterin, nur im Glauben an die göttliche Unerforschlichkeit. Sie klammerte sich an den Einzigen, den sie noch liebte, dem sie noch vertraute – an Niklas …

Die kurfürstlichen Heerscharen hatten im weiten Rund ihr Heerlager aufgeschlagen. Die Aufständischen waren ein zusammengepferchtes Häufchen Elend inmitten eines Rings aus Bewachern. Die Befreiten waren den Berg hinuntergeleitet worden, hatten sich notdürftig gesäubert und erholt, hatten gegessen und getrunken. Waldenfels und Vullo standen frei, der Kurfürst gab seinem Pferd eine Mohrrübe, strich dem Araberhengst über die Kruppe.

Eben hatte Vullo trefflich gemutmaßt, dass Jenns Merin der Urheber der falschen Feme-Anschuldigung gewesen war. Kerstin, entsetzt über ihren Mann Jenns, hatte ihn darauf gebracht. Er schien von ihrem langjährigen Fremdgehen Wind bekommen und einen immer größeren Hass auf Soltmann entwickelt zu haben. Zuletzt war dieser Hass grenzenlos geworden und hatte ihn gar die Bierkriegsstimmung zu seinem Zweck missbrauchen lassen. Dass mehrere Dutzend Menschen, ja, sogar sein Schwiegervater dabei fast den Tod gefunden hätten, schien Jenns Merin, dem Blonden und Blauäugigen, nicht zu Bewusstsein zu kommen. Er wirkte verblendet und geistesabwesend, hatte – was seine letzte Tat zur Genüge bewies – ganz offensichtlich den Verstand verloren.

Sein Bruder Karel dagegen, seltsam braunhaarig und grünäugig, machte einen restlos versammelten Eindruck, als Vullo auf Geheiß des Fürsten den Faden dort wieder aufgriff, wo er ihm zuvor so brachial aus der Hand gerissen worden war. Karels Verstand mochte wohl wissen, dass es nach seiner Mittäterschaft beim Anführen der Aufständischen mit seinem Leben nicht mehr weit her war. Selbst Waldenfels war überzeugt, dass Kurfürst Johann angesichts der Bierziese-Empörung Härte zeigen würde. Doch es schien Karel Merin jetzt mit einem gewissen letzten Stolz zu erfüllen, dass kein Geringerer als der Vertreter des Verdener Bischofs vor dem Kurfürsten über ihn sprach.

»An Eurem Schicksal, Karel Merin«, hob Vullo an, »wird dies wenig ändern. Doch es wird allen, die sich schon so lange mit dem Casus Soltmann herumschlagen mussten, eine gewisse Befriedigung verschaffen, nun endlich zu hören, wie die Farce damals zu Ende ging …«

Eine letzte Atempause hatte er diesmal selbst sehr nötig.

»Ihr hattet Kristof Soltmann das Amulett vom Hals gerissen, wodurch er wiederbelebt wurde, Euch sah, aufstand und Euch folgte, die Ihr teuflisch zurückwicht. Er wollte es wiederhaben, er flehte, fluchte, und Ihr führtet ihn langsam bis zu diesem Punkt hier.«

Karel Merin erblasste, denn Vullo deutete auf die Stelle, an der in jener fernen Gewitternacht der große Wächterstein des Wolfsberg-Dolmens umgestürzt war. Lang und eingewachsen lag der steinerne Hüne vor Vullo im Gras.

»Kornelius Soltmann hörte, wie dieser Stein umfiel, das heißt, er tat dies, geraume Zeit nachdem er seinen Streich gespielt und seinen Anfall erlebt hatte. Nicht Kudens Davonreiten hörte er danach«, hier wandte er sich kopfschüttelnd zu Waldenfels, »sondern Eures, Karel Merins, eiligstes Davonreiten!«

Waldenfels schlug sich vor die Stirn. »Natürlich!«

Vullo strahlte und seine Rede hob sich.

»Hier an der offenen Wunde am Fuße des Wolfsberges, wo der Alte seinen Knecht Cleji die Grube hatte ausheben lassen, in der er neue Wendenamulette zu finden hoffte, entschied sich sein Schicksal. Er wurde gezwungen, hineinzuklettern, vielleicht sogar sich hinzulegen, um sein Eigentum wiederzuerhalten. Das sagtet Ihr ihm doch, oder nicht?«

Karel Merins Gesicht war so kalt, als hätte er auf Eis gelegen.

»Weich war der Boden, halb voll Wasser stand die Grube, und es genügte ein bloßes Handauflegen auf den Giganten von Stein, um ihn zu fällen, um beide zu fällen … der Wächterstein bedeckte den Brauer … und der Boden erzitterte. Später streutet Ihr die Mär aus, den Alten noch gesehen zu haben, im Durchgang zu Kudens Hof. Da müsste er aber wirklich ein Wiedergänger gewesen sein.«

»Sagt Ihr so einfach …«, sagte Karel Merin dunkel. »Ich hab gesehen, was ich gesehen hab.«

Heiko Kuden und Marie Soltmann konnten nicht mehr an sich halten und lachten. Vullo und Waldenfels schauten irritiert. Der Kurfürst amüsierte sich kurfürstlich.

»Was habt Ihr?«

»Mit Verlaub – Merin sah mich, wie ich seiner Frau, angetan mit einem Sack und in der Hand zwei Krücken, ihren Mann vorgespielt habe … Wir waren in einem Freudentaumel an diesem Tag, denn … Ihr könnt es Euch nicht vorstellen, was es heißt, wenn ein Alpdruck plötzlich verschwindet … und das war der Alte für uns alle …«

Vullo räusperte sich.

»*Nunc est bibendum.* Wir stehen am Grab eines trotz allem großartigen Brauers, und wenn er Domherr gewesen wäre, so hätte er sicher verfügt, dass man an seinem Todestag dem Volk

Freibier ausschenke wie es 1093 der Bamberger Oudaricus getan ...«

Karel Merin lachte leise. »Das habt Ihr Euch alles nicht schlecht ausgedacht, mit diesem Amulett. Aber wie wollt Ihr das je beweisen?«

»Ich gebe zu, dass es nicht einfach sein wird, den Stein zu bewegen, doch es wird geschehen. Ich kann es schier kaum erwarten!«, sagte Vullo, während sich eine Traube von emsigen kurfürstlichen Kriegern ans Werk machte. Erst gruben sie, dann wurden Holzstempel angesetzt.

»Hau ruck! Hau ruck!«

Der Riese hob sich an einem Ende ein Stück. Sicherungshölzer wurden untergeschoben, dann wurde wieder geruckt, gehoben, gezogen, geschoben, gedrückt – bis das Unvorstellbare bewältigt war: Der Wächter stand nach fast zwölf Jahren wieder aufrecht.

Aller Blicke wühlten aufgeregt im Bett, wo der längliche Fels eben noch gelegen.

»Oh!«

Es war ein gemeinsamer Aufschrei, denn da zeichnete sich als schwache helle Spur im Boden ein breites menschliches Skelett ab! Zwei helle Streifen an den Seiten markierten die Lage der Soltmann'schen Handstelzen ...

Waldenfels zog die Tatortskizze aus dem Wams und zeigte sie dem Kurfürsten. »Wenn Kurfürstliche Gnaden geruhen möchten zu bemerken: Dies ist das Soltmann'sche Amulett! Es hängt an einer silbernen Kette! Silber ist dauerhafter als Holz und Knochen ...«

Vullo wies an die Stelle unterhalb des kantigen Schädels, doch am Hals des Skelettes zeigte sich nichts. Keine Kette.

»Am Mann nachsuchen!«, lautete Johanns schlichter Befehl.

Widerwillig suchte es Karel Merin zu hindern, dass ihm das Wams aufgerissen und das Soltmann'sche Amulett vom Hals genommen wurde, das dort seit jenem verhängnisvollen Tag hing.

»*Abraxas!*«, sagten alle.

Was weiter geschah?

Die Anführer der Altmärker Schicht wurden in getrennten Städten hingerichtet: die beiden Merin-Brüder ließ der Fürst vorm Alt-Soltwedeler Rathaus enthaupten, Cleji Schneider alias Clos Snider dagegen in Tangermünde, nebst einem Tuchmacher.

Später im Jahr feierte Alt-Soltwedel in der Marienkirche eine dreifache Hochzeit: Heiko Kuden ehelichte Marie Soltmann, Kornelius Soltmann heiratete Hanna Slaberndorp und Niklas Soltmann wurde Kerstin Kuden angetraut. Bischof Berthold von Verden persönlich segnete ihre Ehebünde.

Beim finalen Fest im Soltwisch – Willem van Eyb hatte eben den letzten Pinselstrich unter das Fresko *Gambrinus' Gastmahl* in der kurfürstlichen Burg gesetzt – fielen zwei Gestalten besonders aus dem Rahmen: Kurfürst Johanns fünfter Diener Waldenfels und Bischof Bertholds erster und einziger Generalvikar und Dechant Otto Vulle, genannt Vullo. Dessen letzte Worte, bevor er sternhagelvoll in der Jeetze landete – wo er aber zum Glück nicht ertrank –, sollen gelautet haben:

»*In Vullo veritas*!«

* * *

[Kornelius Soltmann]

Die erbauliche historia vom Kaufmann Rotmann oder: Von Gewissenhaftigkeit und Unbeständigkeit des Glückes

In der Mitte des vorigen Jahrhunderts lebte in der Handelsstadt S. der wohlhabende Kaufmann Rotmann nach dem Tod seiner Frau allein mit seinen Söhnen Anian und Samar. Der Vater liebte beide ohn Unterschied, auch wenn nur Samar, blond und blauäugig, sein eigenes Kind, Anian, braunhaarig und grünäugig, dagegen an Kindes Statt angenommen war. Da er bereits im höchsten Alter stand, rief er Anian, den Jüngeren, zu sich ins Kontor, schloss Türen und Fenster und vergewisserte sich umständlich, dass sie auch wirklich alleine und unbeobachtet waren.

Er entzündete eine Lampe und zog eine Kette aus seinem Gewand hervor, an der sich ein kunstvoll gefertigter Anhänger befand. Klein genug, um in der hohlen Hand verborgen zu werden, war das Amulett doch mit derart feinen Einlegearbeiten aus Perlmutt und Elfenbein verziert, dass es schien, als hätten Engel es bearbeitet. Vorsichtig legte der Vater das Kleinod auf einen Tisch und bat Anian, genau aufzumerken.

Er beugte sich darüber und sprach laut und deutlich ein eigenartiges, orientalisch klingendes Wort: ABRAXAS! Die Oberseite des Anhängers sprang wie der Deckel eines Miniaturkästchens auf, und im Inneren desselben lag in grünschillerndem Seidenbett ein graues Holzstück, das leicht geschwungen war und einer winzigen ausgetrockneten Natter ähnelte.

»Sie ist trocken geworden«, sprach der Vater geheimnisvoll.

Er nahm einen Becher, füllte ihn mit honigfarbener Flüssigkeit aus einem Fässchen und warf dann das Holzspänchen hinein. Mit einem hörbaren Zischen verwandelte sich das starre Holz in ein agiles Schlänglein, das in Windeseile wie ein Wirbel die Fluten durchmaß. Anschließend schwamm es wieder auf der

Oberfläche als frischer, bernsteinfarbener Holzspan, der nach feinstem Zedernholz duftete.

»Das, lieber Anian«, sprach der Vater zu dem Staunenden, »ist eine Springwurzel! Sie kommt aus dem Zaubergarten der Kaiserin von China und wurde meinem Vater von deinem Urgroßvater vererbt, der sie von seinem Vater erhalten hat und so in langer Linie durch die Generationen fort. Sie bewirkt, dass ihrem jeweiligen Besitzer stets gutes Gelingen und bleibender Wohlstand sicher sind, die er seinen Geschwistern mitteilen möge, weshalb ich dir ihre Hege und Pflege ans Herz lege, damit auch deine und deines Bruders Kinder und Kindeskinder nie hungern und darben müssen.«

Der Vater machte eine bedeutende Pause, und Anian bestaunte das kleine duftende Holzstück. Er hatte es aus dem Wasser gehoben, hielt es vorsichtig auf der Fingerkuppe und genoss den frischen Duft.

»Weil dein älterer Bruder Samar für die Geldgeschäfte keine Neigung zeigt«, fuhr der Vater fort, »sondern sich auf die ärztliche Wissenschaft verlegen möchte, um den Menschen die Gebrechen auszutreiben, habe ich dir, Anian, dieses wichtige Geheimnis offenbart. Sorge du für alle deine Anverwandten, in Sonderheit für deinen Bruder, auf dass Euer gutes Leben kein Ende nehme. Hüte das Kleinod vor aller Welt, vor deiner zukünftigen Gemahlin und selbst vor deinem Bruder, wenn du die dauerhaft segensreiche Wirkung, die das Amulett verspricht, nicht gefährden willst. Schließe es weg, falls andere es sehen könnten, auch bei Nacht, damit Niemandes Interesse darauf falle und daraus Unsicherheit entstehe. Andererseits musst du es von Zeit zu Zeit, spätestens aber am Ersten jeden Monats mittags um zwölf Uhr, mit einem Elixier auffrischen, sonst wird das Unglück die Oberhand über deine Unternehmungen gewinnen. Hier ist, nach der Geheimschrift des bekannten Abtes Trithemius niedergeschrieben, das Rezept für das Elixier.«

Und er gab ihm einen Zettel mit einer langen Folge von Buchstaben, die er ihn auswendig zu lernen bat, und wies ihn an, den

Zettel im Anschluss zu vernichten. Da nun Anian alles versprach und gelobte, wiederholte ihm der Vater die zur Öffnung des Amuletts und zur Pflege der Zauberwurzel nötigen Dinge und legte ihm endlich die Kette mit dem kostbaren Anhängsel um den Hals.

Als der Vater bald darauf starb, erhielt Anian das Geschäft und Samar eine größere Summe Geldes für seine Studien. Indes versprach ihm der Bruder, dass ihrer beider Wohlstand kein Ende nehmen werde, ohne freilich die besondere Gabe zu erwähnen, die ihm vom Vater zu ihrer gemeinsamen Nutznießung überlassen worden war. Samar freute sich dieser brüderlichen Versicherung als eines allgemeinen Wunsches und ging an die angesehene Universität zu Leiden, wo er die nächsten Jahre eifrig das Studium der Medizin betrieb und schon bald zu einem fähigen Chirurgen und Medikus ausgebildet war. In festem Vertrauen auf seine ärztliche Berufung entsagte er jeglichem Aufwand und wendete all sein Geld für die Behandlung bedürftiger Kranker auf, die er als wandernder Doktor landauf, landab versorgte. Er blieb nie länger als ein Jahr am selben Ort und verlangte für seine Dienste von den Kranken nur das Allergeringste, meistens aber gar kein Honorar.

Auf diese Weise kam er mit seinem Erbteil bald ans Ende. Er schrieb einen Brief an den Bruder, um ihm seine Not anzuzeigen und vielleicht eine kleine Hilfe von ihm zu erhalten. Anian antwortete Samar sehr zu dessen Beruhigung und sorgte für eine dem Bruder sehr großzügig dünkende Rente, die es Samar ermöglichte, in seiner Mildtätigkeit und gemeinnützigen Heilkunst fortzufahren, ohne selbst Mangel zu leiden.

Anian hatte die väterlichen Ratschläge immer gut beherzigt. Auch nach der Heirat mit der schönen, klugen und auf Buchgelehrsamkeit versessenen Malora hielt er den Anhänger stets verborgen, verschloss ihn sogar des Nachts und schwieg über seinen Inhalt. Die Geschäfte florierten wie gewöhnlich, und alles, was er anfasste, schien von bleibendem Segen begünstigt. Er bereitete das Elixier und frischte die Springwurzel auf, wie es ihm der Vater gezeigt.

Eines Abends jedoch, als er mit Malora im Bett lag, hing ihm aus Nachlässigkeit das Amulett noch immer um den Hals, wo die Frau es fand und bestaunte. Wohl oder übel musste er es auch in der folgenden Nacht offen tragen, weil sie am Anblick der schillernden Intarsien so große Freude fand. Als sie jedoch neben ihm bei ihren gelehrten Studien halblaut aus einem arabischen Buche vorlas, kam unversehens das öffnende Zauberwort über ihre Lippen, welches sie, da es ihr wohl gefiel, mehrfach und immer lauter aussprach: ABRAXAS! *So wurde die feine Hornfeder in Schwingung versetzt, die den Mechanismus des Deckels im Amulett auslöste, so dass die Springwurzel herausfiel und unmittelbar vor Malora auf der Bettdecke landete.*

Anian erschrak, verwahrte aber das Kleinod wieder aufs Sorgfältigste, ohne die Fragen seiner Gattin, was das für ein trockenes Hölzchen sei, was es bewirke und warum er es in dem hübschen Amulett so geheimnisvoll verberge, aufrichtig zu beantworten. Stattdessen gab er ihr an, dass es ein Holzsplitter von Christi Kreuz sei. Malora nickte und gab sich so, dass er beruhigt war. Doch sie glaubte diese Erklärung nicht, da Reliquien nicht in Amuletten verborgen waren, die sich durch das Aussprechen von Zaubersilben öffnen ließen, und sie prägte sich das Wort ABRAXAS *sehr sorgsam ein, wozu freilich keine große Fähigkeit gehörte.*

Sie tat nun hinter dem Rücken ihres Mannes alles, um das wahre Geheimnis des Kleinods zu entdecken. Da es ihr seltsam erschien, dass Anian so sehr um den Inhalt des Schreins besorgt war, beobachtete sie ihn auf Schritt und Tritt und merkte auf die kleinste Sonderbarkeit seines Verhaltens. So entging ihr nicht, dass er sich am Ersten eines jeden Monats mittags um zwölf Uhr in seinem Kontor einschloss und selbst die Fenster sorgfältig verhängte, auf dass kein Mensch sehen konnte, was er tat. Malora befahl ihrer Magd bei nächster Gelegenheit, sich in einem Schrank des Kontors zu verstecken und ihr alles zu berichten, was sie durch ein Loch im Holz etwa sehen würde.

Malora hörte schon bald von der Magd, wie Anian das Holz wundersam mit dem Elixier aus einem kleinen Fass erfrischte.

Sie wartete fast einen Monat, um die Sache selbst zu besehen, wozu sie Anian durch viele Krüge Bier, die mit ihr zu leeren sie ihn verführte – während sie das ihre aber nicht trank, sondern trickreich in die Schleifkanne zurückfließen ließ –, in den tiefsten Schlaf versetzte und sich des Amuletts bemächtigte. Sie sprach das öffnende Zauberwort und wiederholte dann mit dem Elixier, von dem noch ein volles kleines Fass bereitstand, die Operation, von der ihr die Magd berichtet hatte.

Wie erschrak sie über die Verwandlung des Holzspans! Doch anschließend erstaunte es sie, wie das Schlänglein das Nass aufnahm, und sie erfreute sich an dem starken Zedernholzgeruch, der sich alsbald verbreitete, nachdem es wieder verholzt war. Aber sie wusste sich keinen Reim darauf zu machen und verwahrte wieder alles sorgfältig.

Am folgenden Tag jedoch zwang sie ihr schlechtes Gewissen als gute Christin, Anian die heimlichen Nachforschungen einzugestehen, und sie ertrug von ihm die bittersten Vorwürfe deswegen. Erst die Versicherung ihrer Liebe und Zuneigung und das heilige Versprechen, niemals einen Dritten in das Geheimnis einzuweihen, versöhnte Anian wieder, und so eröffnete er Malora schließlich, was es mit dem Kleinod auf sich hatte.

Maloras Magd, die den Streit aus dem angrenzenden Zimmer zufällig mit angehört hatte, erfuhr auf diese Weise ebenfalls vom Wert des Amuletts und seines Inhalts, und ihr kamen diese Neuigkeiten sehr zupass.

Anians Jammer war unendlich, als er am folgenden Morgen das Amulett vergeblich suchte. Als Malora zudem das Ausbleiben der Magd bemerkte, wussten sie sogleich, wer sie bestohlen hatte. Doch die Diebin war gleich nach ihrer Tat aus der Stadt hinaus und schon zu weit fort, um noch eingefangen werden zu können. Ein Schiff trug sie längst den Fluss hinab.

Anians Geschäfte gingen noch einige Zeit mit gutem Erfolg ihren Gang, und nichts schien das Glück vertreiben zu können. Er hatte mehr und mehr den Eindruck gewonnen, dass die Springwurzel bloß eine nette Spielerei des Vaters gewesen sei, die dieser ihm möglichst geheimnisvoll hatte vermachen wollen. An eine verborgene Wirkung auf die Geschäfte glaubte er nicht mehr.

Eines Tages jedoch, fast ein Jahr nach diesen Vorfällen, geriet seine Handlung in schwere Unwetter. Blitz und Donner kamen über die Geschäfte, und Anians guter Stern verdunkelte sich über Nacht. Viele seiner Handelspartner hielten ihre Verträge nicht mehr ein, da sie selber knapp waren. Überteuerte Einkäufe blieben in den Speichern liegen. Doch das Geld für günstige Käufe fehlte. Anians Ruf als unfehlbarer Kaufmann war dahin, und zahlreiche bereits sicher geglaubte Abschlüsse kamen nicht zustande. Die Zahlungen an den Bruder Samar, die Anian bis zuletzt immer sorgsam vorgenommen hatte, mussten schließlich unterbleiben, was den glücklosen Kaufmann am meisten betrübte. Mit großer Trauer gedachte er der Mahnung des Vaters, den familiären Wohlstand nicht durch Unvorsichtigkeit zu gefährden.

Samar hatte unterdessen mit Hilfe der regelmäßigen Zuwendungen des Bruders ein segensreiches Hospital in Rom gegründet, in welchem er mittellose Kranke behandelte. Nachdem das brüderliche Geld nun bereits zum zweiten Mal ausgeblieben war, kam er in ernste Bedrängnis. In einem besorgten Brief fragte er nach Anians Wohlergehen und las aus der vertröstenden Antwort heraus, dass die Geschäfte nicht länger florierten und er fürderhin keine weitere Unterstützung mehr von seinem Bruder erwarten durfte.

Er grämte sich deshalb nicht, sondern widmete sich verstärkt der Behandlung vermögender Kranker, um aus den reichen Honoraren, die sie ihm für erfolgreiche Heilungen antrugen, die Ärmsten weiter zu versorgen. Nach einigen Jahren hatten ihm die Ergebnisse seiner Therapien in den besten Kreisen der Stadt einen hervorragenden Ruf verschafft. Durch sein mildtätiges Wirken lernte er zudem die schöne und reiche Eloria kennen und lieben. Nach ihrer Heirat veranstalteten sie ein großes Fest, zu dem halb Rom eingeladen war.

Auch Anian und Malora kamen übers Meer zum feierlichen Anlass, wozu ihnen Samar nebst einer großen Menge Goldes gar ein eigenes Schiff gesandt hatte. Glücklich über ihr unverhofft fröhliches Wiedersehen fielen die Brüder einander in die Arme. Anian blickte mit großer Bewunderung auf den Palast, in dem Samar wohnte, und war wie verzaubert von der Schönheit Elorias, von der die Ankömmlinge sogleich in die schönsten Gemächer geführt und aufs Vortrefflichste bewirtet wurden. Abends dann saßen sie in größerer Runde zusammen und erzählten einander von ihren Erlebnissen. Vor allen glänzte hierin Eloria, die bis zu ihrem glücklichen Zusammentreffen mit Samar bereits weit gereist war und daher vielerlei berichten konnte. Von ihrer Kindheit als Tochter eines Hofbeamten in Paris hatte sie den Gästen gerade eine schöne Beschreibung gegeben und schickte sich, da alle Zuhörer mit Früchten, Gebäck und Wein wohl versorgt waren, zu einer weiteren ausführlichen Erzählung an, in der sie die Herkunft einiger herrlicher Schmuckstücke aus ihrem Besitz erläuterte. Als nach bald einer Stunde alle glaubten und hofften, sie sei damit an ein Ende gekommen, da sie sich gerne Bewegung verschafft hätten, zog sie aus dem Gewand ein Amulett, bei dessen Anblick Anian und Malora wie in einem Tone ihr Erstaunen bekundeten, denn was sie sahen, war nichts anderes als das geraubte Kleinod, welches die Springwurzel enthielt. Aus der Freimütigkeit, mit der die schöne Eloria über das Amulett zu sprechen begonnen hatte, schlossen sie auf ihre Unkenntnis über seinen Inhalt und berichteten daher vor der Hand nichts anderes, als dass ihnen vor etwa einem halben Dutzend Jahren heimtückisch eben dieses Amulett durch eine von der Gelegenheit verführte Dienstmagd gestohlen worden sei. Den Beweis wollten sie Eloria und Samar gerne alleine erbringen, ohne aber dass dadurch die Fröhlichkeit der anderen Gäste Schaden nehmen dürfte. Diese trugen ihnen die Unterbrechung auch nicht nach, sondern ergingen sich erleichtert zwischen den Bäumen des Gartens nach der Anstrengung des Zuhörens.

Die Brüder zogen sich mit ihren Frauen in Elorias Zimmer zurück, wo Anian das Kleinod als eine ihm vom Vater zu seinem eigenen und Samars bestem Nutzen anvertraute Wundergabe entlarvte, indem er das arabische Losungswort sprach, wodurch das Amulett aufsprang. Am folgenden Tag, nachdem er aus dem Gedächtnis das Elixier zubereitet hatte, erfrischte er die Springwurzel und setzte seine Zuschauer wie ein orientalischer Zauberer durch die Verwandlung von Totem in Lebendiges in Erstaunen.

Eloria lieferte nach diesen Demonstrationen den fehlenden Teil ihrer Erzählung nach: »Ein Kaperschiff hatte das Kleinod als Teil einer reichen Beuteladung vom Capo Verde mit sich gebracht, und die Person, der es gestohlen worden war, verfolgte die Diebe über ein Jahr bis auf ihr Schiff, um ihr Amulett zurückzuerobern. Doch der Anführer der Piraten ließ sich nicht bereden, es gleich herauszugeben, sondern hieß die Frau niederste Dienste auf ihrem Schiff verrichten und nährte heimtückisch ihren Glauben, dass sie als Gegenleistung bald das Amulett zurückerhielte. Auf einem Sklavenmarkt in Alexandria wurde die Arme jedoch verkauft – was ihr das räuberische Tun indessen nicht schlecht vergalt –, und die Seeräuber segelten gen Italien, wo sie vor der Adriatischen Küste Schiffbruch erlitten und alle bis auf einen jämmerlich ertranken. An diesem Gestrandeten nun übte eine fahrende Händlerin ihre Menschenfreundlichkeit, indem sie ihn über Monate pflegte und wiederherstellte. Zum Lohn erhielt sie von ihm eine Reihe Kleinodien, die er an seinem Leib gerettet hatte. Von ihr erwarb ich das Amulett mit der Zaubergabe gegen einen lächerlichen Betrag, wenn man bedenkt, was sich in ihm Wertvolles verbirgt.«

Nachdem Eloria ihre Geschichte beendet hatte, legte sie das Kleinod dem Anian in die Hände, und sein Bruder Samar sprach dazu: »Wie du siehst, habe ich die Gabe vor der Hand nicht so nötig als du, denn es ist mir ohne Wissen um sie manches Glück und Wohlgeschick widerfahren und hat sich mit den Jahren nur vermehrt statt vermindert.« Hier lächelte Samar die schöne Eloria an und fuhr fort: »Durch meine Liebe zu Eloria ist unserer Familie ein Schatz wiedergeöffnet, den du schon verloren glaubtest, und den auch ich dir von Herzen wieder anvertraue, weil ich weiß, dass du ihn dir gewiss kein zweites Mal rauben lässt.«

Da dankten ihnen Anian und Malora für ihre Großmut, und in der Tat gab es auf der Welt keinen glücklicheren Menschen als Anian, der die Schmach, das Vertrauen des Vaters enttäuscht zu haben, von sich genommen sah und sich selbst heilige Eide schwor, es nie wieder an der Gewissenhaftigkeit fehlen zu lassen, die ihm die Verantwortung auferlegte.

»Mein Bruder und seine Kinder sollen mit mir und meinen Nachfahren stets die Sicherheit teilen, die uns vom Vater geschenkt wurde.«

***

Historische Stichworte

Bier – Braurecht – Bierfernhandel – »Soltmann«

Im Spätmittelalter konnte man dem Wasser nirgends trauen. Daher wich man im Alltag auf Honigwasser (Met), Fruchtsäfte und Gärgetränke wie Most, Zider (Cidre, Apfelwein), Wein und Bier aus. Als der antiseptisch wirkende Hopfen die zuvor verwendeten Bitterstoffe beim Bierwürzen verdrängte: den Porst (Gagel, Bäckerhusch) und die Grut (diverse Kräuter, teils toxisch – Enzian, Bitterklee, Wermut et al.), wurde Bier zum haltbarsten und beliebtesten Getränk. Auch war es um zwei Drittel billiger als Wein. Mit ihren Getreide- und Hopfenfeldern war die Altmark für die Bierproduktion von nicht geringer Bedeutung. Ab dem 12. Jahrhundert wurde Bier auf Märkten verkauft, im späten Mittelalter eroberte es vom hohen Norden nach Süden hin (wo der Wein lange die Oberhand behielt) neue Absatzgebiete. 45 Prozent der Bevölkerung Hamburgs waren um 1400 mit Bierherstellung und Vertrieb beschäftigt. Bier war kapitales Handelsgut im Hanseraum und feste Steuereinnahmequelle für Fürsten und Städte. Ein durchschnittlicher Jahreskonsum von 350 Litern pro Kopf wird angenommen. Allerdings war ein großer Teil davon Dünnbier, das weitaus weniger Alkohol enthielt als heutiges normales Bier (Durchschnittsbierverbrauch pro Kopf in Deutschland 2007: 108 Liter; in Bamberg, einer von Deutschlands heutigen Brau-Metropolen: 280 Liter).

Das Braurecht *(jus braxandi)* – ein hoheitliches Recht von Adel, Klöstern und Städten – haftete an bestimmten Häusern. In Salzwedel war es allem Anschein nach nicht zunftmäßig organisiert. »Bürger und Brauer« (im Nebenerwerb) konnten sich Angehörige nahezu aller örtlichen Berufsgruppen nennen, wenn sie Grundbesitz mit Braurecht hatten. Das bürgerliche Brauen wurde vom Rat kontrolliert. Gebraut wurde entweder mit einer teuren, fest eingelassenen und daher selbst als Immobilie geltenden eigenen Braupfanne oder mit mobilen Miet-Gerätschaften.

Die bis Mitte des 15. Jahrhunderts vorwiegend obergärigen Biere wurden auch exportiert, wobei das Bierfernhandelsvolumen gering war, da sich mit 100 Kilometer Transportweg der zu erzielende Preis des Ausfuhrgutes Bier etwa verdoppelte. Eberhagen berichtet, dass »während des ganzen Mittelalters [...] täglich an hundert bierbeladene Wagen zu den Toren hinausfuhren«. Bier aus Salzwedel wurde andernorts aus Prestigegründen gekauft. An Fürstenhöfen, in Klöstern und beim reichen Bürgertum galt es generell als schick, den Gästen kostspieliges fremdes Bier vorzusetzen. Ab der Mitte des 14. Jahrhunderts führten Überproduktion und das beginnende Hopfenbrauen in Holland zu Geschäftseinbrüchen und zur Verringerung des Bierfernhandels im Hanseraum. Viele Städte belegten fremdes Bier fortan mit hohen Einfuhrzöllen oder erlaubten seinen Genuss nur noch an bestimmten Feiertagen und zur Krankendiät.

Obwohl Qualität somit nicht alles war und allenthalben das helle Bier im Kommen, galt rotes Bier aus »Soltwedel« als gut: »[...] es ist nämlich aus gutem Wasser und solidem Getreide gebraut: Es ist reichhaltig, nicht zu stark gehopft, dem Gaumen angenehm[,] und die Menschen dort sind von gesunder Gesichtsfarbe«, berichtete 1549 der Danziger Arzt Johannes Placotomus. Andere nannten den Soltwedeler *Soltmann* »köstlich/angenehm/vnd lieblich« und meinten, »vmbher« sei »kein besser Bier«. Bei so bekannten Marken wie dem Gardelegener *Garley*, dem Stendaler *Taubentanz* und dem Tangermünder *Kuhschwanz* lässt sich das hören. Das Bier mit dem schlechtesten Ruf kam aus Brandenburg und wurde wegen seines abgestandenen schalen Geschmacks *Alter Klaus* genannt. Davon wurden die Trinker »schläfrig und träge«, behauptete ebenfalls Placotomus, 1549 (Eberhagen, 82). In der hier fingierten

Geschichte ist »Soltmann« das Erzeugnis der »Soltmann'schen Brauerei und Handelsgesellschaft«, wiewohl »Soltmann« freilich kein Brauer-Familienname war.

Gambrinus, angeblicher Erfinder der Braukunst und Schutzherr der Brauer, war ein sagenhafter flandrischer König zu Zeiten Karls des Großen. Man sehe dem Autor seine anekdotische Erwähnung im Text nach, denn er ist eine Erfindung des 16. Jahrhunderts.

Bierkrieg

Der sogenannte »Bierkrieg« ereignete sich im Frühjahr 1488. Als Kurfürst Johann (er erhielt erst im 16. Jahrhundert den Beinamen »Cicero«) den altmärkischen Städten, die sich immer unabhängiger gebärdeten, mit einer kräftigen Erhöhung des Biergeldes (»Bierziese«) einen Dämpfer verpassen wollte, kam es zu einer Volkserhebung. Im Gegensatz zu Malz- und Bieraufschlag, Tonnenzoll (Handelssteuern) und Biertaxe (Brauereiabgabe), die vor allem Brauer, Kaufleute, Händler und Transporteure spürten, war die Bierziese eine indirekte Verbrauchssteuer, die über den Bierpreis an alle Biertrinker weitergegeben wurde. Naheliegenderweise richtete sich der Zorn der Untertanen gegen steuerfrei lebende und abgabenfrei brauende Adelige und Geistliche vor Ort. Dies geschah mit Gewalt, anders als im Falle von Zerbst, wo 1417 die Erhöhung einer »Biersteuer« durch den Anhaltiner Albrecht III. auf alle auf dem Wasserweg exportierten »Schiffsbiere« durch geschickte diplomatische Interventionen zweier vom Rat delegierter Emissäre beim König Sigismund und beim Markgrafen Friedrich von Brandenburg abgewendet werden konnte (Kreißler, 140ff.). Angeblich soll es beim Altmärker »Bierkrieg« Tote gegeben haben. Namen werden in den spärlichen Quellen nicht erwähnt. Auch über den Verlauf ist wenig bekannt. Erst mit kurfürstlicher Truppengewalt konnte die Altmärker Schicht beendet werden. Stendal wurde gestürmt, drei dortige Tuchmacher verloren die Häupter. In Salzwedel, wo sich die Aufmüpfigen nicht nur des Augustiner-Chorherren-Stifts zum Heiligen Geist, sondern auch des kurfürstlichen Forstes in Cheine bemächtigt hatten (nach Misshandlung der Kanoniker und Vertreibung der Waldhüter), ließ der Kurfürst zur Abschreckung zwei Anführer hinrichten. Die Stadt, in der mindestens seit dem 12. Jahrhundert Hohlpfennige geschlagen worden waren, verlor ihr Münz- und Prägerecht und die eigenständige Gerichtsbarkeit. Der Kurfürst behielt es sich fortan vor, die Ratskollegien der beiden Städte Salzwedel abzulehnen, wenn ihm deren Mitglieder nicht gefielen. Die Flügel an Siel- und Zingeltor, den Verbindungstoren zwischen Alt- und Neu-Salzwedel, die bis dahin abgenommen waren, mussten wieder eingehängt und die Tore nachts geschlossen werden. Um sich vor seinen Untertanen bei künftigen Aufenthalten in der Burg Salzwedel sicher zu fühlen, ließ Johann Bürgerhäuser in Burgnähe niederreißen und einen privaten Notausgang (»Ussgang [...] Abgang hinten us«) durch die Wehrmauer brechen. Die Unterworfenen beider Städte hatten eine Unzahl genau angeforderter Waffen nebst Munition kostenlos »aufs Schloss« zu geben (vgl. Codex diplomaticus Brandenburgensis, Reihe I, Bd. 14, pag. 419–423, actum CCCCXCVI: Vergleich und Revers der beiden Städte Salzwedel wegen des Aufruhrs bei Einführung der Bier=Zise, vom 28. April 1488). So wurde den Salzwedelern eine pekuniär schmerzhafte Strafe auferlegt und zugleich angedroht, was ihnen blühte, wenn sie noch einmal aufmuckten. Das war der Beginn von Salzwedels wirtschaftlichem Niedergang. Die Mitgliedschaft der Stadt in der Hanse endete nach 255 Jahren 1518.

Wenden – Hünengräber – Wendenklausel

Zwischen Germanen und Westslawen (Wenden) schwelte bis ins hohe Mittelalter ein erbitterter Krieg. 928 war Brandenburg, die Hauptburg der slawischen Havellandbewohner, von Heinrich I. erobert worden. Der Sage nach wurden 937 von Markgraf Gero dreißig oder mehr Wendenfürsten bei einer Versöhnungsfeier in der Burg Salzwedel heimtückisch erschlagen. Im Slawenaufstand von 983 erlangten die Elbslawen ihre Unabhängigkeit wieder, ohne dass aber die Feindseligkeiten dauerhaft beendet gewesen wären. Erst Albrecht der Bär vollendete die Germanisierung (vom Umstand begünstigt, dass er das letzte Slawenoberhaupt offiziell beerbte) und nannte sich ab 1157 Markgraf von Brandenburg. Die Wenden wurden unfreie Landarbeiter und Bauern. Dennoch lud man sie in einem gemeinhin als »Gründungsurkunde« Salzwedels betrachteten Privileg für die Gewandschneidergilde von 1233 ausdrücklich zur Ansiedlung in der Stadt ein, wenngleich sie – wie in allen Hansestädten lübischen Rechts – keine vollgültigen Bürger mit sämtlichen Bürgerrechten werden konnten. Über die Jahrhunderte fand naturgemäß eine germanisch-slawische Annäherung statt, die sich etwa in den Besonderheiten des Altmärkischen Dialekts manifestierte.

Die Sprache der Wenden im Salzwedeler Gebiet wird nach einem ihrer Hauptsiedlungsgebiete (der Gegend zwischen Jeetze und Ilmenau, dem Drawehn) Drawähnopolabisch genannt, sie selbst hießen auf gut Lateinisch Drewani. Wie stark ausgeprägt die wendischen Einsprengsel im Alltagsmittelniederdeutsch der Salzwedeler waren, muss weitgehend Spekulation bleiben. Auffällig jedoch muss die Verschiebung beim langen *o* gewesen sein, beispielsweise bei *kaoken* statt *koken* (kochen). Auch lassen sich, Joachim Stefan zufolge, »hyperkorrektes *h*, die Substitution von *h* durch *j* oder die gutturale Aussprache des *l* und die sich daraus ergebenden Vokalisationsprozesse am einfachsten durch den Einfluss des Polabischen erklären« (Stephan, 295). Slawische Salzwedeler Namen waren laut Stephan u. a. Budeke, Hörwelker, Museke, Rademin, Rasce, Ribeke, Rybba, Sluge, Sverze, Tremelle und Zlibe. Heute noch verwendete Worte slawischen Ursprungs sind z. B. *pram* – Prahm, *gurke* – Gurke, *ukelei* – Weißfisch, *plötz* – Rotauge, *dornse* – heizbare Stube, *plit* – Plattfisch und *tremel* – Hummel.

Die Wenden verehrten eigene Gottheiten, etwa *Perun* oder den dreiköpfigen *Triglaw*. Die im Text erwähnten Wendengötter *Xas* und *Abra* sind erfunden, und mit den Hünengräbern hatten die Wenden und Wendengötter schon einmal gar nichts zu tun. Die 47 noch erhaltenen altmärkischen Großsteingräber – im Volksmund benannt nach den hünenhaft-riesigen Deck- und Wächtersteinen – finden sich alle südlich von Salzwedel. Im 18. Jahrhundert waren es noch ca. 200, in den Jahrhunderten zuvor sicher mehr. Immerhin könnte somit 1488 noch ein nördlich von »Soltwedel« gelegener Dolmen an der später Wolfsberg genannten Erhebung existiert haben. Menschen des Mittelalters, egal ob wendisch oder nichtwendisch, mieden oder fürchteten die Heidengräber keineswegs. Abergläubisch wie sie waren (siehe Reliquienkult, Würzweihe, Amulette etc.), benutzten sie solche Orte gern für volksmagische Zeremonien, woran auch die Hexenhysterie fanatischer Inquisitoren nichts änderte.

Im Jahr 1486 wurden von den Räten der beiden Städte Salzwedel Statuten erlassen, die allen »Personen wendischer Abkunft« das Bierbrauen untersagten. Bereits seit Anfang des 15. Jahrhunderts mussten auch zünftige Salzwedeler Handwerker und Gewerbetreibende ihre deutsche Herkunft glaubhaft machen, etwa die Wandschneider, Krämer und Schmiede. Zu diesem Zweck hatten sie »Geburtsbriefe« oder »Echtzeugnisse« vorzuweisen, wenn sie zum Handwerk oder zum Handeltreiben in der Stadt zugelassen werden wollten. Es ist zweifelhaft, ob 1488 der bloße »Zeugeneid« genügte, wie Danneil ihn für die Neustädter Wandschneider 1582 – den Gilde-Protokollbüchern zufolge – überlieferte: »Ich lobe und schwöre zu Gott und seinem heiligen Worte, daß wahr und mir bewußt sei, daß N.N.

von N.N. seinem Vater, und N.N., seiner Mutter, recht und redlich deutsch und nicht wendisch, frei und niemand eigen gezeuget und geboren sei, und daß seine Eltern ihren Handel und Wandel, als ehrlichen Leuten gebühret, jederzeit getrieben, als mir Gott helfe und sein heiliges Wort« (Danneil, 48). Lieselott Enders, die sich intensiv mit der Wendenklausel als »ethnischem Ausgrenzungsmodus« in der altmärkischen Zunftpolitik befasst hat, berichtet, dass Wenden, die bereits brauten, nach 1486 ihre Häuser zunächst behalten konnten, aber die Brauwerkzeuge und Pfannen nicht mehr benutzen durften. 1512 wurden sie zum Verkauf der brauberechtigten Häuser angehalten, damit deutsche Brauer die vormals wendischen Braustätten übernehmen konnten (Enders, 119). Enders geht von der Existenz einer Braugilde aus, wohingegen Eberhagen das Vorhandensein einer solchen nicht bezeugt fand.

Dass Wenden überhaupt Bürger und Brauer gewesen sein konnten, obwohl sie nach lübischem Recht anderswo weder Bürgerrecht noch Grundbesitz erwerben durften, legt den Schluss nahe, dass man in Salzwedel die wendische Herkunft zuvor nicht als Problem betrachtet hatte. Erst in Krisenzeiten suchten die Räte wohl nach billigen Ausgrenzungsgründen. Der Handel im Hanseraum, die Gesamtproduktivität und der allgemeine Wohlstand gingen im späten 15. Jahrhundert eklatant zurück. Die Landflucht nahm um diese Zeit in ganz Europa enorme Ausmaße an. Armut erfasste so auch viele bis dahin reiche Städte. Mit der »Wendenklausel« sollte ein deutliches Zeichen gesetzt werden, um den Zustrom geflüchteter unfreier wendischer Bauern in die Stadt einzuschränken. Auf diese Weise ließen sich auch Streitigkeiten mit den adeligen Gutsbesitzern im Umland beenden. Auch konnte so die drückende Konkurrenz unter den Brauern in der Stadt verringert werden.

Im Spätmittelalter gab es noch keine Staatsanwälte, auch kein einheitliches, überregional verbindliches, schriftlich fixiertes Recht. Eine Stadt hatte bestenfalls eine »Willkür« – eine Sammlung von allem, was zu Recht »gekürt«, das heißt per Abstimmung im Rat festgesetzt worden war und dem Volk jährlich (in der »bursprake«) öffentlich vorgelesen wurde. Totschlag war in bestimmten Fällen straffrei, etwa wenn der Getötete ehrlos, verfemt, vogelfrei oder selbst ein Verbrecher war. Unter »Mord« wurde die heimliche Tötung verstanden (später auch »Meuchelmord« genannt; vgl. Grimms »Deutsche Rechtsaltertümer«) und mit Geldbuße, Verbannung und/oder Tod bestraft. Dies galt teilweise auch bei nicht tödlich endender Gewaltanwendung, der Androhung von Gewalt oder sogar bloß der deutlichen Zurschaustellung von Waffen. Das Vermögen eines Mörders verfiel der Gemeine. Ließ er sein Leben auf der Richtstätte, blieb seiner Familie immerhin das Erbe.

»1. Wenn ein Totschlag unter den Bürgern unseres Herrn geschieht, das Gott verhüte, dann gebühren unserem Herrn drei Scherf und drei Pfund [...] 2. Weiß man um diesen Totschlag, so soll der Schuldige zwei Jahre aus der Stadt weichen und fünf Mark geben. Er soll nicht wieder in die Stadt kommen, ehe er den Verwandten [des Opfers; Anm. T.W.] Genugtuung geleistet hat [...]« (»Willkür der Stadt Heiligenstadt von 1335«, Duderstadt, 1997, S. 21). Wenn sich allerdings keiner um einen Toten scherte, etwa weil er ohne Angehörige oder »Gast« (das heißt ein Fremder, etwa reisender Kaufmann) war, wurde meistens gar nichts unternommen. Der eines Totschlags oder Mordes Bezichtigte und Flüchtige konnte sich vor Verfolgung zu schützen suchen, indem er eine rechtsfreie Zuflucht – eine Kirche, ein Kloster, einen Fronhof oder eine Mühle – aufsuchte. Selbst eine Fähre bot kurzzeitig Schutz, denn ein Verfolgter durfte nicht drangsaliert werden, bis die Überfahrt beendet war. Wie wenig geachtet aber die »Heiligkeit« geweihter Orte in der Praxis war, zeigen die Schleifungen von Klöstern, etwa im Bierkrieg (Perver). Polizei und Kriminalistik im heutigen Sinne gab es nicht, Untersuchungen von Verbrechen fanden, wenn überhaupt, nur rudimentär statt, Spurensicherung war kein Begriff. Nachtwächter hatten vor allem die Aufgabe, Brände zu verhindern. Militär war keineswegs überall vorhanden und übernahm nur auf besonderen Befehl zivile Schutzaufgaben. Teure städtische Kriegsknechte sollten bloß gegen Bedrohung von außen schützen.

Die Zuständigkeit von Gerichten in Kriminalfällen war nicht eindeutig geregelt. Das königliche Kammergericht (erst ab 1495 gab es das Reichskammergericht mit oft wechselndem Sitz) war oberstes Berufungsgericht für alle existierenden Stadt- und Landgerichte. Daneben gab es kirchliche Gerichte, Go-Gerichte (aus Hundertschaftsgerichten hervorgegangen und für Bagatellen zuständig) und kaiserliche freie Feme-Gerichte. Letzte waren entweder echte Nachfolger eines karolingischen Grafen-Dings (das heißt aus den sächsischen Grafengerichten unter Karl dem Großen hervorgegangen, um im weiten Land und auf den Handelsstraßen den Rechtsfrieden zu sichern) oder sie fußten auf der Immunität einer Vogtei – klösterlichem Besitz – bei gleichen Aufgaben. Von Karl IV. wurde der landfriedenssichernde Auftrag der Feme in einem am 25. November 1371 zu Bautzen verkündeten Gesetz erneuert und bekräftigt.

Die hier nur andeutungsweise eingestrickte Feme amtierte von den westfälischen Freigrafschaften aus: Unter den »Freigrafen«, nicht zwingend adeligen, doch vom Landesherrn bestätigten unabhängigen Richtern, saßen sogenannten »Freischöffen« oder »Wissende« über Fälle zu Gericht, die ihnen von ihresgleichen aus allen Ständen und Orten zugetragen werden konnten. Der Feme-Einfluss erstreckte sich auf den Erfahrungsbereich der Zuträger: 1470 wurde beispielsweise am Freistuhl von Neustadt ein Casus aus Alt-Brandenburg verhandelt. Die Freischöffen waren geheimbundartig organisiert und genossen selbst juristische Immunität. Sie hatten hohe Aufnahmegebühren zu zahlen, an denen vor allem der Landesherr und der Freigraf partizipierten.

Konnte ein Bürger vor einem städtischen oder kirchlichen Gericht kein Gehör finden – oder kein Recht, so wie er es empfand –, wandte er sich in seiner Not an einen westfälischen Freistuhl. So handhabte es etwa der Zerbster Bürgermeister und Gewandschneiderinnungsobermeister Peter Becker in seinem Immobilien- und Ämterhäufungs-Streit mit dem Rat der Stadt Zerbst 1437. Durch Briefe suchte er bei hohen Fürsten und dem Erzbischof Unterstützung und erkannte die Zuständigkeit des Zerbster Stadtgerichtes wegen Befangenheit nicht an. Eine Klage vor dem Feme-Freistuhl von Geske in Westfalen bewirkte immerhin, dass der Magdeburger Schöffenstuhl tätig wurde, auf dessen Sprüche hin der Zerbster Rat schließlich in einen Vergleich einwilligte (Kreißler, 150ff.).

Manche Feme-Freischöffen nutzten ihre Rolle zur Verfolgung eigener krimineller Interessen. Amtsmissbräuche scheinen in der Spätphase (15. und 16. Jahrhundert) so häufig gewesen zu sein, dass viele Männer nur deshalb in den Freischöffen-Bund eintraten, um nicht selbst Ziel einer lebensbedrohlichen Klage zu werden. Die Beklagten konnten sich gegen eine Aburteilung kaum zur Wehr setzen, mussten sich aber den Vorwürfen vor Ort in Westfalen stellen – bzw. einen Vertreter schicken –, wollten sie nicht von vornherein verfemt werden. Die Ladung vor das Freigericht zu ignorieren, hatte in der Regel den Schuldspruch zur Folge.

Die hohe Gerichtsbarkeit der Feme beschäftigte sich ausschließlich mit schweren, »vemewrogigen« Vergehen: Abfall vom Christenglauben, Raub und Brand gegen und in geweihten Kirchen, Kirchhöfen und auf Königsstraßen, offenbare Verräterei oder Fälschung, Gewalt gegen Kindbetterinnen, Diebstahl, Raub, Mord und Mordbrand. Es wurden wohl auch einfache Empfehlungen ausgesprochen, doch als Entscheidungen gab es nur Freisprüche oder Todesurteile. Wie viele Schuldsprüche vollstreckt wurden, ist umstritten. Eine Hinrichtung konnte aber auf der Stelle erfolgen, wenn der »Verfemte« sowie ein Strick und drei Freischöffen vorhanden waren, um den Verurteilten zu packen und aufzuknüpfen. Ein theoretischer Ausweg für den Verfemten war der Gang ins Kloster, das als heiliger Ort für den Vollzug eines Todesurteils tabu war. In Fällen dagegen, wo Fürsten oder ganze Städte (etwa Zürich) von einem kleinen westfälischen Freigericht für verfemt erklärt wurden, blieben die Richtsprüche, wenn sie nicht in Geldforderungen umzumünzen waren, schöngeschriebene Briefzeilen.

Die Feme war zwar eine der Sicherung des Landfriedens verpflichtete Institution, nahm aber in der Spätzeit (1475–1550) gemeingefährliche, den Landfrieden bedrohende Züge an. Viele Städte, vor allem auch Hansestädte, verbündeten sich gegen ihre Allmachtsansprüche. 1426 schlossen sich 14 sächsische Städte zu einem Abwehrbund zusammen, 1436 die Städte der Altmark, 1461 Städte am Oberrhein. Etliche westfälische Städte verboten die Tätigkeit der Freistühle auf ihrem Territorium; nichtwestfälische Städte, insbesondere Hansestädte, dagegen erklärten die Feme-Urteile für unwirksam. Lübeckern war der Handel und das Reisen nach Westfalen verboten. Aufgrund des geheimbundartigen Wirkens war jedoch wenig gegen die Freischöffen auszurichten. Erst nach Konstituierung des Reichskammergerichts 1495 und dem Erlass der peinlichen Halsgerichtsordnung unter Kaiser Karl V. ging der Einfluss der Feme deutlich zurück. In abgeschwächter Form als lokale Rüge-Instanzen existierten westfälische Freistühle indes bis ins frühe 19. Jahrhundert.

Alt- und Neu-Salzwedel hatten öffentlich einsehbare Gerichtslauben an den Rathäusern, wo von zwei städtischen Richtern bürgerliches Stadtrecht gesprochen wurde. Der Verdener Bischof übte seine richterliche Hoheit in seinem Bistum aus. Stets konnte aber von den Gerichten oder Betroffenen ein Schöffenstuhl angerufen werden. Die Schöffenstühle von Brandenburg und Magdeburg waren ehrenamtliche Gutachter-Gremien, die in Rechtsstreitigkeiten unabhängige Ratschlüsse zu verkünden, selbst aber keine Urteile zu vollstrecken vermochten. Die Sprüche hatten bei den lokalen Gerichten ausschlaggebendes Gewicht. Von der Lage her hätte sich Salzwedel vom Magdeburger Schöffenstuhl Rat geholt, während sich der Einfluss des Brandenburger Schöffenstuhls mehr nach Osten richtete. Das Anrufen eines Schöffenstuhls war zeitaufwendig, so dass sich (wie heutzutage auch, wenngleich aus anderen Gründen) ein Verfahren über Jahre hinziehen konnte. Für Rechtsstreitigkeiten zwischen dem Brandenburger Kurfürsten und den Salzwedelern existierte seit dem 13. Jahrhundert ein eigenes Sondergericht (Brackert, 465). Im Falle des Bierkrieges war freilich das Faust- oder Piken-Recht auf der Seite des Stärkeren, des Kurfürsten.

Rat

Die Ratsverhältnisse der Doppelstadt sind hier grob vereinfacht gezeichnet – nach dem Vorbild anderer Städte –, denn es gab zwei Rathäuser, zwei Ratskollegien, zwei Gerichtslauben etc. Doch wie anderswo auch bestanden die Kollegien in beiden Städten aus Ratsleuten, Innungsmeistern ratsfähiger Gilden und Vertretern der »Gemeine«, d. i. des ganzen bürgerlichen Rests. Üblich war es, dass zur Ratswahl, die keine Wahl im heutigen Sinne darstellte, sondern eine feierliche Wiederbestätigung des Bestehenden bei geringen Veränderungen (da der Platz im Rat normalerweise auf Lebenszeit besetzt blieb) eine aktive und eine passive Gruppe wechselten. Die Ratsmitglieder, deren Ratsamt ruhte, bildeten den »Alten Rat«, die amtierenden den »Neuen Rat«. Die Zahl der Bürgermeister schwankte, hier wird der Einfachheit halber (und um die Zahl der namentlich erwähnten Nebenfiguren klein zu halten) von zweien ausgegangen, auch werden sie den Räten zugerechnet – in Zerbst etwa waren es sechs, und sie kamen zu den zwölf Räten noch hinzu.

Gewandschneider

Die Wand- oder Gewandschneidergilde war unter den Salzwedeler Gewerbsgilden die angesehenste – eine Handelsgilde. Sie hielt sich als wohltätige Stiftung (Brot-Fraternität) bis ins zwanzigste Jahrhundert und scheint selbst heute *de iure* noch nicht aufgelöst zu sein. Im Grundprinzip glichen sich die Sitten und Gebräuche der Handels- und Handwerksgilden weitgehend, von speziellen Initiationsriten abgesehen, die sich nur bei den Handwerkern finden – etwa dem Eintauchen oder »Gautschen« der werdenden Gesellen im Marktbrunnen bei den Buchdruckern.

1233 wird die altstädtische Wandschneidergilde zum ersten Mal erwähnt, nebst dem Kaufhaus, in dem die Wandschneider – Tuchhändler und -großhändler – ihr Gewerbe zu betreiben hatten. Da die Wohnverhältnisse beengt waren, lag es nahe, die raumgreifenden Tuche und Leinwandbahnen in gemeinschaftlich genutzten Verkaufsräumen zu »schneiden« und »über den Tisch gehen zu lassen«. Nach der Gründung der Neustadt 1247 gab es auch dort bald eine Wandschneidergilde. In beiden Städten existierten Gildehäuser. Das der Alten Stadt stand wahrscheinlich neben dem Rathaus bzw. war ein Gebäudeflügel davon. Nicht alle Mitglieder der Gilde waren wirklich als Wandschneider tätig; aufgrund der allgemeinen bürgerlichen Gildepflicht traten auch viele sonst zunftungebundene Beamte, Geistliche und Lehrer den Wandschneidern bei. Als Ausweis ihrer Wohlhabenheit begründete die Gilde verschiedene Armenstiftungen und ließ auf ihre Kosten einen Nebenaltar in der Marienkirche bauen. Dieser Altar war bis 1446 dem Gilde-Schutzpatron Johannes dem Täufer geweiht, später auch anderen Heiligen. Jährlich am Freitag und Sonnabend vor Johannis wurden Messen für die verstorbenen Gildebrüder am Gilde-Altar gelesen und am folgenden Sonntag wurde im Gewandhaus die »Gilde getrunken«, das heißt ein großes Gildefest für alle Gildemitglieder oder Gildeverwandten veranstaltet. Von 1541 ist eins für 117 Mitglieder bezeugt (Danneil, 45–50).

Der Kopf Johannes des Täufers und die Heilig-Geist-Kapelle in Werben

Die damalige Hauptreliquie der Werbener Johanniter-Kommende wurde noch 1498 erwähnt: 1388 hatte der Bischof von Havelberg einen zwischen der Kommende und der Stadt Werben entstandenen Streit darum geschlichtet. 1503 wies ein Amtsnachfolger darauf hin, dass dieser Reliquienkult in der Kirche zu Werben den Aberglauben fördere (B. Klosterbuch 1296).

Die heute als Salzkirche bekannte Kapelle hieß früher Heilig-Geist-Kapelle. Sie wurde 1313 gebaut, und die Johanniter-Kommende war verpflichtet, durch einen ihrer Brüder dort die tägliche Frühmesse lesen zu lassen. Die van Eyb'sche Ausmalung hat sich leider nicht erhalten …

Kalander

Im 15. Jahrhundert gab es in Salzwedel wie in fast allen norddeutschen Städten zwei Häuser der Kalandsbruderschaft. Dem Großen Kaland gehörten höhere Geistliche, dem Kleinen niedere an. An der Spitze standen frei gewählte Pröpste mit mehreren Gehilfen (Diakonen). Für seine Aufnahme hatte jeder Bruder eine kleine Eintrittsgebühr zu entrichten und den Brüdern und Schwestern ein Gastmahl zu geben. Außerdem war er zu regelmäßigen Geldspenden und zu einem ehrbaren, frommen Lebenswandel verpflichtet. Das vereinnahmte Geld wurde zu Werken der Nächstenliebe verwendet. Ursprünglich konnten nur Kleriker Mitglieder werden, später auch Laien, im Großen Kaland etwa reiche Bürger mit ihren Frauen. Die Kalandshäuser besaßen Braurecht und das Privileg des Bierverkaufs, daher pflegten hier täglich Brüder und Laien »zum Bier zu gehen«.

Augustiner-Chorherren

1247 gründeten die Markgrafen Johannes I. und Otto III. von Brandenburg auf Bitten ihrer in Salzwedel lebenden Mutter und ihrer Ehefrauen (Sophia von Dänemark und Beatrix von Böhmen) vor der Stadt ein Hospital für die Armen- und Krankenpflege. Fürs Patrozinium (Schutzpatronat) wurde der Heilige Geist gewählt. 1260 entstand aufgrund der Bulle von Papst Alexander IV. ein Augustiner-Chorherren-Stift, dessen Brüder fortan die karitativen und seelsorgerischen Aufgaben im Hospital übernahmen. Das Stift betrieb – außer der zur Selbstversorgung dienenden Brauerei – keine Eigenwirtschaft, sondern bezog ausschließlich Renten von Bauernwirtschaften. Die Einnahmen waren durch stets wachsenden Güterbesitz und zahlreiche Rentenübertragungen und Schenkungen gesichert.

Augustiner-Chorherren sind Kanoniker (*clerici canonici*; weibliche Form: Kanonissen), das heißt Kleriker aller Weihestufen, die als Mitglieder eines Kapitels gemeinsam die Feier der Heiligen Messe und des Stundengebets begehen. Die Ordensgemeinschaft (es gibt sie noch) lebt nach den Regeln des Augustinus – Schutzherr der Brauer, der Theologen und der Buchdrucker… Es herrschen im Idealfall Eintracht und liebevolles brüderliches Miteinander; man mahnt und kontrolliert sich gegenseitig bei der Einhaltung der Gebote, man fastet, lebt strikt sexuell enthaltsam und betet in strenger Regelmäßigkeit. Der Einzelne ordnet sich der Gemeinschaft und der Autorität des Oberen unter. Sämtlicher Privatbesitz muss beim Eintritt in den Orden der Gemeinschaft übereignet werden.

Vorsteher eines Kapitels ist in der Regel ein Propst, mitunter ist die Leitung einem Prior übertragen; in Salzwedel amtierten Prior und Propst; ob der 1488 amtierende Propst, Werner von Bortfelde (1482–1522), auch wirklich im Stift lebte wie sein Vorgänger Heinrich Krüger (1470–1475), ist unklar, denn Adelige schöpften oft nur die erklecklichen Pfründe ab. Der Propst (*praepositus*: Vorgesetzter) war der Leiter der äußeren Angelegenheiten des Kapitels. Anders als der Propst oder Abt eines Klosters wurde er nicht vom Bischof geweiht. Der Prior im Perver-Stift hieß 1488 Johannes, Nachname unbekannt. Ein berühmter Augustiner-Chorherr, von dem zwei literarische Druckwerke erhalten sind, war Rudger Sycamber von Venray (1456[?]–1514). Er stand mit ein einem Teil seiner Lebenslaufdaten für die Gestalt Johannes Lammels Pate.

1470 ergab eine Untersuchung, dass die Salzwedeler Augustiner-Chorherren keine der augustinischen Regeln mehr beherzigten. Der oberste Augustiner-Propst, Johannes Busch – von Nikolaus von Kues zum Apostolischen Visitator der Augustiner-Chorherren in Sachsen und Thüringen bestellt –, arbeitete auf eine Reform in Salzwedel hin, zusammen mit den Prioren der Stifte Riechenberg bei Goslar und Hamersleben sowie bischöflichen und kurfürstlichen Beauftragten und Vertretern der Räte beider Städte Salzwedel. Die Chorherren verschanzten sich aus Furcht vor Reformen. Sie verriegelten die Türen zum Stift und stellten Bewaffnete auf. Erst nach der Androhung von Exkommunikation und der Verhängung von Geldbußen willigten sie in den Kompromiss eines etwas gottgefälligeren Lebens ein. Lange aber scheinen sie die Reglementierung ihrer Existenz durch die sogenannte Windesheimer Kongregation nicht akzeptiert zu haben.

In der Stiftskirche gab es neben dem Hauptaltar zahlreiche Nebenaltäre: Sancte crucis (von 1305), Philippi, Jacobi, Walburgis, Marie Magdalene (von 1310), Cyriaci, Lucie virginis (von 1316), Dei, matris sue sanctissime et omnium sanctorum (von 1321), »sowie … einen weiteren, nicht näher bezeichneten Altar« (B. Klosterbuch 1060). Es steht selbstredend zu vermuten, dass es sich beim letzten um den van Eyb'schen handelte …

Tom Wolf, April 2008

Gedruckte Quellen:
Brandenburgisches Klosterbuch. 2 Bde., Bd. 2, Berlin 2007/ Bock u. a.: Großsteingräber der Altmark. Halle 2007 / Stephan: Die Vogtei Salzwedel. Frankfurt a. M. 2006 / Kreißler: Peter Becker [...]. Ratmann und Bürgermeister in Zerbst. In: Freitag u. a. (Hg.): Mitteldeutsche Lebensbilder. Hg. i. A. d. Hist. Kom. f. Sachsen-Anhalt. Köln; Weimar; Wien 2002 / Blanckenburg: Die Hanse und ihr Bier. Weimar 2001 / Sommerfeld: Hansestadt Salzwedel. Salzwedel 2000 / Bracker u. a. (Hg.): Die Hanse – Lebenswirklichkeit und Mythos. Lübeck ²1998 / Eberhagen: Rekonstruktionsversuche zum Brauwesen [...]. In: 66. Jb. d. Altm. Ver. f. Gesch., 1986 / Enders: Deutsch und nicht wendisch. In: 75. Jber. d. Altm. Ver. f. vl. Gesch. z. S. e.V., 1985 / Stoob (Hg.): Salzwedel. Deutscher Städteatlas Liefer. III, Nr. 8, Münster 1984 / Danneil: Die Geschichte der Gewandschneider-Gilden in Salzwedel (Auszug), in: Hartleb: Salzwedel [...] Salzwedel 1933 / Riedel (Hg.): Codex diplomaticus Brandenburgensis: Samml. d. Urk., Chron. u. sonst. Gesch. quel. f. d. Gesch. d. M. B., Hauptt. I–IV, 41 Bde., I, Bd. 14, Berlin 1838–1869.

Besuchen Sie den Autor im Internet: www.doktor-wolf.de